策马春风堤上行

锦沐 著

中国华侨出版社
·北京·

图书在版编目（CIP）数据

策马春风堤上行 / 锦沐著 .—北京：中国华侨出版社，2018.8
ISBN 978-7-5113-7754-8

Ⅰ.①策… Ⅱ.①锦… Ⅲ.①长篇小说—中国—当代
Ⅳ.① I247.5

中国版本图书馆 CIP 数据核字（2018）第 180183 号

策马春风堤上行

著　　者 / 锦　沐
责任编辑 / 高文喆　王　委
责任校对 / 孙　丽
经　　销 / 新华书店
开　　本 / 670 毫米 ×960 毫米　1/16　印张 /16.5　字数 /283 千字
印　　刷 / 三河市华润印刷有限公司
版　　次 / 2018 年 9 月第 1 版　2018 年 9 月第 1 次印刷
书　　号 / ISBN 978-7-5113-7754-8
定　　价 / 38.00 元

中国华侨出版社　北京市朝阳区静安里 26 号通成达大厦 3 层　邮编：100028
法律顾问：陈鹰律师事务所
编辑部：（010）64443056　　64443979
发行部：（010）64443051　传真：（010）64439708
网　址：www.oveaschin.com
E-mail：oveaschin@sina.com

目录

第一章

马家纨绔初长成

第一节　我乃海龙王之女

　　夜色渐起，华灯初上。正值七月十五中元节，大通河一直有放河灯的习俗，所以，虽然是晚上，但是依然行人如织，丝毫不比白天冷清。

　　路边小商小贩的叫卖声不绝于耳，各色各样的货品更是让人眼花缭乱。泥塑的娃娃，烫金的葫芦，栩栩如生的毛猴，还有精美的彩灯，引得路人纷纷驻足欣赏询价。

　　一个白衣女子朝着庆丰闸方向走去，她身材高挑，长发半绾，脸上戴着一个银色的半边面具，只露出一双明亮的眼睛，左顾右盼，眉目流转之间，灿若星辰。

　　一些路人看到，不自觉地给她让出路来，小声议论。

　　"这么漂亮，真不知道是哪家的姑娘？"

　　"对呀，真像是天上的仙女，不会真是仙女下凡了吧？"

　　白衣女子听到了人们的议论，有些小得意，步子越发轻快起来，一阵风吹来，衣袂飘飘，还真有几分仙气。

　　白衣女子走到庆丰闸的桥上，停了下来，向桥下望去，河里已经漂了很多彩灯，不过更多的是茄子灯。因为穷人没有钱买彩灯，只能将自己庄稼地里的茄子，挑上个儿大的，从中对半一切，在茄瓣四周插上竹帘片，中间再插上小蜡烛，在水上漂得又平又稳，与彩灯漂在一起，居然另有一番美感。

　　这时，突然有人掉进了河里，顿时人群嘈杂起来，刚开始那人还折腾几下，没一会儿，人就不见了影子。有人想下去救，却总被人有意无意地拦住。这时，就见白衣女子从桥上飞身跳下，沉入水中。

　　过了一会儿，只见刚才落水之人被这白衣女子拖着游回了岸边，大家赶紧帮忙，将人拉回到岸上。落水的是一个书生打扮的年轻人。白衣女子随后也上了岸，非常熟练地帮书生按压腹部，将水挤了出来。

　　书生迷迷糊糊睁开眼睛，就看到一个白衣女子正在看着自己，脸上戴着面具，只有一双眼睛黑黑亮亮，灿若星辰。书生挣扎着想要坐起来："姑娘，是你救了我吗？不知姑娘芳名，来日吴仲也好报答。"

　　白衣女子眼睛一转，肃声答道："我乃海龙王之女，今日游经此地，见你落难，随手相助，不必挂怀。"说完，站起身来，然后朝河边走了几步，居然跳下河去，真如游龙入海，踪迹全无。

这时，岸边众人开始沸腾起来，狂声大叫："龙女显灵了！龙女救人了！"

万金楼是顺天府最为知名的几家青楼之一。此时，一个包间之内，两个公子模样的人正在畅饮。其中一个端起酒杯，朝一个身材微胖，身着云缎的儒生说道："胡公子，只要那个吴仲淹死，这次会试您定会独占鳌头，我来敬未来的状元一杯。"

敬酒之人名叫田荣华，乃是大通河一闸守闸家族田家的大公子，今天推吴仲下河之人，就是他安排的。

胡公子端起酒杯一饮而尽。"这个吴仲，自己找死，明明一个乡下来的穷酸书生，不知怎么混成了贡生，写了几首破诗，居然被钱大儒夸赞，推荐他进了国子监，成了监生，还想收他为关门弟子！本公子叔父出面想让他收我为弟子，钱德洪都不给面子，如果他收了这个吴仲，本公子岂不是成了笑话？"

田荣华忙附和着，念叨钱大儒有眼无珠。

胡公子姓胡名春秋，叔父在朝为官，拜了大太监刘瑾为干爹。胡春秋倚仗叔父的势力，一向嚣张跋扈，想要拜钱大儒为师却被拒绝。现在看突然冒出个吴仲，钱大儒不仅许他在中天阁听讲，还多次对他赞赏有加，胡春秋自然不服，所以才示意田荣华，趁中元节人多杂乱，先诱吴仲去看河灯，再将他推入河中。他知道吴仲不谙水性，有意阻拦岸上人及时去救，想将吴仲淹死。

就在几个人庆贺之时，房门突然被打开。一个随从模样的人闯了进来，神色慌张。

"不好了，吴仲没死！"

"什么？"胡春秋跟田荣华大惊失色。

"我已经将他推进了河里，可是，可是他被人救了。"

田荣华赶紧追问："被谁所救？我明明安排了人，在河边拦着不让人下水救他，是谁这么多事？"

随从停顿了一下，露出匪夷所思的表情："是……海龙王之女……"

"胡说八道！哪里来的海龙王之女，我还是玉皇大帝呢！"胡春秋破口大骂。

"不会是你事情没办成，胡乱编借口来骗我吧！""小人哪敢，当时岸边很多人都看到了。那女子救了吴仲，跳到水里就消失不见了，如果是凡人，怎么可能在水里那么久不出来，我在岸边观察了两个时辰才回来的。"

"如果是熟谙水性之人，可以憋气，然后游到人少之处再上岸，不过，今天是中元节，到处是人，能憋气游到偏僻之处的，应该没几个人，况且还是女子。

我们五闸的规矩，女子是不可以下水的。这事，确有蹊跷。"田荣华脑子里迅速把水性好的人过了一遍，却怎么也想不出来有哪个女子可以做到。

"别说没用的了，吴仲没死，我们下一步怎么办？你们还有好主意不？"胡春秋不耐烦地问道。

"主意，我倒是有一个。不如，我们去吴仲住的客栈放把火，把他逼出来，然后我们趁机进去把他的包裹给偷了，他没钱，肯定就无法留在京城。就算是勉强留下来，他要想法赚钱谋生，必定会耽搁学业。"田荣华阴险地说道。

"好主意，不过这次一定要小心，不要把事情弄大。客栈那么多人，万一烧死了人，事情就大了。"

"这个自然，我派人来做就是，只是扔几个火把，然后大叫就行，不会真的闹出人命的，胡公子尽可放心。不过吴仲所在的客栈就在马家旁边，马家的护卫很是多事，避开他们才好。"

"就是经常跟你们田家作对的那个二闸马家？放心，你把这事给本公子办好了，我来替你解决这个马家。"胡春秋不以为意地说道。

"我这就安排，趁吴仲今天刚落水，元气没恢复，等会儿大家都睡了，我就派人过去放火，他惊慌之下肯定不会带包裹的。"

田荣华对随从说了几句，那人匆匆退下。

月色如水，已是三更，喧嚣的街道慢慢变得安静，街上的商贩已经收拾东西回家，路上基本看不到行人，偶尔有打更的经过，边敲边喊："天干物燥，小心火烛，三更了！"

有一个人影拎着一桶东西，悄悄走到一个客栈墙角处，把桶里东西拿出来，是浸了煤油的杉布皮还有棉布，然后小心翼翼地拿出火石，可能是出于紧张，打了几下都没打着。

这时，就听身后一个凉凉的声音响起："需要帮忙吗？"

这人一回头，只见一个白衣女子站在自己身后，长长的头发垂下，将脸半遮半掩，还滴着水，就像是刚从十八层地狱逃出来的女鬼。

"鬼呀！"这人一声尖叫，扔掉手上的火石，拔腿就跑，只恨自己没有多生几条腿。

只见白衣女子将头发拨开，露出一张明艳又有些娇俏的脸，不屑地踢了一脚地上的棉布，清脆的声音吐出嚣张又粗鄙的一句："小爷放火时，你还尿床呢！"

第二节　马家纨绔

　　白衣女子熟练地溜到马家大院外墙一角，弯下身子，从墙上拆下几块青砖，然后钻了进去。身影轻快，熟门熟路，很快就绕进了马家内宅，走到一间屋子前，轻手轻脚推开门，闪身进去，反手将门关上。

　　"啊！"白衣女子尖叫一声。

　　"马天恩！"房间内坐着一个中年男人，手里还拿着一根棍子。见她进来，马上愤怒地站了起来。

　　"马天恩，你胆子越来越大了，还敢穿女装出去看河灯，哪儿人多往哪儿走，你到底想做什么？"

　　"爹爹，我，我有戴面具……"马天恩小声地反抗说。

　　"面具呢？"马天恩父亲马朝生瞪了她一眼，逼问。

　　"丢了，我是为了救人……"

　　"救人？你不害人就不错了，我们马家怎么出了你这么个纨绔？你说，你是又出去赌了还是又去骗吃骗喝了？你知不知道你是个姑娘！每天就知道惹是生非，不求上进。你，还敢穿女装，你不知道你现在的身份是马家的少爷吗？如果让族里人知道你是个姑娘，你想过后果吗？"马朝生恨铁不成钢地说。

　　"爹，你一会儿说我不知道自己是个姑娘，一会儿又说我不能让人知道我是个姑娘，你有考虑过我的感受吗？"马天恩反驳道。

　　原来，马朝生是二闸马家的族长，和马天恩的母亲李氏云瑶机缘之下，一见钟情，成婚后更是恩爱无比。却不想连生三个女儿，第四个就是马天恩。之前被逼纳过两个妾，结果怀孕生下的还是个死婴。生马天恩时马朝生不在家，正在跟其他几闸的族长商量重要的事，结果就收到消息说夫人生了儿子，高兴得不行，大家也纷纷祝贺，回府才知道，还是个女儿，是马夫人想要假凤虚凰。可事已至此，也没脸再去和大家澄清其实生的是个女儿，也怕族人追究马夫人，马朝生只能是打碎牙往肚子里咽，配合马夫人。原来还想着万一以后有了儿子，再找机会挑明马天恩的身份，结果从马天恩之后，妻妾连个怀孕的都没有。这马天恩自小以男子身份生活，别说，还真像是男子投胎，没有半点女儿气，居然活脱脱一个纨绔少爷，还收了一堆小弟，号称要行侠仗义，结果却是到处惹是生非，让人找上门来，所以十六年来，从来没有人怀疑马天恩是女子。

"还说救人，前几天，人家夫妻街上争吵，你上去就把人家丈夫腿踢折了，害得为父赔了人家五十两银子。还有上个月，你还跟人家万鸨楼的老鸨争姑娘，买回来连个活都不会做，天天给你唱曲，你说，你一个姑娘，去争的什么女人？"

"我错了，那我下次争小倌可好？"

"你个败家子！"马朝生一听更加生气，站起身拿着棍子就打。马天恩哪里肯乖乖挨打，转身就跑，两人在屋子转了几圈，马朝生追到马天恩，抬棍就打。谁知马天恩一下子跪在地上，哭出声来。

"爹爹，你知道我有多难受吗？我明明是一个女子，可以学学绣花，像姐姐们一样嫁人，可以穿漂亮的裙子，戴好看的珠宝首饰，可是你却非让我当男人，我要学潜水，几次都差点闷死，我还要学管账，要读书，你想过我的感受吗？我穿裙子，还不是因为我太想试一下当女人的感觉嘛……"马天恩一边呜咽一边说，声情并茂。

马朝生长出一口气："又要多少银子？"

"二十两。"马天恩顺嘴答道，脸上立刻洋溢出灿烂的笑容，眼睛讨好地看着马朝生，眯起来像弯月一般。

"你这个逆子，每次想要钱就使各种手段，现在连穿女装都想出来了。哎！"马朝生把棍子扔到地上。

"明天到账房去取钱，记得不准再闯祸。还有，我会再给你找一个先生，如果你再敢给先生下药或者剪碎先生衣服什么的，我就一文钱都不再给你。"说完，马朝生走出马天恩的房间，重重地关上房门。

马天恩已经换上了一身男装，在花园里半躺在摇椅之上，身边围着几个漂亮的丫鬟，有的剥了葡萄喂到她嘴里，有的给她打扇；还有一个漂亮的女子，眉目如画，清婉动人，坐在马天恩对面，弹着琵琶，唱着江南小调。女子旁边盛开着一架蔷薇，花色灼灼，映得女子脸色更娇。

旁边有一个矮桌，桌子上放着一个酒葫芦，葫芦上镶嵌着各色的珠宝作为点缀，珠宝连镶带嵌，用爪子钩住，卧进葫芦里，就算是葫芦无意间摔碎了，珠宝也不会碎。桌子上还摆着一个枯木陶做成的花瓶，明明是泥土所塑，却形如枯木，里面插了几枝红艳的蔷薇花，恰似枯木逢春，老树生花。

这时，一个身着红衣的小胖子从外面走来，看到马天恩，立刻加快脚步，很狗腿地跑了过来。

"大哥，我来了，今天我们去哪儿行侠仗义？"小胖子跑过来一脸崇拜地看着马天恩，顺手从丫鬟手里抢了一粒葡萄吃。

"田富贵，田荣华居然放你出来了？他上次不是说如果你再来找我，就把你腿打断吗？"马天恩懒洋洋地说。

原来，田富贵是一闸田家族长的小儿子，兄长正是田荣华。跟兄长一心想振兴田家统一五闸不同，他的梦想就是跟着马天恩仗剑走江湖，做个人人崇敬的大侠客，是马天恩的忠实小弟。

"这几天我哥没空理我，他天天跟那个胡公子在一起。所以我就溜出来了。"

"那个胡春秋，满肚子坏水儿，哪儿还有地儿放学问，这种败类要能当状元，小爷我就是海龙王。"马天恩不屑地说。

"就是就是，他哪能跟大哥你比。"

"走！"马天恩从摇椅上跳了下来。

"去哪儿？"

"行侠仗义去！"

第三节　撞来的师父

白天的街道与夜间相比，又是另一番味道。街边飘摇林立的店铺招牌，街上小贩带着韵味的吆喝声，还有一些艺人在表演杂技，引得众人一阵喝彩。

几个小孩子边跑边唱："劳您驾，道您乏，明年请您逛二闸。两岸风光美如画，向东五里是三闸……"童音淼淼，清脆甘甜。

马天恩几人大摇大摆地在街上东逛西看，看到孩子们跑过来，掏出几个铜钱扔过去，几个孩子欢天喜地地拾起铜钱，齐声喊道："谢谢马大侠。"

马天恩不以为意地摆摆手："买糖葫芦去吧。"

这时，只见迎面一个孩子急匆匆跑了过来，后面好像有人在追赶，孩子慌不择路，撞在马天恩身上，一下子跌倒在地上，又连忙爬了起来，拽住马天恩的衣服，往她身后躲，一边躲一边喊："大侠救我，有人要拐卖我。"

这时，一个书生模样的人跑了过来，有些气喘吁吁地在马天恩一群人前面停了下来。

马天恩打量了一下面前的书生，有些眼熟，一时又想不起在哪儿见过，看上去也是斯文之人，样子清秀俊朗，没想到居然是一个人贩子。马天恩虽然读书不行，但打架是能手呀，从小打到大，靠的就是一个快字。

书生刚要开口说话，字还没吐出来，马天恩抬腿就是一脚，谁知书生看上去文弱，反应却很快，一个侧身躲了过去，马天恩踢空了，自己却站立不稳，朝地上扑了下去，书生回身一挽，本来想扶起马天恩，没想到马天恩冲劲太大，两个人同时摔倒在地，马天恩扑在了书生身上。

马天恩想爬起来，谁知书生也想起身，两个人头又撞在了一起，马天恩从书生身上跳了起来，破口大骂："你这个该死的人贩子，居然敢撞小爷的头，今天小爷就让你知道马王爷有几只眼。"

这时，田富贵几个人也跑了过来，团团围住书生。

街上的人也聚了过来，围成一圈，七嘴八舌的小声议论。

"马天恩又在欺负人了！"

"马老爷多好的人呀，怎么生出这么个败家子。"

"这书生一看就是个老实后生，怎么就惹到这混世魔王了，今天怕是要倒霉了。"

马天恩一听都是不利于自己的话，顿时怒火中烧："你们都瞎了吗，小爷我是在除暴安良，他是人贩子。"

这时，书生也站起身来，整理了一下衣服，正了正头上的方巾，虽然只是简单的青布长衣，又刚刚跟马天恩纠缠一番，却依然透露出一种儒雅的风范。

相比暴跳如雷的马天恩，书生就显得坦荡镇定多了。书生一抱拳："在下吴仲，刚才有个小贼偷了我的荷包，所以才追他到此，你突然冒出来见面就打，不听在下解释，可是要助纣为虐不成？"

"我……怎么能听你一面之词，那小孩呢？"马天恩赶紧去找刚才的小孩子，才发现早就没有了人影。

"大哥，我们……我们刚才光想着来保护您了，没注意那小孩儿……"田富贵几个你看看我，我看看你，然后有些怯怯地说。

"小爷我用你们保护？！"马天恩这才意识到，自己可能是被人利用了，不过还是不愿意承认。

"也许，他怕被你捉住卖掉，自己跑回家了呢！"

吴仲突然朝马天恩方向走过来，马天恩心虚地闪了一下。谁知吴仲绕过她继续往前走，原来刚才田富贵他们几个站的地方，有一个荷包。应该就是刚才那孩子丢下的。

书生捡起荷包，朝马天恩晃了晃，"这就是我丢的钱包，你可还有话说？难不成你和那小贼是一伙的？"

"呸，小爷我有的是钱，会偷你一个穷书生的荷包？"马天恩愤怒地说，不过她这会儿已经完全明白，自己确实是冤枉了吴仲，所以有些心虚。

吴仲打开荷包，里面居然是空的。看来是刚才那个小贼拿走了里面的银子，把钱包扔在了这儿。

"这可是在下全部的盘缠，现在被人盗走，可怜我十年寒窗，就为了一朝金榜题名，现在连盘缠都没了，你说，你是不是应该对此负责？如果不是你，我早就追上那小贼了。"吴仲一会儿是可怜的语气，引得围观群众一片同情，一会儿又转成凌厉的语气，逼问马天恩。

"大不了我赔你就是，你说，里面有多少银子？小爷给你！"马天恩第一次见这么难缠的书生，啰啰唆唆，还不如痛快地打一架呢。想到好不容易跟老爹要来的银子，这么快就要转手一部分，马天恩觉得心莫名地就疼了，我那望东阁的酒呀，我那望海楼的肉呀，我那如意坊的色子啊！

谁知吴仲立刻一副浩然正气："在下是读书人，怎么能平白要你的银子。无功不受禄，虽然那小贼被放走与你有关，但你并没有拿在下的银子，在下也不能白要你的银子。不过，事情既然和你有关，你还是应该对在下有所交代。"

马天恩被吴仲一句一个在下绕得头疼："你这书生，我都说赔你银子了，你又不要，还非扯着要我负责，难道你还要我以身相许不成？"

谁知吴仲一本正经地回答："公子慎言，阴阳调和，乃人伦天道。我们同为男人，怎能以身相许？请公子不要有非分之想。"

"你……你就说怎么办吧！"马天恩觉得头上有一百只乌鸦飞过。

"在下自然是要靠本事赚钱。既然事情是因公子而起，公子就为在下找一份工即可。"

"你……你能做什么？"马天恩上下打量着吴仲，"去小爷家码头卸货？就你这胳膊腿，还不断了。"

"大哥，我有一个主意。"田富贵把马天恩拉到一边，小声地说，"伯父不是在给你找师父吗？不如你把这个书生拉回去，就说是你自己请来的先生。反正他也打不过你，到时候你不想读书，他还能按着你的头读吗？"

马天恩脑子一转，确实呀，这书生虽然啰唆了点，但起码长得还算养眼啊，总比爹找的那些古板的老头子要好。而且他还要考试，一定没时间管自己，马天恩越想越觉得这是天意啊！这会儿的马天恩，绝对没想到，虽然不会被按着读书，但是会被吊着读书啊！

"那个，吴仲，你看你一个书生，又没什么力气，不如你就跟小爷回府，陪小爷读书如何？"马天恩不太愿意喊吴仲老师，所以只说是陪自己读书。

不知道这吴仲是真听不懂还是假听不懂，居然继续追问："你这是要请我回去给你做先生不成？陪少爷读书那是书童的事，在下不做。"

"你……"看着吴仲满脸的浩然正气，马天恩突然怀疑自己是不是给自己挖了一个大坑。看着越聚越多的人，心想这事儿万一被爹爹知道了，以后出门就更难了。大丈夫能屈能伸，想到这儿，马天恩朝吴仲抱拳施了一礼："小爷请你回去做师父，教小爷读书，这总行了吧。"

"徒儿前头带路。"吴仲马上接过话来。

马天恩仿佛看到自己主动跳进了刚才自己挖的坑，还顺便把土埋上了。

第四节　论读书的作用

马朝生对马天恩出门给自己捡个老师回来这事，本来是抱怀疑态度的，怕他是花钱雇人来忽悠自己，毕竟类似的事这小子做得太多了。但他跟吴仲交流了一下，才发现这吴仲居然才华横溢，上知天文下晓地理，最重要的是，还能用通俗的语言讲出来，不像之前那些迂腐的老儒生，别说马天恩不愿意学，有时候自己听着也烦，没想到居然捡到宝了。马朝生甚至想得更加长远，这吴仲说自己是要参加科举的，所以只能教马天恩一段时间，但如果他真的高中了，那马天恩不就靠上了一棵大树？这生意，真是越想越合算。

马朝生找人给吴仲收拾了房间，又按读书人喜欢的风格把房间装饰一番，更是不客气地跟马天恩说，老师既然是她自己找来的，那就不准她说不学。然后把一根加长加厚版的戒尺郑重地递给吴仲，让他随便教训，不用考虑后果。

马天恩这会儿更觉得自己是掉进了坑里，不知道还有没有机会反悔。书房里，吴仲坐在正位上，手里拿着戒尺，一脸"你小子敢不服我，就收拾你"的表情看着马天恩。那眼神，马天恩觉得眼熟，就像是自己要驯马时的表情。

吴仲悠悠地开口："男儿有志，或疆场杀敌，马革裹尸；或在朝为官，造福一方百姓；或经商置业，荣耀家族，不知你志向何在？"

马天恩眼珠一转，心想，既然自己退不掉这个老师，干脆把他气跑算了，遂答："我的志向很简单呀，就是做一个纨绔，没事找几个美人喝喝酒，赌赌钱，虚度光阴就好。人生不过百年，活那么累干吗，还不如及时行乐，今朝有酒今朝醉。"

吴仲果然鄙视地一笑，马天恩赶紧继续添油加醋："像我这样不求上进的，再怎么教也是浪费时间，我看你还不如拿了银子走人，别再耽误你考科举。"

谁知吴仲问道："你口口声声说要做一个纨绔，你可知道何为纨绔？"

"纨绔？不就是喝酒、赌钱、玩女人吗？"

"非也，非也。那些只是皮毛。礼、乐、射、御、书、数，六艺你通几艺？所谓纨绔，投射、斗禽、蹴鞠、行令、茶艺、骑马……要无所不精。你说赌钱，你可知赌钱的方式有多少种？就拿骰子来说，又可分六博、樗蒲、双陆、五木、投琼、彩战种种，你又精通几种？"

听到这儿，马天恩眼前一亮，高手啊："想不到，你也是此道中人呀，改天我带你去赌场，我们联手，肯定能把他们赢个落花流水。"

谁知吴仲淡定地说："谁说为师会赌了。我从来不赌。"

"那你怎么说得头头是道？"马天恩不解地问。

"对呀，这就是读书的作用了。所谓秀才不出门，便知天下事，就是这个道理。你看我不赌，却比你这号称赌徒的知晓得更多。书中自有黄金屋，书中自有颜如玉。像你，不喜读书，若是你无意中救了个漂亮女子，只会缠着说，姑娘你长得好漂亮，我一见你就喜欢得不行，不如你嫁给我吧。怕是直接就被姑娘心里骂成登徒浪子，然后说一句，公子恩情，小女来世自当结草衔环以报。若是你读了书，就可以跟姑娘说，我见芳卿皎皎兮似轻云之蔽月，飘飘兮若回风之流雪，然后……"

"然后呢？姑娘会说，小女子无以为报，愿以身相许？"马天恩眼中冒着桃花泡泡问道。

吴仲却站起身来，一脸浩然正气地说道："你若是读了书，就会知道施恩不图报的道理，就不会再有如此非分之想，还是读书太少啊。"

"你……刚才明明是你说的……读书人就是这么欺负人的吗？"

"对了，我读的书比你多，自然可以欺负你，所以你还是要好好读书呀。"说着，吴仲拿出一本《礼记》，郑重地递给马天恩，嘱咐道。"要先知礼呀。你先看着，一会儿我再给你讲，若有不会的，也不要问为师，自己多想想，为师还要钻研其他重要之事，不得打扰。"

说着，吴仲走出书房，顺便把书房的门锁上了。

马天恩气得在里面直跳，这个骗子，算什么读书人，说好的教自己，结果气了自己一通，扔下一本破书就跑了。

马天恩大叫："开门，滚过来给我开门。"谁知道一个靠近的下人都没有，看来是都受了马老爷的叮嘱，坚决配合吴仲的一切行动。马天恩气得转了几圈，没有办法，连窗户都被锁死了。

马天恩喊得嗓子都干了，好在桌子上还有一壶茶，倒在杯里牛饮起来，却发现比自己平时喝的要更有香气，打开茶壶，却没发现什么特别。难道这也是因为读书人泡的茶？

马天恩放弃了要逃出书房的念头，百无聊赖地翻起了吴仲扔给自己的《礼记》，咦，怎么跟自己之前看到的不一样？不但有小字的批注，用特别浅显的语言做了解释，还画了一些简单的画，看上去还挺有意思。而且，每页还有一两个小谜题，看到下页会有答案，有趣。

第五节　一张一弛才是文武之道

马天恩打定主意出去玩，又怕被吴仲堵住，眼睛一转，想到一个主意。连忙喊来随身丫鬟："燕子，过来。"马天恩的丫鬟是家生子，娘是厨房的管事，爹爹负责府内的一些采买，她又是和马天恩一起长大的，虽然人长得丑了点，做事笨了点，却是马父亲自安排，一直跟着马天恩的，也是少数知道马天恩是女子身份的知情人，按马父的说法，蠢点好，不容易有其他想法。

燕子赶紧跑过来，伺候马天恩穿衣服，谁知道被马天恩拉住，耳语了几句，燕子吓得连连摇头。谁料马天恩拉住她的手不停地撒娇："燕子姐姐你就帮我这一回吧。这几天我都快闷死了，你看我都瘦了。看在咱们从小到大的情分上，你就帮我出去玩半天吧。我给你带瑞芳斋的点心回来好不好，对了，我上次带给你吃的千层糕，可是从化州运来的，昨天船到的闸口，这次如果买不到，下次就又要等好久了。"

"可是，如果被吴先生发现，老爷肯定会责罚我们的。"

"放心，发现不了，难道他还敢来掀我被子不成？你让顺哥躺我床上，你就说我不舒服，我出去看看，买完点心就回来，肯定不会有事的。"

"可是，这大白天的，少爷你怎么出去啊，到门口也会被拦住的。"

"这个你就别管了，少爷我自有办法。"

燕子自然扛不住马天恩的软磨硬泡，只好答应。把小厮顺哥叫来，连诱惑带威胁，逼他躺在马天恩床上，然后马天恩溜了出去。

天刚蒙蒙亮，马天恩自然是熟门熟路地从狗洞又钻了出来，跑到街上，感到肚子有些饿，突然想吃老陈家的灌肠了。

说到老陈家的灌肠，也算是二闸特色了，他家的虽说是灌肠，却是由炒熟的面粉跟红曲调成。"猪肠红粉一时煎，辣蒜咸盐说新鲜。"讲究的就是一个鲜字，这个鲜，不只是味道鲜美，还有颜色鲜嫩。淀粉加红曲，团之为肠形，蒸熟为"粉灌肠"，看上去和真正的猪肠一般无二，价格却低了很多。老陈头的刀法也是一绝，他不是把灌肠放在菜板上，而是一手拿刀一手拿灌肠，刀口从下而上，旋成有薄有厚的菱形片，一根灌肠切成五十片，一片不多，一片不少，炸出来薄的焦厚的嫩，一碗灌肠两种口味，配上蒜汁，油而不腻。

马天恩喜欢来吃，一方面是因为口舌之欲，另一方面却是因为会有很多码头工人来这儿吃，这些人特别会讲故事，经常把他们听来的天南地北的故事讲给马天恩听。

有一个词叫什么来着，自投罗网。还有一句什么来着，天堂有路你不走，地狱无门你闯进来，说的就是马天恩现在的情况。

马天恩从家里做贼一般偷跑出来，顾不上欣赏墙外的风光，一路小跑到了陈记灌肠处，然后，她停住了。

那是什么。一袭青衣，儒雅天成，初起的阳光洒在他的脸上，不知道是太阳的光辉还是他自己的神采，明明是吃灌肠，却生生变成一幅会流动的画，一举一动都那么风雅，带着读书人特有的清贵。

但这不是重点，重点是，这是马天恩辛辛苦苦逃出家门想要躲开的先生——吴仲。

吴仲抬头看到马天恩朝自己跑来，又像是被定住了一样傻傻地看着自己，自然无比地指了一下自己前面的位子，"坐。"

马天恩有些心虚地坐了下来，老陈头认得马天恩，不等她开口，直接说道："马少爷来了，等一下，马上就好啊。"

"那个，真巧啊。"马天恩没话找话说。

"是啊，没想到咱们师徒口味这么一致。你也大早上跑来吃，晨读了吗？"吴仲停下筷子，好整以暇地看着马天恩。

"读了读了，其实我是有个词不会，特意来请教先生的。并非是为了吃灌肠。"马天恩脑子一转，马上有了对策。

"不知道有什么词，能让你跑这么远来问为师？"

"我看《礼记》里，有一句话是，文武之道一张一弛，不知道是什么意思，所以特地来请教先生。"

"呃，这个词啊，就是你说之前闲得太久了，现在需要紧张一下。我看你每天再默写一百个大字吧。"

这时，老陈头把灌肠配着蒜汁端了上来，马天恩看着自己平时很喜欢的东西，却突然觉得没有了食欲，长长地叹了一口气，拿着筷子，刚夹到一片灌肠，又长长地叹了一口气。看到马天恩皱着眉嘟着嘴摆出一副生无可恋的样子，吴仲突然觉得这个学生很可爱。说到底，自己来马家也是算计了他，而且人和人本就不同，也不需要每个人都去考进士。读书更多的是为了知礼、识人。

　　"你已经读了一段时间书了，不如我们今天的课业改一下，去积水潭看荷赋诗如何？"吴仲一本正经地说，听到这话，马天恩欢快地大叫一声："好啊好啊，我最喜欢赋诗了。"说着，大快朵颐起来。

第六节　温柔的赵姨娘

站在银锭桥上，向什刹海望去，只能看到弯弯一角，就像是小姑娘的一截衣袖，透着俏皮与清爽。

早晨的什刹海很是热闹，有三三两两驾着笼子出来遛鸟的老大爷，也有不少小生意人已经开始准备摆货出摊，还有一些像他们一样来欣赏晨景的书生，一边走一边还讨论着国事民生。

走下银锭桥，马天恩在前面一边走一边左顾右盼，还时不时地跟认识的人打着招呼。吴仲发现马天恩认识的人特别多，而且杂，有公子少爷类的，也有码头船工类的，还有街边卖货的，不管对谁，他都是洋溢着璀璨的笑容，露出白白的牙齿热情地问好。

走了一小段路，什刹海慢慢露出了正脸，夏季的天空高远明朗，闲适的白色云朵慵懒地窝在蓝色的水中，初起的阳光给它镀上了鎏金的颜色。有船只在河上经过，载着粮食和各类货物。

"哎。"马天恩看着船只，情绪突然有些低落，吴仲有些不解地看着他，不知道这少爷愁从何来。

"先生不知，前朝时，货都是从水路一直运到积水潭。到了咱们大明，重修了这北京城，明河就变成了暗河。货物就只能运到闸口，再由人工搬运，官府还派人收茶果钱，每一袋粮食货物都得交钱。这河修了堵，堵了修，却一直修不好，我觉得就是有人不希望修好啊。不然就算是让我去修，也早修通了，全是水路，又省时间又省钱，大家也可以少些辛苦。"马天恩第一次露出忧伤又气愤的表情，让吴仲觉得心里莫名疼了一下。

"这些，是你自己想到的？"

"对啊。我爹一直以为我什么都不懂，我虽然不懂，但是我可以听别人说啊，我朋友特别多，听得多了自然也就知道了。先生，码头的人讨生活真的很不容易，就连我们马家，也很不容易，你看我爹，头发都白了。"

"呃，我怎么听说马老爷是被他那不争气的儿子气白了头？"

"怎么可能！都是谣传，先生是读圣人书的，不会相信这些无稽之谈吧？"马天恩理直气壮地断然否定。

谁知吴仲并没有继续这个话题："所以，你才想做大侠，打抱不平？"

"对啊，我想把这些坏人都打跑，这样我们二闸人的日子就能好过些了。"

"可是你想过吗，就算你能把这些人打跑，还会有下一批人来，所以，打不是解决问题的根本方法。只有做官，得到圣上的支持，才能从根本上治理贪官，造福百姓。不过你能想到这些，已经很不错了。"吴仲一边解释着，一边用一种我家有儿初长成的眼神欣慰地看着马天恩，看得马天恩都有些不好意思了。

"那先生如果你以后做了大官，一定要记得惩治这些贪官啊。"马天恩一脸崇拜地看着吴仲。这个先生果然和以前的不一样，不会把自己当小孩子训斥，还会夸奖自己。

"好，为师会记得的。"吴仲承诺似的重重点了点头，伸出手摸了摸马天恩的头。好像是再自然不过的事，然后又迈步向前走去。

什刹海的荷花开得不大，但却格外地别致灵秀，阳光洒下来，它便朝着光仰起头，好像是在灿烂地笑着。虽没有接天莲叶无穷碧的雄伟气势，就仅仅是围着什刹海的边缘生长，却恰到好处地给这湛蓝色的宝石镶上一层绿里带红的边儿。

师徒两个边走边聊，吴仲给马天恩讲解着一些跟荷花有关的诗词，马天恩也给吴仲讲着一些什刹海的传说，两个人有说有笑，第一次相处这么融洽。

回到马家，已经是午后时分。马天恩见赵姨娘拿着一个食盒从马朝生书屋方向走过来。

"姨娘又去给我爹送好吃的了？给我留了没？"马天恩笑嘻嘻地迎了上去。

"哪能不给少爷留，一会儿就给您端去，新做的梅花糕，先生要不要尝尝？"

赵姨娘是个典型的南方女子，个子娇小，皮肤白皙，腰肢纤细，盈盈可握。声音不大，却清脆动人，已经三十几岁的人了，却长得像二十来岁的小姑娘。对人总是温温柔柔的，脸上永远是暖暖的笑容。不像马天恩的母亲，脾气刚硬，经常拿着鸡毛掸子追着马天恩满院跑，要不就罚她跪祠堂。所以马天恩小时候就很喜欢跟赵姨娘玩，可是马夫人却对此极力反对，说怕马天恩会被带坏。赵姨娘是南方人，很会做她们家乡那边的糕点，经常做给马老爷吃，也会偷偷给马天恩送一些，因为，如果被马天恩母亲看到了，肯定是要被扔掉的。

赵姨娘转身离开。马天恩看着她的背影，跟吴仲解释说："这是我爹的小妾。我们马家可能是风水宜生女，我母亲生了四个，除了我都是女孩，所以我有三个姐姐。这赵姨娘生过一个男孩，说是比我二姐还大几个月，可惜生下来就死了。这赵姨娘也挺可怜的，对我特别好，比我母亲还要宠我。我觉得她可能是看到我就想起她死去的儿子了。"

吴仲早就知道马家就马天恩一个男丁的事，也知道这个唯一的少爷被宠上了天，不过他曾经无意中见过马天恩救了一个姑娘，知道他其实本性很善良。这也是他之所以找了个孩子设计马天恩，来做他老师避祸的原因。

那天被田荣华的小厮带着说是他主子跟几个书生约他一起看河灯，他不好意思拒绝就跟了过去，结果到河边时，没见到约好的书生，却一时不防被那小厮挤下了河，等自己被人救上来，那小厮早跑掉了。吴仲一想就知道自己被人盯上了，不过自己和田荣华没有仇，在这京城，如果说恨自己的，应该就是那个胡公子了。说来也是无枉之灾，就因为钱大儒看重自己的才华，就被这个胡春秋盯上了，处处为难。强龙不压地头蛇，何况自己还不是龙，所以只能是想办法避祸了。在这地界，能和田家抗衡，不怕事的，也就是马家了。所以他才想出来这么一计，赖上马天恩。

这时，燕子匆匆忙忙跑了过来，看到马天恩刚想说什么，又看到吴仲在这儿，一时愣住了。

"少爷……"

"怎么了？看你慌慌张张的，房子着火了？"

"没，是夫人去了，她以为你生病了，然后看到了顺哥，现在正在发火呢，你要不要躲躲？"

"我干吗要躲，我是和先生出去学作诗了。我还要去给娘背诗呢。是吧，先生？"说着，讨好地笑着看向吴仲，眼睛弯弯的，显出月牙一样的弧度。

吴仲觉得自己这个学生还是有很多优点的，既然如此，那就好好做一回先生吧。

"不错，和你家夫人说，天恩是跟我出去了，我在教他对景赋诗。天恩，今天既然看了荷花，你就把在什刹海作的荷花诗，再整理一遍，撰写下来，明天交给我。记得，要抄得工整。"说完，吴仲慢悠悠地走了。留下傻了眼的马天恩，心里碎碎念："你又坑我，刚才哪有作诗！"

第七节　彪悍的马夫人

马天恩走到房门前，停了一下，稳定了一下情绪，拍了拍胸口，小心翼翼地把门推开。

一个茶杯迎面砸了过来，马天恩早有准备，迎面一躲，顺手还接住了茶杯。

"娘，咱下次能不砸茶杯吗，摔碎了又要浪费咱家银子了。"

"马天恩，你还敢回来，居然又逃学！"马天恩话音刚落，就听到母亲咆哮的声音。

"冤枉啊，六月飞雪啊。母亲大人明鉴！我今天真不是逃学，是先生带我去什刹海看荷花，教我写诗的。我是和先生一起回来的，燕子看到了，燕子，你说是不是？"

"少爷说的是真的，夫人，刚才少爷确实是和先生一起回来的。"

"真的，你们没串通起来骗我？"马夫人用凌厉的眼神打量着面前这两个人，马天恩一向是谎话成精，但燕子这丫头应该没胆量骗自己。

"当然是真的，比我爹送您的首饰都真。"马天恩马上凑上来，做出一副大义凛然的样子，"我敢骗谁，也不敢骗母亲大人啊。而且您一问先生就知道了啊，他肯定不会和我串通的。"

"那顺哥怎么说是你让他穿你的衣服，留在你房间冒充你？"马夫人明显不相信自己的女儿。

"那个啊，那是我不喜欢的衣服，赏给他了。我说让他冒充我是跟他开玩笑的，想试试他是不是忠心于我，顺哥，我对你很满意，你可以下去了。"马天恩顺口乱说着，对顺哥使了一个眼色，想让他出去。

顺哥跪在地上，想起来，看了一眼马夫人，没敢动。

"夫人，少爷真的是和先生出去了，今天还作了什么荷花诗，我听先生说让他明天撰写出来呢，到时候夫人您一看不就知道了。"燕子在一旁好心地替自家少爷说着好话，完全没看到少爷听到荷花诗三个字脸色都变了。

"吴先生真是厉害呀，你这字都不会写几个的，上了几天课就会作诗了。看来要给他加月银了，为娘其实都是为了你好，你说马家这么大的家业，以后都是要交在你手里的，你总是这样不务正业的怎么行，娘也对不起马家的列祖列宗啊。跟着吴先生好好学。"马夫人又絮絮叨叨了好一会儿，这些话马天恩早听得都能倒背如流了，但面上还是认真聆听的样子。

"娘，我知道啦，放心，我考个状元回来，再替您跟皇上请个诰命夫人怎么样？"

"就你？你少闯点祸我就谢天谢地了。我都不知道哪天就被你气死了。"马夫人长叹一口气。

"娘，这是哪儿的话，您一定会长命百岁的。其实您长得挺漂亮的，就是每天打扮得太老气了，您看赵姨娘多会打扮，明明和您年龄差不多，可看上去就跟我大姐……"

"混账，我是你爹三媒六聘八抬大轿抬进来的，你拿我跟那些偏门进来的玩意儿比，我看你就是欠打。"说着，马夫人站起来就要去抽旁边桌上瓶子里的鸡毛掸子。吓得马天恩连忙跪在地上，就势抱住马夫人的腿："娘，娘，您误会了，我是说您长得漂亮，要是打扮一下就更漂亮了。"

"娶妻娶德，纳妾纳色，端正仪容，侍奉翁姑才是女人应该做的，你说你……"马夫人说到这儿，突然停住了，"算了，我回去歇着了。"

看马夫人快要到门口，马天恩才松了一口气，谁知马夫人丢下一句："明天你把那荷花诗多抄一份，给我跟你爹送去。"

马天恩哭死的心都有了，刚刚对吴仲升起的一点崇敬之心，又被冲击得只剩下画圈圈诅咒了。

马夫人回到房中，看到马朝生正在喝茶，不过以自己对他的了解，这肯定是在等自己，而且已经等着有些焦急了，果然，看到自己回来，马朝生放下手中的茶杯，站起身来。

"夫人啊，天恩回来没有？小孩子嘛，难免爱玩，你也别对她太严苛，毕竟咱们也不可能让她去参加科考。识几个字，别闯大祸就好。"马夫人还没开口，马朝生就已经在给马天恩找理由了。都说是慈母多败儿，马家却不是，马朝生总觉得对不起闺女。马朝生还有两个弟弟，大弟叫马朝荣，小弟马朝阳。两个弟弟都是贪婪性子，爱占便宜，做事又不厚道，他们倒是有儿子，自从马夫人连生三个姑娘，马朝荣就天天和族里人嚷着要把儿子过继给自己，来继承马家的家业。马朝阳也不甘示弱，时不时地就找马朝生表示如果过继还是自己家的儿子比较适合。马朝生之所以答应让马天恩冒充儿子，也有一部分原因是被这两个弟弟烦的。看着本应该娇养的小女儿，要像男人一样生活，特别是马家的男人，从小就要学在水里讨生活，更是不易，所以对马天恩就格外的纵容。

而马夫人出身很不一般，是罗教大通帮帮主李大富的独生女，宠爱异常。这罗教祖师罗清，出身军户，本是漕运运粮军人，就在北京密云卫所服役，后有一天突然得悟，皈依佛教，并在漕运船民中传教。因教徒众多，又以不同地域分不同帮管理。而大通河这段，就是大通帮帮主李大富所管。马夫人从小就是活泼的性子，喜欢到处跑，马天恩说起来还真是像极了马夫人。那会儿马朝生刚接手马家，被其他守闸家族特别是田家多方排挤，焦头烂额。有天去一个酒楼谈生意，正好遇到外出游玩的李大富之女，在酒楼吃完饭发现自己忘记带银子了。马朝生仗义解围，这李姑娘对他一见钟情，后来也就变成了马夫人。等马夫人嫁进马家之后，在李大富的帮助下，马朝生才熬过了开始最难的那段日子，马家也才成了五闸之首，有了今天的位置。所以马朝生对夫人一直很是敬重。

马夫人一看丈夫生怕自己苛责女儿，有些不满。"在老爷心中，我就是这么凶吗？看你们父子俩，一个一个都嫌弃我，你要喜欢那温柔可人的，当初就不应该娶我。"

"没有，没有，夫人是真女子，绝非平常妇人可比。能娶到夫人，是我马朝生的福气。"

马夫人看夫君赔着笑脸，自己也有些不好意思了，赶紧转移话题。"没想到天恩今天不是偷跑出去，是吴先生带她出去的，说是看荷写诗，明天还要抄好了给我们看呢。"

"好事啊，这吴先生果然厉害，这才来几天，天恩都会写诗了。先生的束脩看来还要再加一些。"

"对，我刚才在天恩那儿也是这么说的。"

正在被马老爷夫妻准备加束脩的吴仲，此时，正在房间看书，看着看着，突然停住了，想起白天马天恩说的贪官无良，阻碍运河修通一事，不觉眉头深皱，放下书，铺好纸，开始奋笔疾书。

第八节　一山不容二虎

清晨，风微凉，日初上，暖意渐起。院子里鸟儿已经在叽叽喳喳叫个不停，分不清的花香和草香交杂在一起，让人闻了神清气爽。当然，这不包括马天恩。

马天恩熬了一夜，东拼西凑绞尽脑汁写了三句，实在是想不出最后一句了，于是抱着但求速死的信念，拿着朝书房走去。走到书房门口，转了几圈，不敢进去。结果廊下没眼色的八哥叫了起来："少爷来了！少爷来了！"马天恩没好气地拿手敲了一下八哥的笼子："多嘴。"

吴仲早就在书房等着了，拿了一本书正在翻看，见马天恩心虚地走进来，背着手，好像是拿着一张纸，不觉莞尔。

"诗写完了？拿过来给为师看看。"

"差不多写完了吧。"马天恩把身后藏着的纸拿了出来，却不愿意交到吴仲手里。

"没关系的，你之前没有学过作诗，写得不好为师也不会怪你。起码你有勇气来写，这就是好的开始。"吴仲鼓励着。马天恩心里却想，我才不想写，只是被母亲知道了，如果不写一首给她，她肯定又会说我逃课去玩了。哎，谁让自己有一个既能唠叨又能打的娘呢，真不知道爹当年怎么会看上她的，没准是被她逼迫成亲的也不一定。

马天恩神游了一会儿，然后讨价还价地说："写是写了，不过我只写了三句……我娘还说让我写了给她，您能不能帮我说说好话。"

马天恩满脸堆笑，把诗递了过去。吴仲其实对她作诗没抱什么希望，打开一看，虽然谈不上惊喜，却也没有想象中的那么惊吓，居然还挺顺的。就是字丑了点，不过一笔一画写得挺是清楚，应该也是用心了。这马天恩，还真是个聪明的学生。昨天只是听自己讲了一些写荷花的诗词，就照葫芦画瓢地写了几句，也算是个可教之才了。

只见纸上写着：湖水清清荷花红，荷叶宽宽挡渔人。看花不如去下水……只有三句，后面空着，看来是真想不到了。吴仲抬头看看马天恩，眼圈都青了，昨天肯定是熬夜了。一直听说他是个纨绔少爷，可是从自己接触看来，他其实只是一个想被大人认可的孩子，总是装作不在乎的样子，但他心里还是很在意别人的想法。闯祸更多也是为了引人注意，或者是做出什么事让大家赞扬。

想到这儿，吴仲笑了笑："写得不错。"然后将纸铺在桌子上，拿来笔，蘸上墨，模仿着马天恩的笔迹在后面加了一句，加完之后递给马天恩，"拿去给夫人看吧。"

马天恩没想到吴仲居然给自己补了一句，心情陡然大好，都来不及细看，接过纸就往爹娘房间跑。

马朝生夫妇刚用过早点，下人们正在把东西收拾下去，马天恩就跑了过来，一开门还差点撞上。

马夫人忍不住又唠叨起来："跑这么急做什么？就不能稳当一点，你再摔着碰着的。"

"我是来给爹娘看我写的诗的。"马天恩说着，献宝一样地把纸递到二老面前。

马朝生夫妇互相对看了一眼，虽然昨天和马天恩说了，让她今天把诗交上来，但没想到这么快。

马夫人不太认字，马朝生虽然是做漕运生意的，但平时喜欢读些书，所以接过纸，打开给马夫人读了起来。

湖水清清荷花红，荷叶宽宽挡渔人。看花不如去下水，采得莲子孝双亲。

"好孩子啊！看荷花还想着给爹娘摘莲子。诗不错，字也还……也还不错，真是祖宗显灵了，你这算是开窍了。"马朝生欣慰地看着闺女，马夫人眼泪都掉下来了。

"我就说我儿不比那些秀才差。看这诗，作得多好。管家，拿去装裱好挂起来。"

"还是不要吧，最后一句是先生帮我加的。"马天恩有些害羞了。从小到大经常被追着打骂，这会儿突然被夸奖，还真有点不习惯。

"没有前三句哪来的最后一句，这几句都好，都好。我们马家也有读书人了。"马朝生也是兴致盎然，立刻安排管家去找最好的书画店去装裱。

就在马家其乐融融的时候，田家却是狂风暴雨。

田富贵偷偷地想溜出去找马天恩玩，刚走到大门口，就听背后冷冷地传来一声："站住，你要去哪儿？"

田富贵一听声音就知道是兄长，知道今天是出不去了，果断回头，讨好地说："我想去码头上看看，熟悉一下，以后万一能帮上大哥什么忙呢。"

"你大哥是谁？"

"啊，当然是您啊。大哥，你不会是失忆了吧？"

"混账东西，还知道我是你大哥，我还以为你姓马呢。随我过来。"田荣华一脸怒气，说完话甩手朝房内走去，田富贵一看哥哥生气了，赶紧跟上前去。

"大哥，您这是哪里话。我只有您一个大哥，当然是姓田。其实天恩他挺好的，您是不熟，要不哪天我把他约出来，咱们一起喝个酒，您肯定会喜欢他的。"

"你以为我不让你跟他接触是因为不喜欢他吗？我是那种会以个人情绪来左右自己弟弟结交朋友的人吗？你太不了解大哥了，不让你去找马天恩，是因为他姓马。五闸之中，只有马家能跟我们抗衡，我们和马家，一直都是暗里相争，但现在朝廷风云变幻，这漕运也会有变。就怕我们和马家的争斗，要从暗转明，你到时候要如何自处？"田荣华厉声质问。

田富贵低下头，喃喃地说："为什么一定要争个你死我活呢，就不能好好相处吗？"

"愚蠢至极，一山不容二虎，我们和马家，只能有一个统领五闸，那马家，无非是仗着罗教的李大富翻身，现在大通帮内部也是争斗不断，那李大富也未必一直能做帮主，只要李大富一倒，我们和马家的明斗就正式开始了。你啊，从小就身子弱，我把你照顾得太好了，让你不知道什么是家族责任，这是我的错。"说完，田荣华长叹一口气，坐在椅子上。

田富贵知趣地把桌子上的茶斟上，递给大哥。"大哥，我知道你做的一切都是为了我好，父亲去了以后，是你担起了田家，我从心里敬佩你。你说的我也知道，可是，我觉得天恩说的也不错，他经常说大通河是大家的，我们都是喝着同样的水长起来的，有钱大家一起赚不就好了。"

"他一个败家子知道什么，完全是靠着他爹娘才每天那么张狂，要是哪天他爹不在了，不用我们动手，他就被自己族里吃得骨头都不剩了。说到马天恩，我听说那天在街上你们遇到吴仲，是你劝马天恩答应他进府做先生的？你对这小子还真是好啊，你明知道胡公子要对付吴仲，还帮马天恩把他弄进马府，你知不知道自己在做什么？"

"我，我没想那么多，我就想既然胡公子那么忌惮吴仲，那吴仲的学问肯定是极好的，所以就顺着说了一下……"

"你……我真不知道你是聪明还是傻。来人，家法伺候。"一听"家法"两个字，田富贵脸都白了，田家的家法是一条皮鞭，鞭子里面却是钢筋做的芯，一鞭下去，皮肤马上红肿，疼痛难忍，没有十天半个月肯定下不了床。

田富贵当机立断，跪下抱住哥哥就哭，"大哥不要打我，我错了，我以后什么都听你的。我不是怕疼，您怎么打我我都认，可是娘身体不好，要是我被打得不能去给她老人家请安问好的，她肯定会伤心的。要是娘知道我受伤了，她又要哭了。"

田富贵的必杀技就是田家老太太，田荣华是个孝子，父亲早逝，他要处理外面的事，家里都是老太太一人支撑，也吃了不少苦。所以，田荣华对母亲非常孝顺，而田家老太太对田富贵这个才三岁就失去父亲的幼子极为宠爱，每次他闯了祸，只要求到老太太那儿，肯定会大事化小，小事化了，更何况再过几日就是老夫人的寿诞之日，还是不要扰了老人家的心情。

算了，反正马天恩也不是读书的材料，吴仲去了也没什么。说到底田家和吴仲也没仇，只是为了结交胡公子罢了。想到这儿，田荣华看了一眼不争气的弟弟："这次就饶了你，不过你记住，以后不准再坏我的事，否则，和这次的加起来一起打。"

田富贵心里松了一口气："大哥你放心，我肯定不会再让你操心。"心里默默地补上一句，只要你不算计马天恩。

第二章 ／ 两闸相争计中计

第一节 田老夫人的寿宴

人有五福，一曰寿，二曰福，三曰康宁，四曰攸好德，五曰考终命。寿居五福之首，亲朋好友，齐聚一堂，祈福求祥，盼望寿运长久，是为祝寿。

而马天恩就是被父亲派去田府给田家的老夫人祝寿。不管马天恩多不着调，但作为马朝生唯一的儿子，以后肯定是要支撑门户的，加上最近在吴仲的教导之下，马天恩还是有些进步的，这就让马朝生放心了许多。

不过鉴于要去的是田府，临走前马天恩还是被千叮咛万嘱咐，要恭顺有礼，不可以惹是生非。马天恩有段时间没有见田富贵了，也想去看看这小子是不是出了什么事，所以对去田府并不是很抗拒，也就笑着都应承下来。

刚到田府门前，就已经感受到了热闹的气氛。田府请了一个戏班子，戏台已经搭上，戏子们也已经扮好妆容，就等到了吉时请寿星点戏登台。门口来拜寿的人络绎不绝，有田家的通家之好，还有一些生意上有来往的商户，当然也有像马天恩这样虽然是竞争关系，但表面还是要一派祥和的人家。门口还有一些田府的管事小厮给过路的行人发一些寿糕、点心，然后换来祝福的吉祥话。

马天恩带的小厮把寿礼递给田家管事，管事赶紧放进院里搭的彩棚之中，领着马天恩进了田府。走进寿堂，发现已经挂满寿幛，大红的布帛上写着各种吉祥的词。正厅还摆了一个八条幅的金色寿屏，上面用朱笔写的大大小小不同字体的一百个寿字。马天恩突然觉得不管两个家族哪个生意做得更好，从生儿子的角度来看，这田老太太还是比自己爹运气好一些，同时也暗下决心，等父亲再过生日，自己也找人这样布置一番，再送些父亲喜欢的东西，让他也高兴高兴。不过想到这儿，又添了几分惭愧，因为细想，居然不知道父亲最喜欢的是什么，等回去问问母亲。

寿堂之上，田老夫人坐在正中的高椅之上，进入的宾客或者子侄晚辈或叩拜或行礼。虽然各闸立场不同，但毕竟都生活在大通河边，数来算去，很多都是可以论上亲属关系的。马天恩作为后辈，规规矩矩地磕了三个头，说着："祝老夫人福如东海、寿比南山。"站在旁侧的田荣华、田富贵兄弟也赶紧还礼，马天恩还接了老夫人一个寿封，笑嘻嘻地跟田家兄弟打过招呼，在旁边等着其他人到齐一起去寿宴。

田富贵朝马天恩使了眼色，意思是一会儿一起玩，怕田荣华听见，没敢出声。这时，外面有人来传，说是胡春秋胡公子到，田荣华马上迎了出去，一看田荣华出去了，田富贵立刻跑到马天恩旁边，欢快地说："大哥你终于来了，我等你一早上了。"像是雏鸟终于找到了大鸟一般喜形于色。

"你这小子，是不是又被你哥关起来了，怎么都不去找我？"马天恩看到他，也很是开心。

"是啊，哎，要不是今天母亲寿辰，我哥还不让我出门呢，每天把我关在书房里，我都快闷出病来了。"田富贵快速地说完，又心虚地看了一下周围，生怕哥哥突然回来。

"看来这个胡春秋确实跟你大哥关系不错啊，不知道他带了什么礼物来？"

"他啊，没兴趣。"

马天恩注意到，田富贵听到胡春秋三个字时，脸上明显露出不屑的神情。他们两个可是从小玩到大的，一看这表情，马天恩第一直觉，这胡春秋肯定坑过田富贵，当大哥的自然要为小弟出头。

这时，田荣华带着胡春秋走了进来，胡春秋见到正堂的老夫人，只是很敷衍地作了一揖，田荣华就忙还礼。虽然田家在这大通河一带还算有些势力，但毕竟不是做官的出身，商人做得再大，在胡春秋看来也只是下等行业，不值得自己尊敬，只是现在用得着田荣华，所以才来给个面子而已。田荣华自然知道他心中所想，不过他正拉拢胡春秋，也就不敢计较太多。田富贵则不同，他早看胡春秋不顺眼，又看他如此不尊重母亲，脸上的厌恶之色就更加明显。

转眼到了寿宴时间，田荣华陪着胡春秋一行人朝摆寿宴的厅堂走去，田富贵和马天恩也跟在后面一起走过去，马天恩小声地问："哎，我看你脸色不对，是不是那个胡春秋惹过你？"

田富贵欲言又止，想了一下，才压低声音开口说："那倒没有，不过这家伙不是好人，天天教唆我哥跟大家争斗，我哥就是自从认识他才看我这么紧，不让我去找你。而且，我听他说过你先生的坏话。"

"吴先生？他认识吴先生？"马天恩有些好奇。

宴席分贵宾宴席跟普通宴席，马天恩作为二闸的代表，自然是要去贵宾宴席。田富贵带着他一边走一边说："那姓胡的一肚子坏水，自己没学问，就妒忌吴先生，我以前听他和我哥喝酒时说，如果没有吴仲，他肯定是金科榜首。你要离他远点啊，我哥说他家有人在朝里为官，得罪不得。"

马天恩听在耳里，心里就开始打起了算盘，这个胡春秋看来是先生的对手啊。不如让自己收拾他一下，也算尽了做人家学生的孝心。

"要不，咱们收拾他一下？"马天恩友好地建议。

"不好吧，这是在我家，要是他出什么事，被我哥知道是我做的，还不打死我！"

"那就不让他知道是你做的不就行了。我来做，反正我不怕你哥，也不怕那胡春秋，让他们找我好了。你听我的就行，到时候出事都算我的。"马天恩满不在乎地说。

两个人一边走一边商量，转眼就到了贵宾宴。

贵宾宴是当下最流行的"五吉宴席"，二十五个冷热盘，五大件，五中件，五小件，五座菜，五饭菜，共五十个菜，五道点心五撤桌。"五吉"也就是寓意福禄寿喜财。光那五个大件，很多普通人家别说吃不起，就是见都没见全过。清汤燕窝、红烧熊掌、挂炉烤鸭、清烧干贝，最后一道就是从那积水潭采来加工而成的蜜汁莲子。

不过马天恩的心思可不在吃上，就想着怎么教训教训胡春秋。本来想给他下点药，但是想到刚才田富贵的话，这是在田府，出点什么事连累田荣华不要紧，连累了田富贵就不好了，所以要想一个让那家伙有苦说不出的计策才行。

第二节　小爷是神医

马天恩快走进寿宴厅的时候，突然停了下来。"顺哥，过来，你听我说。"马天恩把自己的小厮顺哥叫了过来，小声嘀咕了几句，顺哥瞪大眼睛看着少爷，没敢动地方。

"快去，你小爷我急着用。"说着，马天恩作势要踢顺哥，顺哥一看少爷主意已定，也不敢再多说，转头就跑。

田富贵一看就知道马天恩有了主意，赶紧问："你让顺哥去做什么了？这是我家，需要什么跟我说不就好了。你是不是要对付那个胡春秋？我也可以帮忙啊，我早看他不顺眼了。"

"肯定要你帮忙的，只是东西你没有。一会儿你这样……"马天恩做个手势，田富贵附耳贴了过来。

"啊，会不会出人命，你让顺哥买的不会是毒药吧？"田富贵脸上露出惊恐之色。

"当然不是，小爷的命值钱着呢，把他弄死小爷还要抵命，不划算。一会儿你看热闹就好，我保证他最后还得谢谢小爷。"马天恩一脸得意的样子。

寿宴开始，马天恩坐在了胡春秋旁边的位置，胡春秋对他一脸不屑，只是跟田荣华谈笑喝酒，看都不看他一眼，马天恩也不在意，自己一边吃一边喝，时不时跟其他人聊几句。过了一会儿，马天恩看到顺哥在厅门外晃了一下，知道他把东西买回来了。于是借口要上厕所，溜了出来。

顺哥满脸紧张地把一个小瓶递给马天恩，哀求着小声说："少爷，你可别玩大了，被老爷知道……"马天恩没等他说完，就把他往外推，"那你赶紧回去，就说我轰你回去的，这样出什么事也跟你没关系。"

顺哥哪敢自己回去，还是乖乖地在厅外面等着马天恩吃完饭一起回去。马天恩又装模作样地往厕所方向跑了一次，然后才又回到寿宴厅。这会儿，大家都有些醉意了。马天恩坐回胡春秋旁边，朝田富贵使个眼色，表示东西拿到了。

田富贵站起来朝胡春秋恭维道："听说胡公子书法造诣惊人，今天家母寿辰，富贵可否向胡公子求一幅墨宝，一来为家母贺寿，二来我也可以临摹学习，明年就可以自己给家母写寿联了。"几句话既恭维了胡春秋，又表示了自己的孝心。胡春秋酒喝得也有些醉意了，他平时就最喜欢别人夸自己有学问，这会儿兴头上来了，马上痛快地答应下来，找人拿纸笔来。

田荣华虽然也喝了不少，但还是感觉哪里不对，因为自己弟弟平时对胡春秋印象并不好，而且也不是喜欢在人前表现的性格，现在居然如此主动，不由就想到了是不是马天恩要闹事，但也不好阻止，只是用眼神警告弟弟。

田富贵却像没看到一样，安排小厮搬来茶几，自己跑去拿纸笔，还帮胡春秋磨墨。大家也围了过去，马天恩也站了起来，却在趁人不备时，将自己的酒杯跟胡春秋的换了一下，然后才走了过去。

这胡春秋也是有几分文采的，提笔挥毫，一个寿字跃然纸上，众人纷纷称赞，继续把酒言欢。

胡春秋几杯下去，突然觉得有些燥热，心里好像有火在烧，脑子里也有一股冲动，直觉哪里不对，这会儿马天恩开始拉着他恭维敬酒。

"胡公子，我刚才和富贵说了，您写的那个字，我一定要带回去，他还不让，您看哪天有时间去我家，帮我再写一个啊，我一定装裱好了，以后留给我儿子，我孙子，这就是我马家的传家宝。"好听的话就跟不要钱似的，一直往外倒。

胡春秋眼有些晕，就看到面前一个美女朝着自己媚眼传情，心里火烧得更旺了。好像四周其他人都不存在了，只有自己和这个姑娘，小小的唇，娇嫩的脸，还有那会说话的眼睛。欲望终于战胜了理智，胡春秋朝面前的姑娘就扑了过来。就听到"咣当"一声，马天恩身子向前一挺，表面是要扶胡春秋，膝盖却直接撞了上去，胡春秋一下子摔倒在地上。

不过他并没有感觉到，因为药已经让他大脑变得迟钝。有种想要撕开自己衣服的冲动，不过仅存的理智告诉他，如果他这么做了，功名就算毁了。干脆装醉好了，想到这儿，胡春秋躺在地上抱着椅子，索性就不起来了。心想等人把自己送回房间，再让田荣华送个丫头进来解解火就是，等事情过了再查原因。

这会儿大家也纷纷围了上来，文人喝酒，醉也是常事，算不得什么。这时果然有人建议快送他到房间去，田荣华赶紧安排人来扶。

这时就听到一个清脆的声音："不要碰他，我觉得他不是醉了，是病了。"说话的人正是马天恩。就见马天恩一本正经地俯下身子，拿手摸着胡春秋的额头，胡春秋体内的火被这细软的小手一摸，更是要燃烧起来，更要命的是马天恩身上还有一股香气传来，直接钻进他脑子里，让他只想拉住这手，好好抚摸。但他知道只要拉住了，后面就会变得一发不可收拾，于是更加痛苦的压抑，导致整个身子都蜷曲在一起颤抖着。

就听那个声音又响起："他额头发烫，身子又发抖，应该是病了，不要轻易移动他，来人，取冷水来。"

"你不要胡闹！"田荣华赶紧过来阻止，不过他也不知道胡春秋到底怎么了，家里的食物肯定是没问题的，而且胡春秋的酒量他是知道的，今天这点酒完全不至于如此失态，他只是本能地觉得马天恩肯定没干好事。

"我不是胡闹，小爷是在救人。他这症状很急，我之前在一个船工身上见过，我有法子治，如果你不信，你就去找大夫吧，就怕大夫没来他已经烧傻了。而且我的方法很简单，很快就能见效，你不会是想见死不救吧？"马天恩故弄玄虚地说。

"要不就让他试试？你看胡公子已经神志不清了。然后我们同时去请大夫，这样多头准备不是更保险吗？"田富贵在一旁煽风点火。

旁边不明真相的人也都纷纷附和，当然其中更多是看胡春秋不爽，单纯想看热闹的。

田荣华看此形势，也只好答应下来，不过他倒也想过可能是马天恩做的套，但他了解马天恩，虽然胡闹，但是说闹出人命的事是从来没有的，如果这次的事真是他干的，解铃还须系铃人，等胡公子好了再找他算账也不迟。

马天恩让人拿来了银针、冷水，装模作样地拉住胡春秋的手，拿起银针就直接扎过去，他哪里懂穴位，银针直接就扎到了肉里，这一疼，让胡春秋整个人都清醒了很多，"啊"地大叫一声，眼神也清明了起来，还没等他反应过来，又一针扎了下来。

"见效了，见效了！"旁观群众开始欢呼。

就见马天恩还谦虚地摆摆手，接过一盆冷水，却把小厮递过的毛巾扔到一边，一盆水直接浇了过去，胡春秋一个激灵，放开抱着的椅子。就见马天恩又俯下身子，拿出银针，朝着胡春秋的面门扎去，吓得胡春秋心里的火全退了，后撤一步就跳了起来。

"大胆，我要杀了你！"说着，就要朝马天恩扑过去，却被旁边的人牢牢拉住，还纷纷劝他，说是马天恩救了他，不要误会云云。

马天恩却一副大义凛然的样子："小爷我是神医，你这病是因酒因色而诱发，以后最好是都戒了吧，还有，你回去以后要每天冷水泡澡三个时辰，连泡七日这次就算是康复了。"

"胡说八道，我才没病，明明是你害我！"

"你可不要血口喷人，我刚才所做都是为了救你，你说我害你，可有证据？你可是读书人，不能恩将仇报的，有损你的清名。"

"肯定是你在我杯子里下了药，来人，查杯子。再看刚才谁出去过！"胡春秋怒吼。

第三节 生而为人的别无选择

不得不说，胡春秋也不算笨，马上就反应过来是有人给他下了药，当然第一嫌疑人肯定就是刚才拿针扎自己的马天恩。这会儿他的情绪已经完全被愤怒控制了，顾不得这是田家，田老夫人的寿辰，满脑子都是要把马天恩抓起来。

这时，田荣华走过来，劝解双方："事情出在我田家，不管什么原因，都是田某人的错，招待不周，大家多海涵。"然后在胡春秋耳边小声说了几句："胡公子，此事不宜闹大，对公子名声不利。"

马天恩一脸得意地看着胡春秋，巴不得他闹，因为刚才趁着救人的时候，田富贵早把杯子又换走了，这会儿就算是查，也查不到任何证据的，更何况，药早进了胡春秋的肚子。闹上公堂他也没法证明是自己下的药，而且这种事，如果传出去，大家只会说胡春秋不检点，居然吃春药。

胡春秋这才冷静下来，然后发现药性还没完全过去，如果再继续闹下去，只怕自己又做出什么失态之事，而且一看马天恩胸有成竹的样子，估计也找不到证据，最主要的是马天恩就是一个败家子，就算查出来他给自己下药，也没造成什么严重后果，最多是给自己赔礼道歉，但自己的名声就毁了，还不如承认自己身体不适呢。

想到这儿，胡春秋强压心头怒火，朝马天恩一拱手，"我早上来时就觉得身体不适，没想到突然发病，可能是昨夜看书受凉，今天一高兴喝得有些多，这才引得身体发热，脑子有些晕，多谢马少爷相救。"

说完，转身就走，田荣华赶紧陪着下去，给他安排地方休息，同时让田富贵招呼大家继续。

虽然折腾了一会儿，但是还有新菜上来，把凉的撤掉，大家继续。胡春秋和田荣华一走，大家反而更加热闹了，一边吃一边高谈阔论，天南地北的，马天恩更是各种段子，引得大家阵阵发笑，就好像刚才的不愉快根本没发生过。

大家吃过寿糕，田荣华这才回来，又陪大家聊了一会儿，天色渐晚，这才宾主尽欢，大家各自返回。

马天恩心里得意，加上又喝了些酒，一回马府就往吴仲房间跑。到门口一边喊着先生一边推门就进，看到吴仲坐在窗前的桌边，手里拿着一卷书，一身青衣，头发没有包方巾，只是简单地结了一个发髻，夕阳透过窗户洒在他身上，听到马天恩的声音，放下书转头看过来，眼睛像是带着暖意的光，微微一笑。马天恩就觉得脑子好像瞬间停止思考了，心脏跳得快了起来，好像要跳出来一样。马天恩掐掐自己的脸，也有些热，难道自己也吃药了？

"怎么跑这么急，坐。"说着，吴仲站起来，招呼马天恩坐下，闻到他身上的酒味，微皱了一下眉头，却还是取过一个茶盏，将花茶放于盏中，用之前就烧好的沸水点冲，吴仲手指细长，就见他先用少量沸水调膏，又慢慢注汤，边注边用茶筅击拂。一会儿，淡黄色的茶色就出来了，然后递给马天恩。

"小小年纪，喝这么多酒，先喝茶醒醒酒。"吴仲知道，马天恩作为马家的继承人，应酬之事是少不了的，但心里还真的有些疼惜。

"先生，我没事。"马天恩喝了一小口，然后忙不迭地向先生讨奖赏似的说道，"我今天给你报仇了。"

"报仇，我有什么仇？"吴仲有些不解地看着马天恩，心里突然有种不好的预感。

"就是那个胡春秋呀，我听说他不喜欢先生，还想对付先生，我就帮你教训了他一下。"马天恩竹筒倒豆子一般快速地把今天发生的事情说了一遍，最后总结道："我就知道他不敢闹，你们这些书生最好面子了，你看，他被我下药，拿水泼，拿针扎，最后还得谢谢我，你是没看到他那眼神……"马天恩兴奋地看着吴仲，却发现老师没有自己想象中的惊喜，而是面色凝重，不明所以的马天恩停了下来，小心翼翼地问："先生，我是不是闯祸了？"

看着马天恩从兴奋一下子变成惶恐，虽然明知道应该狠狠骂他，不应该如此冲动，但吴仲还是觉得有些不舍，反而抬头摸了摸他的头，安抚地说："天恩知道为先生出气了，我很欣慰啊，不过，今天还是冲动了一些，那胡春秋本就是小人，你今天得罪了他，他以后肯定会报复于你，你最近还是少出门，避开他吧。日子久了，也就淡了。"

"我不怕他，惹急了小爷揍死他。"马天恩一脸满不在乎的表情。

"还是小心为上，你先乖乖的不要让他找到错处，等为师金榜题名，我来护着你。"吴仲心里还是觉得很暖，有人肯这样为自己，还是很感动的。

"好啊，要是先生中了状元，我就是状元的弟子，小状元了。"马天恩开心地笑了起来，眼里满是崇敬，熠熠生辉。

而田家，寿宴上出了这种事，尽管田荣华百般叮嘱让大家不要外传，但世上哪有不透风的墙。不过到底没人能说出胡春秋到底是吃了什么药，所以倒也不至于伤了他的名声，只是，这胡春秋跟马天恩的梁子就算是结下了。

田富贵熟练地跪在地上，心里咬定了死都不承认跟自己有关。田荣华走了过来，田富贵眼睛一闭，心想，反正是母亲寿辰，哥哥再生气也不会打死自己的。

谁知道田荣华只是叹了一口气，也没踢他，说了一句："起来吧。"田富贵怯怯地站了起来："哥，这事真的跟我还有天恩没关系，就是胡公子他在自己家吃坏肚子了，结果到咱们府就发作了。"

田荣华不由得气笑了："你是觉得哥哥我老糊涂了还是胡公子傻了？这事一看就是马天恩做的。"

"啊，这么明显！不会吧，那哥哥你今天还替天恩说话，让胡公子不计较。这不像哥哥你的作风啊！"田富贵有些心虚地说，声音越来越小。

"这世上，没有绝对的朋友，也没有绝对的敌人，有的，只是利益得失。我和胡公子虽然是朋友，但也是建立在各有所求的基础之上。他其实对马家并没有什么大的成见，只是针对吴仲一个人。但是今天马天恩是彻底惹怒他了，所以马家就成了我们共同的敌人，从这个角度来看，今天的事对我们并不算不利。我虽然压下了他当场发作，但他有这口气闷在心里，回去必定是要发作的。"田荣华坐到椅子上，喝了一口茶。

田富贵脑子里却只有哥哥说的，马天恩危险了，胡春秋一定要对付他，不行，自己一定要提醒他。想到这儿，喊了一句："哥哥，我还有事，我出去了。"然后拔腿就跑。

田荣华看着弟弟的背影，叹了口气，自言自语道："我知道我说这些你不认可，可是没关系，总有一天你会懂的。如果有选择，每个人都想成为圣人，但很多时候，我们别无选择。"

第四节 粮仓闹鬼

因为从东南调运来的粮米，从运河水路运至张家湾之后，并不能直接进城，而是要先从码头工人运到通州大运诸仓，京中设皇城四门仓和十一京仓，而十一京仓内设五十二个卫仓。等到起运仓之时，粮米就需要用人工车马，从通州仓运到各京仓。

通州大运仓又分大运西、南、中三仓，共有十六个卫仓。其中有四个卫仓是由马家负责。招募工人进粮出粮，平时看守着防火防盗。看守之人多是家族内部以及从大通帮雇用来的人，有功夫有胆量，一般的毛贼也不敢进仓盗窃。

这日，马天恩拿着自己新写的字，想去跟父亲炫耀一下，当然如果父亲一时高兴赏些银子，就更好了。

刚走到父亲书房门口，发现门是关着的，门口还站着一个小厮守着，走近时就听到里面有激烈的争吵声传来。门口的小厮见马天恩来了，刚要打招呼，马天恩做了一个噤声的手势，然后贴近房门，小厮只好装作看不见的样子，目视前方。

"闹鬼，怎么可能？"

"真的有鬼，许多工人都看到了，大家现在都人心惶惶的。"

"一派胡言，鬼去粮仓干吗，难道还是个饿死鬼不成？"

"老爷，我也不信，可是大家都这么传。还说得有声有色的，说那鬼是个水鬼，所到之处，都会留下水痕。还有人说那水鬼可能是被……被咱们马家害死的，所以才来马家粮仓捣乱，不去其他地方。前几天值守的弟兄还有被鬼抓伤的，说鬼有长长的爪子。"

马天恩在外面听得入迷，身子向前一倾，就把本来关的不是很严的门撞开了，滚了进去。

里面的人也被他吓了一跳。马天恩连忙站起身来，朝爹爹不好意思地笑了笑，这才发现房间里跟爹爹说话的是一个粮仓的管事，自己之前也见过，也是马家的族人，按辈分他应该叫对方一声五叔。

"五叔，你刚才说的是真的吗？那鬼是男是女，功夫厉害不？"马天恩好奇地追问。

"这个……"

"天恩，这事你不许掺和，我们会处理。"马父一眼就看出来她想做什么，赶紧出言阻止。这事肯定是有人设计马家，马天恩本就是个好热闹的，而且不知道轻重，她一掺和，还不定闹出什么乱子。

"爹，你不是说让我锻炼一下吗？这就是最好的机会啊。要不这事就交给我了，我保证把那鬼给你抓出来。"

"不行，万一你出什么事怎么办？"马父一口拒绝。

"爹，您不能这么想啊，我的命是命，粮仓其他兄弟的命也是命啊！要不这样，我到了粮仓，一切听五叔的，肯定不会擅作主张，如何？"马天恩一听有鬼，眼睛都亮了，做出一副大义凛然的样子。

马父当然知道她是想凑热闹，不过她早晚都要继承马家的家业的，现在看来，那鬼也没有伤人，无非是想给马家添堵，弄些麻烦。不如就让她去看看，总要慢慢放手的。

想到这儿，马父开口说："好吧，不过你要记得一切听五叔的，不然，你以后都别想出门。还有，不能耽误功课！"

"保证保证，肯定不会耽误的。五叔，咱们走，赶紧去粮仓看看，你路上慢慢和我说。"马天恩一听父亲答应，马上拉着五叔就走，生怕走晚了父亲再反悔。

出了门，顺哥也跟了过来，几个人坐上五叔来时的马车。马天恩马上又迫不及待地打听闹鬼的事，五叔也就把具体情况细细地给他们讲了一遍。原来，前天晚上，粮仓的值守人员发现，有白影闪过，追过去，看不到人，地上却有水印，隐隐还有些水草的味道。第二天晚上加了人手，结果那个影子又出现了，大家分头去找，就听到一声惨叫，众人顺着声音的方向跑过去，发现有一个兄弟胸膛被抓开了深深的一道伤痕，肉都翻了出来。嘴里惊叫着有鬼，一直抽搐着，好像是魂魄被惊了。

然后粮仓闹鬼的事就传了出来，工人们都不敢来上工，特别是晚上值守的人，纷纷闹着要停工，还有人提出来要请道士作法。所以五叔这才赶紧来和马父商议，看如何处理。

"装鬼装到小爷家门口了，看我怎么收拾你。"马天恩是经常装神弄鬼的，自然不相信是真的闹鬼。一心盘算着晚上怎么好好会会这鬼。倒是五叔嘱咐他一定不要冲动，一切以安全为重。

这次闹鬼的粮仓很大，有库房七八十间，每间可储粮二千五百石。粮仓的上顶为单檐四角攒尖顶，覆黄色琉璃瓦剪绿边琉璃宝顶，四角安置装饰跑兽。既可晒粮，又不会积水。

刚到了粮仓，远远就看到有一群码头工人聚集在粮仓口，怎么都不肯进去，地上还堆了很多袋粮食以及一些装货的木箱。

五叔不由地叹气："哎，这些工人非说有鬼，死活不肯进粮仓，加钱都不做，我也是真没办法了。"

马天恩跳下马车，拍了拍胸口："有我在，别担心，不就是鬼吗，看我把他捉到了挂起来晾几天，保证水鬼变鱼干。"

随着五叔和马天恩的到来，嘈杂声有了短暂的平息。等马天恩走过来，有不少认出他的工人，有些心虚地低下头，有些却干脆地朝他喊："马少爷，不是我们不干活啊，这仓库有鬼，万一进去被鬼跟上怎么办？我们都是上有老下有小的，不能送死啊。"

这种事，有一个人开了口，其他人就很自然地跟着起哄叫嚷，瞬间，场面比刚才还要乱了。

"哪来的鬼？是水鬼还是饿死鬼，跑到仓库吃粮食啊！我看你们脑子进水了才是真的。我们马家有海龙王保佑，哪个水鬼敢来捣乱！"马天恩从小到大最擅长的就是闹事，所以再乱的环境对她都像到了无人之境，心知，闹事必有带头的，眼神扫过，果然发现有几个闹得特别欢。

"马少爷，说句不好听的，您这是站着说话不腰疼啊。您是贵人，不知道我们这些人的苦。要是真没鬼，我们还能放着钱不赚？要不，您还是跟马老爷说说，请个道士来捉鬼吧。等鬼捉到了我们再开工。"其中一个汉子站出来说道，其他人赶紧跟着附和。

"不用，小爷我就会捉鬼，你们在这儿守着。小爷我现在就进去，明天这个时候我再出来。如果我没事，就代表没鬼，如果真有鬼，你们就有福了，等我把鬼揪出来，你们就可以看到活鬼了！"马天恩说着，大摇大摆地朝着粮仓走去。

五叔赶紧走过来拦住，压低声音说："天恩，别冲动，等我从大通帮再借几个高手来跟你一起进去。"

"不用，小爷我自己就能搞定，去的人多了，我怕鬼不敢出来。"走了一半，突然回头，指着刚才挑头的人说："你来跟小爷做伴如何？"那人连连摆手，忙着退后了几步。

马天恩哼了一声，大步走进粮仓，把门重重地关上。

第五节　鬼被吓到了

因为不放心，顺哥还是跟了进来，一起的还有五叔身边的两个大通帮的高手。毕竟马天恩可是马家的命根子，不能有任何一点闪失。

进到粮仓，几个人分头行动，去察看是不是有人藏到了粮仓里。马天恩也逐间地认真检查起来，这才发现粮仓的墙壁非常厚，有三米多的样子，一方面是为了克服储粮后向外产生的巨大张力，另一方面是为了保持恒温。粮仓顶上四面开窗，据说是前朝为了秋收时让皇帝可以看到人们扛着粮食，从仓廒上面的窗口往仓里倾倒粮食的丰收场景，保留至今。

粮仓里放着的主要是粮食跟一些货物，可是地方太大了，因为闹鬼的事这几天也没有人进来清理，有些凌乱。马天恩几个人转了好半天，也没看到有什么特别的，估计这会儿外面天都黑了。这里的粮食太多了，也不可能一袋一袋拆开看，而且还有那么多成箱的货物。

"少爷，怎么办，要不咱们先出去，明天再来接着检查？听说，鬼都是晚上出来的。"顺哥有些胆小地问。

"废话，我们就是来捉鬼的，鬼不出来我们捉啥。你要怕自己滚出去。"马天恩看了一眼顺哥，还真是怂啊。

"我这不是担心少爷您的安危吗？我才不怕，少爷您放心，要是真有鬼来了，我把他捉了给少爷当马骑。"顺哥看马天恩没有出去的意思，马上转变了口风。

"无非两种结果，如果鬼是人装的，咱们四个，还怕打不过一个人？如果不是人装的，是真的鬼，就更不怕了，因为鬼也是人死后变的，如果他今天把咱们弄死了，我们四个也会变成鬼，然后我们就可以天天揍他，揍得他连鬼都当不成。我看，咱们也别找了，还是等着鬼自己出来吧。有句话怎么说来着——守株待兔！"

说完，马天恩反倒轻松下来，拉过一把椅子坐下，装模作样拿出了一本书，学着吴仲的样子，单手拿书，举到眼前半尺远的地方，读了起来。举了一会儿，觉得累，又把书放在桌子上，双手托腮，盯着书，耳朵听着动静。

其他三个人大眼瞪小眼地看着他，同时也时刻注意着房间的动静。

清脆嘹亮的读书声在粮仓内响起，忽略掉因为不认识跳过的某些字，听上去还真有些任凭风吹雨打，胜似闲庭信步的感觉。可惜不一会儿，马天恩就趴在了桌子上，眼睛微闭，打起了瞌睡。

迷迷糊糊之间，听到有风声，在如此厚墙重门的粮仓内，不应该有风啊。而且这风声里还夹杂着像哀号一样的声音。难道是在做梦？可是这声音也太真实了。

马天恩睁开眼睛，发现确实是有声音，而且还越来越近，好像还带着阴风，让人毛骨悚然。

"少爷，真的有鬼啊！"顺哥吓得已经开始哆嗦了，缩到马天恩的椅子后面，左右打量。

两个大通帮的高手马上护在马天恩身前，然后拉开架势，进入了准备拼杀的状态。

"没听过口技啊，蠢货。不过这效果也太真实了！下次小爷也要用。"马天恩不但没害怕，还有一些隐隐的兴奋，终于找到可以玩的对手了。她朝着声音的来源走过去，顺哥和两个高手赶紧跟上，可是却发现不管他们怎么走，声音都在自己不远处，却好像怎么也找不到源头。

看来事情还真有些邪门，这时，声音突然消失了。

这鬼看来是因为他们人多，所以不肯现身啊。马天恩想了一下，脑子里有了主意。

"咱们分头行动，你们去查那几间库房，我在这间守着。"

"少爷，咱们还是不要分开吧……"顺哥被刚才的声音吓坏了，不敢跟马天恩分开。

"你是少爷还是我是少爷？我的话你敢不听，咱今天是来捉鬼的，又不是来和鬼玩捉迷藏的，快去。"马天恩态度非常坚决。根据她多年的装鬼经验，这鬼绝对是假的。而且既然是假的，目标肯定就是针对马家，这就好办了，从鬼的角度想，对付一个人肯定比一堆人容易，所以只要把大家分开了，鬼肯定会出现。

几个人拗不过马天恩，只好分开行动。看他们几个走后，马天恩装着去检查麻袋、箱子，一边打开一边还用手仔细地扒拉着。不过其实她的注意力全集中在了耳朵上，眼睛的重点也不在货物上，而是用余光扫向身后。

果然，"鬼"没让她失望。没多久，身后有窸窣的声音传来，这是要偷袭啊。听着"鬼"走到身边，马天恩突然大叫一声，跌倒在一袋粮食上。

身后的"鬼"本来爪子都伸出来了，正准备扑上去，没想到马天恩自己倒下了，这下"鬼"愣住了。

这"鬼"浑身上下被白布包着，头的部分也罩在白布里，眼睛的部位有两个洞，是用来看东西的，但从远处看，就成了没有头。而脚下踩着像高跷一样的两块木头，所以给人的感觉是在飘着走。

这"鬼"迟疑了一下，心想，自己还没过去，他连自己脸都没看到，怎么就晕了呢，难道他有病？如果就这么死了，自己是不是就可以收工了？应该可以拿双份酬劳吧。

不过出于敬业精神，"鬼"还是走了过来，从衣服中把手伸出来，想去探查一下马天恩还有没有呼吸。

谁知道刚俯下身子，手还没来得及伸到马天恩鼻子前，就见马天恩眼睛一睁，脸上露出诡异的笑容，嘴里喷出一口火来，吓得这人大叫一声："鬼啊！"跌倒在地上。

马天恩跳了起来，蹿到这人身上，揪住他就打，一边打还一边骂："会个口技你就敢装鬼，踩个高跷你就以为自己会飘啊！小爷明天给你装对翅膀，把你这鸟人扔海里，我看你会不会飞起来。"

其实这人武功不差，只是被马天恩打了个措手不及，加上衣服限制了行动，所以才会被动挨打。

这会儿顺哥几个人听到声音也跑了回来，看到马天恩正威武无比地骑在"鬼"的身上开打，就见"鬼"一个翻身把马天恩甩了出去，跳起来就要跑。可是大通帮的两个高手已经到了门口，哪还有让人跑掉的道理，两个人直接断了他的出口，打了起来。

马天恩也从地上爬起来，追了上去。几个人狂打一通，打得这人连连求饶，大通帮的两个高手这才在马天恩的示意下停手。顺哥这会儿胆子也大了，上去就把这人的衣服给扒了，果然是一个活生生的人，脸上已经被揍得青一块紫一块了。

"老实跟小爷交代，谁让你来捣乱的，敢说一句废话，看我不打死你！"马天恩也有些累了，顺哥贴心地把椅子给他搬了过来，让他坐下再审。

"我交代，我交代，小人就是个表演口技的，会一些拳脚功夫，然后有人找到小人，给了小人二十两银子，让小人来装鬼，是他们把小人藏进这粮仓的，只说装鬼七天，事成之后，再给小人五十两银子，小人一时贪财，就答应了。小人知错了，求各位大爷放过小人吧。小人上有老下有小，还都指望小人养活啊！"这人不愧是说口技的，语速极快，很快就把事情交代清楚了，而且说得是声泪俱下。

"那是谁派你来的？"

"不知道啊，就是一个中年男人，给了小人银子，行有行规啊，小人拿了银子，不能多问人家的事。"

"呸，你一个骗子讲什么行规。就你这点道行，还敢收人家银子装鬼。"顺哥没好气地骂道。

马天恩这会儿脑子里转的是，这人口技还真不错，以后自己再装鬼带着他，就更像了，可惜就是胆子小了一点。

"把手伸出来。"马天恩突然想到五叔说的鬼抓伤人的事，问题应该就出在手上。

这人不明所以，颤颤巍巍，伸出了两只手。马天恩仔细查看，指甲平平的，又问："你身上带了什么武器没有，比如，鹰爪？"

"没有啊，小人只是装鬼，没想过伤人啊，要是伤人二十两我肯定不干啊。"这人一脸的无辜与理直气壮。

倒也是，这么怂，不像是个能伤到人的。

"我告诉你啊，下次再装鬼不准穿白衣，被你穿的，小爷下次都不想穿了。"马天恩已经进入要收小弟的环节了。

"是，是，小人记住了，爷您说，让小人穿什么？"这人倒是很上道，马上知道要抱谁的大腿。

"红衣吧。"马天恩想了想。

"红衣，是这样吗？"一个大通帮的高手指了一下。大家看了过去，一袭红衣，黑发垂面，带着水的潮湿，草的腥味，就在他们五个人面前，然后一闪飘过。

"鬼啊！"

第六节　请师父吃漕鸭

　　马天恩瞬间有些头皮发麻的感觉，顺着红衣女鬼消失的方向追过去，却连个影子都看不到。如果真的是人，肯定跑不远，想到这儿，马天恩赶紧吩咐顺哥去外面多找些人进来，大家就在这几间库房找。

　　粮仓门一开，守在门口的五叔赶紧迎上来，就看顺哥脸色苍白，连滚带爬地跑过来说："女鬼出来了，大家快随我进去捉鬼。"话音一落，原本围上来的一圈人瞬间跑了一大半。

　　"大家别担心，一定是有人假扮的，现在我们一起进去，这么多人，还怕一只假鬼不成，进去的每人一两银子。"五叔担心马天恩有危险，赶紧招呼人进去帮忙。

　　谁知道人群中马上有人反驳说："命都没了，要银子有什么用。"其他人也纷纷附和。

　　"大家别怕，我刚才已经捉到一只假鬼了，是会口技的人装的，这一只肯定也是假的，我们少爷还在里面呢，如果是真的鬼，他不早出来了吗？"顺哥这会儿也意识到自己刚才的话有问题，赶紧补充道。

　　五叔也跟着继续说服大家，就这样重赏加威逼之下，才有十来个人战战兢兢地跟着进了粮仓。刚一进来，大家就觉得有一股凉气袭来，胆小的已经开始哆嗦了，左右观看着，想着情况不好就赶紧跑。

　　这时就听到里面有脚步声，人跑动的声音，顺哥大喊一声："少爷，我们来了。"然后带着大家跑过去，看到马天恩一群人正在搜查库房，翻动着箱子、麻袋。

　　"大家一起找，我不信她还有翅膀不成。"马天恩看到进来的人多了，底气也足了。大家也赶紧上来，帮着一起找，可是翻找了半天，都没有发现所谓的红衣女鬼。这时突然又有人喊了一声："鬼啊！"大家的神经紧张到了极点，顺着那人指的方向一看，就只见一道红色的影子进了一间库房，马天恩带头追了过去。

　　库房不远，很快就跑到了，结果一进去就发现这间库房里放着很多箱子，根本没人。明明就看到女鬼进了房间，这会儿却连个鬼影都看不到。还真是活见鬼了。

　　"大家把箱子都打开，我就不信了，还找不到她！"马天恩这会儿是真怒了。箱子一个一个被打开，全是货物，完全找不到人。这会儿马天恩也有些慌了，不过她心里还是坚信，一定是人，但是这人怎么就消失了呢？不过其他人可就没这么镇定了。这么一个红衣女子在大家眼皮子底下不见了，分明就是鬼啊。

"咱们跑吧，保命要紧！"

"对，要不是鬼，怎么会突然消失，我们不干了。"

有人小声商量，约着对方跑出去，被五叔听到了，出声训斥："怕什么，就算是真鬼，咱们这么多人，还打不过不成？"

然后又小声地跟马天恩说："要不咱们先出去，明天请个道士？"

"又没鬼，请什么道士！"马天恩断然否决，请了道士，岂不是就承认有鬼了。这时就听到库房外突然响起女人哭泣的声音，这声音凄厉悲凉。所有人都毛骨悚然，这女鬼不是在库房内吗，怎么哭声又在外面响起了？胆小的都直接瘫倒在地上了，胆大的往库房外跑去，又只看到一抹红色的影子。

这会儿大家都冷静不下来了，分明就是闹鬼啊！

"鬼啊，别捉我！"

只见有一个人惨叫一声就跑，其他人一看有带头的，全都紧跟着往外逃，都只恨少生了两条腿，生怕跑慢了被鬼捉住。五叔拉过马天恩就跟着跑，马天恩也是蒙了，跟着就跑了出来。门外围观的一看这么多人跑了出来，还有人嘴里喊着有鬼，瞬间就炸开了，等马天恩冷静下来，放眼望去，刚才热闹的一群人，现在已经空荡荡一片了。

"天恩啊，这会儿我也觉得是有鬼了，要不回去跟你爹说说，咱们还是请个道士，做场法事吧，搞不好真是冤死的女鬼呢。"五叔这会儿脑子里开始快速回忆之前有没有什么女人是因为马家而死的。

"五叔，我还是不信有鬼，这样，您再多给我几天时间，我肯定把这人给揪出来。"马天恩长年装假鬼反而不信鬼，虽然现在还搞不清没找到人的原因，但她感觉肯定是有人装的。转身看到刚才捉到的装鬼的那个人还在，不过已经哆哆嗦嗦地快趴到地上了。

"喂，你在里面时，有看到这女鬼不？"

"没啊，要是看到我早跑出来了，我也怕鬼啊。"这人回答得还真直接。

看来在这儿也想不出来什么，马天恩决定先打道回府，顺便捎上这个假鬼。只是没想到，这个假鬼居然还是个话唠，路上把自己的祖宗八代都快说了一遍了，当然也说了自己的名字，贾升平，江湖人称贾先生。

不过让这贾先生最好奇的还是马天恩嘴里的火是怎么吐出来的，在他问了一百八十遍之后，马天恩终于忍不住了："你还号称江湖中人，没见过变戏法的吗？

嘴里含着松香粉，我刚才转身过来时用明火点了一下，自然就喷出来了啊！"

"原来是这样啊，少爷你真有才，以后我就跟定少爷你了。"

被这么一个江湖骗子崇拜实在不是什么美好的感觉。不过马天恩突然像想到了什么似的，叫五叔先不回家，而是直接去酒楼，五叔还当他被吓饿了，毕竟还是年轻啊，不过也还是依从了他。

书房内，吴仲知道自己的学生宁肯去捉鬼也不愿意跟自己读书，心情还是有些复杂的。当然，还有一些隐隐的担心，毕竟这可是自己唯一的弟子。只能读几卷圣贤书来平复心情，可是不知为何，总觉得门在下一刻就会被推开。

果然，事情是不能想的，门被一下子推开了，一个熟悉的身影端着一个食盒走了进来。

"先生，你看我给你带什么来了！"马天恩笑语盈盈地走了过来，房间好像一下子变亮了许多。

就看马天恩捧着一个大食盒，走到吴仲书桌前，把食盒放在桌上子上打开，一只色泽鲜艳、外酥内嫩、香而不腻、入口生津的烤鸭就出现了吴仲眼前。

"这可是真正的漕鸭啊！而且是天香楼的师傅刚烤出来的，先生快尝尝有没有江南的味道？"马天恩一脸讨好的笑容。

本朝建立之初本定都金陵，永乐十八年，京城和皇宫建成，新建的京城以《周礼·考工记》之形所制，明成祖下诏正式迁都，改为京师。之前京城人并不多，饮食更是单调，还是从变成京师之后，才慢慢从各地，特别是南方传来很多菜系。而所谓漕鸭，是自船从南方入京师之时，就在本地买好小鸭，随船在水上游，既吃投喂的粮食，也吃一些水里的东西，当船进入京师之后，小鸭也长大了许多，再有专门的人来收，收完卖给饭庄酒楼或者有钱的人家，做成烤鸭，因为是从漕运而来，所以谓之漕鸭，其肉鲜美，远胜于后来当地人养殖的鸭子。而吴仲自江南而来，自然更爱吃江南本地的鸭子，不过因为价格太过昂贵，所以并没有多少机会品尝。

"你是有事有求于我吧？第一，不可不读书；第二，不可教唆为师作恶；第三……"吴仲视线从鸭子身上移到马天恩身上，一本正经地说。

"先生，这是我孝敬您的，看您，把我想成什么了，不吃我端走了啊！"马天恩说着，做出要去端的样子，手到了食盒边，却用一脸受伤加委屈的表情看着吴仲。

吴仲看他可爱，不觉伸手敲了一下他的头，马天恩更是不满地揉了揉头，表示抗议。

"说吧，什么事？不然就不准再说了。"吴仲笑笑，坐了下来。

"小事，小事，先生，我就是想让您陪我做件事！"

"呃，果然有事，不知有何事是你先生我能做的？"

"那个，我想请先生您帮我捉个鬼。"

第七节　不会捉鬼的先生不是好先生

　　吴仲怎么也没想到，马天恩来找自己捉鬼。真是人闲是非多，功课太少了。

　　想到这儿，他手指着门的方向说："烤鸭留下，你走，记得带上门，回去后把我上次讲的内容抄十遍。"

　　马天恩当然不肯走，有困难，找师父，哪能轻易放弃。只见她一下子抓住吴仲的手："先生，我真的不是胡闹，是我家仓库闹鬼。您不是教我，万事以孝为先吗，我也是想给我爹解忧，就主动把事给担下来了。"

　　"担下来你就去啊，我是个读书人，又不是钟馗，你找我做什么？"吴仲甩开马天恩的手，却也没有再离开，而是又坐了回去。

　　"我去了啊，本来我以为，无非是有人装神弄鬼，去了捉了就是，您也知道的，我虽然读书不成，捉一两个小贼还是没问题的。果然啊，我一去就捉到一个男鬼，是个会口技的人假扮的。可是没想到还有一个女鬼，而且这个女鬼非常厉害，明明看到她进了一间库房，追进去却连个鬼影都看不到。然后莫名其妙库房外面就传来女鬼的哭声，跑出去一看就是那个女鬼，然后又不见了。这事儿太邪门了，所以我就来请师父您出马了。"

　　吴仲若有所思地想了想，才开口说："那你觉得是真有鬼还是有人装的呢？"

　　"我觉得应该是人装的。其实我一直不太相信有鬼，先生您想，如果人活着的时候很没本事，变成了鬼反而那么厉害，那鬼不是早把人间给占了？而且如果她真是被人害死的，应该去找仇人啊，躲在仓库里干吗，她仇人不会傻到进粮仓让她报仇吧？那先生您相信有鬼吗？"

　　吴仲沉默了一下，不觉就想起来那天救自己的女子，自称海龙王之女，可惜那天自己被水灌得迷迷糊糊的，没看太清，想到这儿，吴仲脸上露出一丝暖意："如果这世上有鬼，应该也会有仙女吧！"

　　"仙女？先生你思春了。"马天恩一本正经地说。

　　"乱用词，什么思春，小小年纪，该打。还是接着说你的女鬼。如果是人装的，你可以报官，如果是真鬼，你可以找个道士，你找为师，难道是去给鬼讲道理？"

　　"先生啊，我就是不知道是真鬼还是假鬼，所以才请你去啊，你不是一直说书中自有黄金屋，书中自有什么的，反正书里什么都有，你读了这么多书，肯定是能分辨的。"马天恩一副反正我赖定你的架势。

吴仲淡定地吃起了烤鸭，也不理马天恩，马天恩看着吴仲，不禁感慨，读书人，连吃鸭子都这么好看。吃了一阵，看到吴仲放下了筷子，马天恩立马殷勤地递上湿毛巾，让吴仲擦手。

吴仲看着他一脸讨好但又摆明了你不答应我我就不走的架势，想着自己这徒弟也难得懂一次事，就陪他去看看吧。

"走吧，我这先生当得真是不易啊。"

"我以后给您考个状元，让您再教别的学生就可以多收束脩了。"

"算了，我还是自己去考吧。"

师徒两个，一路走一路说，倒是热闹。

门口顺哥已经准备好了马车，五叔不放心也跟了过来。路上，吴仲跟五叔打听着码头的事。

"五叔，工人里平时可有什么刁猾之人，而且这次闹得特别欢的？"

"我想想，码头大了，刁猾之人也有不少。不过这次闹得最欢的里面，马连算一个，我前段时间因为偷米的事刚骂了他。"

"偷米？是去粮仓偷？"吴仲追问道，如果是去粮仓偷米是大罪啊，不可能只是骂几句这么简单。

"先生有所不知，这马连本来是码头一个小管事，我们对他不薄，只是没想到这人太重小利，而且甚是奸猾，他居然在袖子里又缝了一层，然后装上一根铁管子，头上有个尖，趁人不注意时，把装米的口袋刺破，米就顺着管子进了他的袖子。这一天下来也不少偷，正好被我捉住，本来是想辞退他的，结果他又哭又求，家里还有一个老母亲眼睛瞎了，需要照顾。我一时心软留下了他，没想到这次他闹得最欢，真是没良心，等事情一过我就把他辞退。"说起马连，五叔语气也变得愤愤起来。

"没有家贼，引不来外鬼。如果我们假设这鬼是人为的，肯定是通过工人藏在箱子或者麻袋里运进去的……"

吴仲刚说一半，就被马天恩打断了："先生果然是先生，我捉的那个装鬼的贾先生，也说是有人给了他银子，然后让他躲在一个箱子里，被运进了仓库。我一会儿就去把那个马连给捉来，打一顿就什么都说了。"

"但我们现在还不能判断是不是马连所为，先不要打草惊蛇。而且现在已经有了闹鬼的传闻，最重要的还是要先把这个鬼给捉住。"吴仲其实心里已经有了目标，如此针对马家的，很有可能就是胡春秋以及田荣华。说起来马天恩之所以得罪胡春秋，也是和自己有关，所以这个鬼自己是一定要帮忙捉住的。

到了粮仓门口，码头上有些看热闹的人又凑了上来，但离得都有些距离，远远地看着，好像生怕鬼会从门里冒出来一般，并不敢靠近。

有两个工人过来把门打开，然后迅速地闪开，怕被一起叫进去。不过大家看到吴仲来还是有些诧异的，工人们并不认识他，但看着他只是一个书生，又不是道士，不明白马天恩为什么要请他过来。

吴仲和马天恩、顺哥，还有五叔等一群人走进粮仓，刚进门就觉得有寒意袭来。五叔这会儿更是提心吊胆，生怕这两人出什么意外，所以这次多带了一些人，虽然心里害怕，但还是走在他们前面，万一有什么事还能挡一下。

"不必惊慌，我猜那鬼还没到出来的时候。天恩，你带我去鬼出现跟消失的库房看看。"吴仲倒是很淡定，鬼肯定是要在大家有些疲惫或者精神高度紧张的时候出现，这会儿大家刚进来，气氛还没到，自然不会出现。

"好。"马天恩干脆地答应着，虽然粮仓里有很多间库房，但马天恩天生记性就特别好，所以很快就带吴仲找到了那间库房。

"先生，就是这间，女鬼从这间库房门口飞过去的。我们当时就在里面，眼看着她就飘过去了。"说到最后，马天恩也觉得有些凉飕飕的。其他人更是紧张起来，特别是顺哥，都开始哆嗦了。

吴仲站在库房门口，按着马天恩说的女鬼出现的位置，仔细打量着，按马天恩所说，女鬼是在门口飘了一会儿，看大家追过来才飞走的。如果是江湖上所言的轻功，应该也没法飘这么长时间，那么，就一定是有外力。想到这儿，吴仲顺着库房的外壁摸过去，果然，在离库房里有两米远的外壁上，有一个小小的坑，像是抓痕。

"你们看看，什么东西能形成这种痕迹？如果我没猜错，库门另一侧差不多的位置，也应该有这个痕迹。"吴仲问向大通帮的几个人。

"真的有！"马天恩第一时间跑到了库房门另一侧的墙壁去查看，果然发现了一个同样大小的坑。

"应该是抓索，我以前听帮主说过，江湖上有些高手，可以用抓索跟绳子，在墙壁上行走，如履平地，如果两边都有抓索，应该也可以悬空一段时间，绳子比较细的话，不容易被发现。"大通帮一个人说道。

"对。加上她又穿的大红衣服，光注意她衣服了。"马天恩补充道。

"你再带我去她消失的房间看看。"吴仲心里有些底了。

马天恩几个人赶紧带着吴仲去找女鬼消失的库房，离得不算远，不一会儿就到了，吴仲一边走一边注意着路过的库房外壁有没有类似的坑。

"就是这间，女鬼明明跑进来了，然后就不见了，过了一会儿，我们听到她在外面哭，追出去，看到了个影子就又不见了。"说到这儿，马天恩就觉得郁闷，年年装鬼，今天被鬼玩了。

吴仲走了进去，库房不大，里面摆着一些装粮食的麻袋，还有一些箱子什么的。有一些已经被打开了，是刚才马天恩他们翻的。看不出来有哪个地方可以藏身。

吴仲转了一圈，突然一抬头，凝视了一下，瞬间明白了些什么。

第八节　鬼也是要吃饭的

"先生，你是不是想到什么了？"马天恩察言观色的本事还是很强的，一看吴仲的样子，就知道他可能想到了什么。

"出去说吧。"吴仲一边说着一边朝外走去，马天恩好奇得不行，但看吴仲不肯说，也就不再追问，大家一起走了出去。

外面零零散散还有一些人在，远远看到他们出来，就迎上来问长问短，吴仲抢先开口说道："大家不用担心，我们刚才进去，没看到有鬼。之前可能是有人太过劳累，产生了幻觉。"

"你一个书生懂什么？见鬼的又不是只有一个人，难道大家都产生了幻觉？"人群中立刻有人质疑。

"人云亦云而已，人在情绪高度紧张的时候，就很容易被其他人感染。"

"那你们怎么不在仓库待一晚上，也许鬼喜欢晚上出来呢？"有人起哄说道。

"待就待，小爷我又不是没待过。"马天恩觉得今天的先生怪怪的，说出来的话连自己都不信，莫不是觉得这些话就能把大家给骗了？这也太天真了，不像那个狡猾的先生啊。

"既然大家都觉得有鬼，我回去准备一些法器，三日后，再来做场法事，就算是真有恶鬼，也能把他超度了。你们先把这粮仓门看好，不要进去，等我即可。"吴仲一副仙风道骨的样子，还真像是会些法术的。

"先生您真会捉鬼？"马天恩却有些不信，压低声音问。

"略懂，略懂。我们先回去吧。"说完，吴仲不管大家信不信，朝马车的方向走了出去，大家也只好跟过去，留下一堆人继续议论纷纷。

"这书生八成是个骗子吧，不知道马少爷从哪儿请来的？"

"开始说没鬼，这会儿又说三天后做法事，我看他是要拿了银子逃跑吧！"

"这先生好像是马少爷的先生，我以前去给马老爷送东西时见过，没想到他还会捉鬼。"

"捉什么鬼，吹牛吧。他要会捉鬼，我还会请神呢。"

马天恩也是一头雾水，跟着吴仲就上了马车，吴仲还是一句话不说，闭目养神。

就在马车走了一段之后，吴仲突然睁开了眼睛。

"停车。"吴仲开口。

"啊，停车，停车。"马天恩虽然不知道为什么，但还是非常听话。

吴仲走下马车，马天恩也跟下去，吴仲让马天恩跟几个护卫留下，却叫车夫将车赶回马家。

吴仲带着他们几个迅速进了路边一个小店，然后随便点了一些吃的，把水倒上，这才缓缓开口。

"粮仓没有鬼，确实是人，而且我知道她藏在哪儿了。"

"啊！"几个人都大吃一惊。

"藏在哪儿？"马天恩迫不及待地追问。

"梁上君子。"吴仲指了指房梁，"你们注意没，仓库的房梁非常宽，藏下一个人完全没问题。这人应该是借助抓索跟绳子在墙壁上滑行，所以地上没有脚印，等你们找到那间库房时，她就藏到了房梁上，所以你们就觉得她消失了。"

"可是为什么会从外面传来哭声呢，她也没办法从房梁跑到外面去啊。"马天恩谄媚地把水给吴仲倒好，推了过去。

"很简单，这是两个人啊，同样的大红衣服，长发，身材差不多，你们在紧张的情况下，肯定会看成是一个人的。"吴仲笃定地说。

"啊，这样也行！"马天恩喃喃道，原来这么简单啊。

"那您既然知道是人，为什么不找些人进去直接搜呢，咱们多去一些人，把仓门一落，瓮里捉鳖不就行了吗？"五叔有些不解地问。

"背后的人不揪出来，还会有新的事情发生。只有千日做贼的，哪有千日防贼的。天恩不是已经捉了一个鬼了吗？可是有什么用？再捉两个也没什么用。我总觉得事情不会这么简单，因为如果只是找人装鬼，吓得工人没法做事，这鬼只要是装的，我们早晚都能找出来，对方如果这样布局有点太蠢了。"吴仲对码头的事不是很清楚，但只是感觉这事没这么简单。

"先生，那你说咱们现在要怎么做？"本来拉吴仲来捉鬼，也只是想试试，万一成了，皆大欢喜，要是不成，以后也可以拿这事取笑一下他，没想到吴仲居然这么快就找到了破绽，倒是出乎马天恩的意料，这会儿对吴仲倒是又多了几分敬佩。

"守株待兔。"

"您是说我们再回去仓库，等着鬼出来？"马天恩脑子一转，立刻明白了吴仲的想法，他特意先做出离开的样子，再出其不意地杀回去，果然是读书人啊，心眼就是多。

"不过，不是等鬼出来，是等喂鬼的出来。"吴仲喝了一口水，招呼大家吃东西，"多吃一点，一会儿要费些力气。"

"我明白了，先生的意思是，如果鬼是人装的，肯定是要吃饭的，我们只要守着，看谁给她送饭就行了。"

"孺子可教也。"

"先生教得好。"

天色很快暗了下来，原来看热闹的人也陆续离开。不过库房还是有人看守的，但自从出了闹鬼的事，大家都不爱干这活，几个值班的也离得远远的。

就见一个身影鬼鬼祟祟地走了过来，走到仓库外墙，从怀里拿出来一些东西，自外墙的通风口塞进去，然后迅速地又顺着墙边溜出去。

"马连，果然是你。"这人刚溜了出来，就听到有人叫自己的名字，转头就想跑，哪里还来得及，被上来的两个人一下子按倒在地，嘴一堵，拿麻袋往头上一套，就被整个装了进去。

等再被放出来时，已经在一条小船上了。马连从麻袋里爬出来，就看到一群人正盯着自己，最熟悉的当然就是五叔，知道事情不好，马连赶紧磕头。

"小人知错了，小人贪财，上了人家的当。看在咱们都是本家的分上，少爷，五叔，再给我次机会吧，我还有老娘需要照顾，我家不能没有我啊。"说着，也不管疼不疼，一顿猛磕。

"你这个吃里爬外的东西，给你的机会还少吗？"说着，五叔上来就是一脚，把马连踹倒在地。

"说吧。怎么回事？"马天恩走了过来，俯下身子看着马连。

"我说，我都说。我欠了如意坊的赌债，田府的管家帮我把债还了，不过要我答应帮他们做件事，事情做完这债就算是清了。我也是没有办法啊，不然他们要砍掉我的手。"马连一把鼻涕一把泪地说。

"少废话，他们要你做什么，怎么做的？"马天恩没好气地追问。

"他们让我送了两个箱子进库房，上面是米，下面……下面藏了人。我也是被逼的啊，少爷，五叔，我知道错了，真的知道了。"原来，马连好赌，如意坊是田家所开，他把身上的钱都输了，还把自己的房子做了抵押，结果又输了，对方要去收他家的房子，这时田府的管家出现了，不但替他还清了赌债，又给了他十两银子，条件就是把两个箱子混在货物里，运进马家粮仓。因为码头人多箱子多，别人也不注意，加上马连也是老人，进粮仓时负责检查的跟他熟悉，打开箱子看了下发现上面是漕米，没有仔细检查就入了库，结果第二天就出了闹鬼的事。马连听到害怕得不行，这时田府的管家又找到了他，让他通过通风口往里面塞点吃的，他本来不想答应，结果对方威胁他如果不答应，以后出了事一定会把他说出来，他也是同谋，再加上还有赌债的事，他一时害怕就答应了。

"他们说只要放一两次就行，以后就不用我了，我，我就答应了。"说到这儿，马连又开始求饶。

"还有别的吗？"马天恩声音特别温和，"再想想。"

"没了，真没了，少爷，我有十个胆子也不敢骗您啊，我就是一时……"

马连话没说完，马天恩已经站起来。

"套上，扔下去。"

第三章 ／ 谁是黄雀

第一节 谁是黄雀

几个护卫麻利地把马连塞进麻袋，不管他怎么挣扎求饶，把头往里一按，麻袋口一扎，直接就扔下了河。

吴仲吓了一跳，愣了一下才缓过神来。连忙跑过来想要阻止，可人早扔下了河，没想到马天恩居然出手这么狠，这是滥用私刑啊。

"快把人捞上来，怎么能随便杀人，这是要吃官司的，我们可以把他送到官府。"吴仲不会水，只能干着急。

谁料马天恩看着吴仲紧张的样子哈哈大笑，然后做了下手势，吴仲这才注意到，刚才扔马连下水的一个护卫手里，居然有一根绳子，绳子向上拉动，不一会儿，装马连的麻袋又被拉了上来。原来，这个麻袋封口处，是有一根绳子的，头儿就在护卫手中。

麻袋被扯了上来，马连浑身是水，已经吓了个半死，瘫软在地上，其实都是水边长起来的，心里清楚这么短时间肯定是不会被淹死的，主要还是吓的。

马天恩走过来踢了马连一下："想起来什么没有？爷不喜欢没用的人，实在想不起来，就再去水里冷静一会儿，没准就能想起来了。"

"我想起来了，想起来了。明天晚上，田管家让我把看外门的兄弟灌醉，他们说要换几箱货。"马连这次不敢再耍心眼，把自己知道的全盘说了出来。

马家的粮仓，分外门跟仓门，仓门的钥匙只有五叔和马父有，外门则是有人轮流值守。本来，每次码头货物到了之后，都有专门的人验收，然后送进粮仓，分类归在不同的库房。这几天因为闹鬼的事，工人经常是把箱子扔进院子里就走，不肯送进库房。人心惶惶的，很多货都还没验好进仓。本来是想着这一两天把闹鬼的事解决了再验也不迟，反正还没到交货的期限，看来，闹鬼的真正目的就在这批货上了。

"这批货都是一些漕米，我已经简单验过了，只是还没入库房而已。他们费这么大力气，如果就为几箱米，好像有些不值得啊。"五叔有些不解。这几箱米卖了，应该还不够他们给马连的钱，更别提请人装鬼了。

"那就要看他们要放的是什么了。"吴仲若有所思地说。布这么大的局，肯定不会只是偷几箱米收场的，看来他们要放的东西，不简单啊。

"对，他们说是换几箱东西，肯定是要把其他东西放下的。搞不好，是想栽赃我们马家！"马天恩也迅速地反应了过来。

吴仲点了点头，看来对方是想下一盘大棋啊。先是用闹鬼的方法动摇人心，再趁机把要栽赃的东西放进来，下一步应该就是跟官府举报了吧。

既然知道了对方的主意，下面事情也就好办了。马连现在还不能除掉，因为明天需要他来配合，把这出戏给唱完。

"明天，你一切照旧，把人引进内院，就算你将功补过了，之前的事，小爷我也就不再追究了。但你要是敢耍什么花样，我就把你扔到河里喂鱼，听明白没有？"马天恩很嫌弃地踢了马连一脚，马连连连称是。

"我们是不是把事情回去跟马老爷说一下？"吴仲觉得出了这么大的事，还是要回去跟马老爷说一下才好。

"不用不用，这点小事，我们搞定了再和我爹说，给他一个惊喜。"吴仲刚提出来就被马天恩否决了，好容易遇到这么一个可以表现的机会，说出来爹肯定怕自己有危险，就会安排人来接手，自己只能看看热闹，多扫兴。

"我也觉得应该跟老爷说一下，别明天出什么纰漏。"五叔也不放心地说。

"我说不用就不用，他们明天来放东西，肯定不会来多少人的，咱们捉了就是。这可是咱们马家的地盘，有什么可怕的。一会儿回去就和我爹说没什么发现，明天还要再来一天，我们把鬼捉到了再跟他说，这多有面子。"马天恩很不在乎地说，看他这么坚持，吴仲跟五叔也就放弃了说服他的念头。不过他说得也有道理，这是马家的地盘，对方胆子再大，也只能偷偷摸摸动点手脚，不会有其他问题，这次事情如果办得漂亮，确实也对马天恩的名声有利。

第二天晚上，马连带了一壶酒，一只烧鸡，拉上看外门的两个护卫，在门口一个小房间内喝酒。

"马连，你今天怎么这么大方，居然请我们喝酒？"其中一个护卫马大说道。

"我这不是赢了点钱嘛，正好买了点酒，自己喝也没意思，哥哥们平时对我那么关照，马大你上次不是还借给我钱了嘛，就当是我谢谢两位哥哥了。"马连早就找好了借口，自然回答得特别顺。

"算你小子有良心。哎，这几天被闹鬼的事折腾的，我这心里总也不踏实，喝点酒壮壮胆。"说着，马大接过马连递过的酒杯，马连赶紧又倒了一杯递给另一个护卫，三个人推杯换盏喝了起来。

几杯下去，马大和另一个护卫就觉得迷迷糊糊的，眼前一晕，睡了过去。马连不禁感慨，这马少爷做坏事还真是有天分啊。给他药让他放在酒杯里，效果真快！不然如果像自己最初想的，灌醉还真不容易。

看两个人都倒下了，马连走出房间，月色不明，夜深人静，真是做坏事的好时机。马连学了几声猫叫，就见暗处出来几个人，每人拿推车推着一个箱子，后面还有一个人空着手，跟着他们，朝马连走过来。

"赶紧的啊，一会儿还有轮班的呢，千万别让人看到。"马连嘱咐着。

马连打开外门，这几个人推着车进去，来到院里，后边跟着的那人在院里的箱子里挑了几个，然后招呼人把这几个箱子放上推车，把推车上的换下来。

这两人马连都不认得，不过也能理解，这毕竟是马家的地盘，田府的人也不敢派当地人来，万一被抓住了把田家供出来就麻烦了。还真像他想的，这几个人其实是胡春秋从家里带出来的，可靠，家生子，都有家人在胡春秋手上，就算被捉到了，也只能自己把罪给担了，不敢多说什么。

看着这几个人把东西换好，推着车就离开了粮仓。马天恩跟几个护卫跟在后面，想看他们到底去哪儿。吴仲不会功夫，今晚在马家没有跟来。不过倒是千叮咛万嘱咐马天恩，千万不要冒险，不过这就跟嘱咐猫不要吃鱼一样，没啥实际意义。

马天恩几个人在后面紧紧跟着，看着这几个人就朝田家所在的一闸方向走去。五叔小声地问："咱们还跟着吗？"

马天恩想都不想地回复："当然，看看他们把东西放哪儿，明天我们也找人来抄，问他们为什么有我们马家印记的箱子。告他们田家一个偷窃之罪。"

这码头不同，负责的家族不同，每个家族都有自己的印记。就像今天晚上送到马家粮仓的箱子，也是仿做了马家的印记。

不知不觉，马天恩他们跟着这群人到了一片小树林。这几个人好像是累了，停了下来，马天恩几个也停了下来，过了这片树林，就算是一闸田家的地盘了。

马天恩他们不敢跟太紧，在有些距离的地方，看着这几个人。看到他们休息了一下要起身，马天恩赶紧让大家跟上。

这时，突然这几个人转身朝马天恩他们的方向走来，马天恩突然有种不好的预感，对方才四个人，就算发现了有人跟踪也不应该这么大胆，反找回来啊。

果然，一阵笑声传来。

"马天恩，你也有今天，这招瓮中捉鳖不错吧。"

第二节　姜是老的辣

马天恩几个人抬眼望去，前面出来十几个人，手里拿着棍子等武器，提着灯笼，胡春秋得意地走了过来。停在离马天恩两米来远的地方，就像看着砧板上的鱼。

"这点小事，怎么还劳烦胡公子出手了呢。月黑风高的，胡公子就不怕再有个三长两短的，掉河里都没人知道。"马天恩左右打量了一下，看看从哪个位置方便逃，正面打是不可能了，人数上差得比较多，而且胡春秋既然敢出来，带的肯定是高手，好汉不吃眼前亏，跑了再说。

"马天恩，你今天是没地跑了，你不是喜欢下药吗，等我把你捉了，让你吃个够。"胡春秋一个手势，身后的一群人朝着马天恩他们围拢过来。

"我一人做事一人当，胡公子你愿意玩，我陪着，不过你能不能让他们几个走，这事跟他们没关系。"

"你当我傻啊，让他们去报信吗，今天你们一个也走不了，等我玩够了，就把你们一起扔河里喂鱼。"胡春秋狠狠地说。

看着对方慢慢逼近，五叔上前一步，挡在马天恩前面，"天恩，你先走，我来挡住他们。"

"今天既然来了就都别想走，给我狠狠地打。"胡春秋长这么大，极少吃亏，上次寿宴在马天恩手里吃了这么大的亏，哪里肯善罢甘休。今天好不容易才把马天恩骗到这里，是铁了心要收拾他，特意请来了十几个高手。

马天恩几个人一看跑是跑不掉了，开打吧。想到这儿，几个人也冲了上去，马天恩受到的攻击是最多的，被几个人围着打，他虽然平时练过一些，但跟真正的打手比，还是差太远了，没支撑几下，就被一个打手一脚踢了出去，重重地摔倒在地上。

那打手乘胜追击，朝着马天恩就飞扑过来，这时突然有人挡在马天恩身上，打手一拳落在那人身上，那人疼得大叫，却还是死死地护住马天恩。

"住手。"一个清澈的声音传来。

刚才扑到马天恩身上的顺哥，听到声音挣扎地爬了起来，马天恩也跟着站了起来。

刹那间，无数火把亮起，将小树林照得犹如白昼，喊声阵阵，鸟雀四起，不知道从哪里冒出来的上百人，将马天恩跟胡春秋两伙人团团围住。

火光中，一人站在最前面，头戴方巾，身着襕衫，白色腰间束带，面带浅笑，温润如玉，让人恍然觉得是在对月吟诗，对酒赏花。

"先生！"马天恩眼泪都快掉出来了，快跑几步，扑到吴仲怀里，狠狠抱住。

"先生，我就知道，你会来救我的。他们欺负我……"

吴仲被马天恩一抱，想起了自己老家的那只猫儿，每次也是这样突然地就扑上来，有时候还弄乱自己的画，想打又舍不得，哎。

"吴仲，你想做什么？你这是勾结马家，想要杀人不成？"胡春秋一看吴仲带来这么多人，心里一慌，不过又马上冷静下来，吴仲也好，马家也好，都没权力对自己私自用刑，今天的事，只要自己不认，到了官府，没人敢把自己怎么样。

"多日不见，胡公子颠倒黑白的本事真是越来越强了。先是派人闹鬼动摇码头人心，导致漕运货物无法正常入库，后又用私盐换走漕米，想要栽赃陷害马家，现在又要对马家少爷杀人灭口，你莫不是要借此事趁机把持漕运，贩卖私盐，动摇国本不成？"吴仲直接把胡春秋的私怨变成了想要利用漕运走私，这就成了大罪，漕运一向是国之大计，一旦定罪，就算是胡春秋的叔父也是要头疼的。

"证据呢？本公子只是半夜睡不着，出来走走。我看马天恩一向不顺眼，正好遇上，就想出口恶气，所以才打了他，大不了我给他赔礼道歉，再不行我赔他几两银子就是。你凭空诬陷于我，我可是要去官府告你的。"

"不必麻烦去官府了，刘知事这不是来了吗？"

"爹爹！"

马天恩看到爹爹跟几个府衙之人走了过来，不由心中暗叹，这姜还是老的辣啊！

马朝生看都没看马天恩，将身子一闪，刘知事走在了最前面。这刘平乃是顺天府知事，从八品，跟马朝生这些大通河边的族长平时关系都不错，听说马家的公子被人挟持，还有人要趁机贩卖私盐，赶紧连夜赶过来，本以为是小事，捉几个小贼立个小功，没想到一来就见到了胡春秋，胡春秋平时为人就非常招摇，刘平自然认识，而且还清楚地知道他叔父在朝中任通政司左通政，通政司是掌内外节奏和臣民密封申诉之件，也称"银台"，这官员哪有不被告的，哪有不怕被告的，所以对通政司多少都抱着不可得罪的心态，如果早知道跟胡春秋有关，自己是打死也不会来的，等官司到了府衙再慢慢平息，当面处理，这么多人，悠悠众口，怎么糊弄过去就是个大问题了。

抱着和稀泥的心理，被推到前面的刘平缓缓开口："胡公子也是读书人，知圣贤之理，大家平时又都认识，这其中是不是有什么误会？要不我们回府衙，慢慢谈？"

一听刘平的话，胡春秋就明白他这是要帮自己，底气更足了："不是误会，是他们要诬陷于我。这箱子是马家的，又不是我们胡家的，他们深更半夜抬个箱子到这儿，我看他们才是欲行不轨。你们说码头闹鬼之事是我指使的，可有证据？你们说箱子是我们从马家偷出来的，证据呢？空口白话，谁不会说？"

"我看也可能是误会，不要伤了和气，不如给本官个面子，你们都各退一步？"刘平一看胡春秋嚣张的样子，看来马家没有证据，这样也好，正好把事情糊弄过去。

"证据不就在你们自己手上吗？"马天恩伸手指刚才那几个抬箱子的人，这会儿正站在胡春秋的身边。

"马少爷你是在说梦话吧，他们怎么会给你做证？莫不是跟你先生读书读傻了吧！"胡春秋一帮人都大笑起来。

"抬起手来不就知道了。"马天恩一点不慌，胸有成竹地说道。

这几个人不明所以地抬起双手，这才发现，双手上全是墨黑。

原来，吴仲和马天恩早料到这些人可能会不承认自己就是偷换箱子之人，所以在外院的箱子上涂了不少墨，这几个人搬箱子的时候，因为是天黑，所以未能察觉，手上也染上了墨。当然，他们放下的那个想陷害马家的箱子，却因为没有墨，所以一看就知道不是马家的，而是刻意陷害。

胡春秋没想到对方居然如此狡猾，看着拼命用衣服擦墨的几个手下，骂了一声："蠢货！"

"我也没想到，我手下之人居然做出这种事来，你说你们，我平时给你们的赏钱也不少啊，怎么就非去行这种偷盗之事，我胡家决不纵容。刘知事，人你带走，该打该罚，按律行事，我胡家管教不善，愿向马府赔罪。不过那闹鬼之事，真是与我无关啊。"事到如今，只好让这几个蠢货顶罪了，大不了之后多赏他们几个钱就是，承认偷盗，罪不致死。想到这儿，胡春秋索性就把束下不严之罪担了下来。

"你还真不要脸啊！"马天恩破口大骂。

却见吴仲对刘平施了一礼，然后看向胡春秋，胡春秋被他一盯，心里就莫名发虚，这个吴仲，自己每次跟他相争，都是落下风。

"胡公子，你看这是谁？"

第三节 栽赃，我也会

夜色中，两个被黑布包住的人被推了出来，黑布扯去，红衣露出，长发已经狼狈不堪地散乱披着，俨然就是粮仓里的两个女鬼。

"胡公子，救我们。"其中一个女鬼朝胡春秋喊道。

"哪里来的疯子，我不认识你们。"胡春秋没想到，吴仲居然这么快就把两个女鬼捉住了，还带了过来。

"胡春秋，你想翻脸不认吗？别忘了我们可有你的信物。"另一个女鬼早就料到胡春秋会不认，怒斥一声。

马天恩也没想到会有这么一出，库房那么大，要找也要很长时间，不知道他是怎么捉到的。不过现在还不是问的时候，只能耐着性子，看吴仲怎么逼胡春秋现行。

"这金叶子胡公子总认得吧？这是从女鬼身上搜出来的，如果我没记错，这是缅甸进贡之物，应该是胡公子的叔父给胡公子的吧。拿着御赐之物随意赠送，还用来雇凶搅乱漕运，其心可诛，其罪难赦，请大人明察。"

这金叶子确实是胡春秋从叔父那儿得来的，因为进粮仓装鬼，万一被捉住很容易被重判，这两个人都是江湖高手，本来是不愿意冒险的，是自己以金叶子为信物说服了她们，这金叶子是御赐之物，万一出事，叔父就算再怎么怪罪自己，也会想办法保住自己，他也是以此为借口，才说服这二人去帮自己，没想到还真被吴仲找出来了。

不过，东西是死的，不会说话，但是人会啊。

"这是我叔父放在我家供奉的御赐之物，我说怎么突然不见了，原来是被你们偷了！刘知事，我的金叶子一个月前就丢了，原来是被她们偷走栽赃我，我冤枉啊。还好现在找了回来，不然我会被叔父打死的。"抱着打死不能承认的想法，胡春秋反咬一口。

"也对，我看就是这两个妖人偷盗在先，然后装鬼搅乱人心在后，来人，把她们……"刘平话说了一半，就被吴仲打断。

"大人，我还有证据。"说着，吴仲从怀里掏出一张纸，在众人面前展开。纸上清楚写着，请这两人装鬼，先预付一百两银子，事后再付一百两，落款赫然就是胡春秋。

"假的！这不是我写的！"胡春秋跳了起来，上前就想抢，却被人拦住。

"明日到了公堂，把胡公子的字拿来一认便知。"吴仲说完，并没有把字交给刘知事手下之人，而是又收了起来，放到怀中。

"大人，人证、物证均在，还请大人明断。"说完，吴仲对着刘平又施一礼。

众目睽睽之下，这么多人证、物证，刘平再想包庇，也无法堵住悠悠众口。

"来人，把胡春秋一干人等拿下，先押回府衙。"刘平一声令下，衙役们上前，把胡春秋一群人押着带回府衙。

胡春秋哪里受过这种屈辱，想要反抗，但他也不过一介书生，哪有气力，没几下就被衙役牢牢按住。

"吴仲，你敢陷害我，我一定会让你付出代价！"

吴仲理都不理，客气地跟马朝生一起送刘平等人离开，然后返回马府。

已是二更天，田府书房的灯还是亮着的。田荣华心不在焉地喝着茶，眉头深锁，按理到了这个时间，胡春秋应该已经把马天恩他们处理掉，派人来告知自己了，就算是被马天恩他们跑掉，也应该有消息传回来啊。难道出了什么意外不成？

这时，书房的门被推开，田府管家急匆匆闯了进来，"老爷，不好了，胡公子出事了。"

"出什么事了？你快速速道来。"田荣华从椅子上腾身而起，果然出事了。

"是咱们在府衙的人送来的消息，他们亲眼看到胡公子跟装鬼的人都被带回府衙了，说是马家找到了胡公子指使人装鬼去粮仓闹事的证据，胡公子那几箱想陷害马家的私盐也被扣住了，老爷，你说胡公子会不会把我们也供出来？那马连是我找的，私盐也是咱们给他的……"灯光昏暗，田管家一头的汗，跑得急，也是真的怕了。胡春秋朝里有人，田家只是地头蛇，万一出事，肯定是要被拉出来顶罪的。

田荣华叹了一口气，其实他在这个计策最初实施的时候，就已经想过万一失败的后果，所以除了找马连是田管家出面之外，其他人都是胡春秋找的，这样最坏的结果，也就是田管家来背罪。不过，田管家在田府多年，知道了田府太多事，万一他被抓，该说的不该说的，保不好就会把田家给牵连进去。

"你也不用太多担心，胡公子朝中有人，这事主要的责任在他，我们田府无非是一时好心替马连还了赌债，其他证据都跟我们没关系。看你急得这满头大汗，休息一下。"田荣华指了指下首的位子，田管家不安地连忙拒绝，声称不敢。

"你来我田家也有三十多年了，咱们一起长大，名为主仆，实为兄弟，你放心，有我田荣华在，必保你无事。说起来，你也只是听从我的命令，如果出事，我来担。"说着，田荣华将桌上的茶壶端起来，倒了一杯茶，递给田管家。

"喝杯茶，也不早了，喝完回去休息吧，明天一早我去府衙打探一下，大不了花些银子赔给那马家便是。"

看着田荣华淡定的样子，田管家心里也踏实了不少，接过茶杯一饮而尽。

"老爷，你放心，如果胡公子真的把咱们田家扯进来，老奴我自己担，必不会牵连到老爷的。"

"这是哪里话，你是我田家的人，我们田府岂会置你于不顾，你安心去休息吧，一切有我。"田荣华拍了拍管家的肩膀，管家感动地道谢退下。

看着管家退出去的身影，直到门关上许久，田荣华依然站在那里，一动不动。

马府，大家折腾了一晚上，都累得不行，很快都回各自房间去休息了，只有马天恩依旧精神得很，拉着吴仲到自己房间，追问他到底是怎么捉到鬼的。

看着马天恩一副好奇满满的样子，吴仲也就不卖关子了，笑了笑说："很简单，我让她们自己出来的。"

"啊，她们有那么听话？"

原来，吴仲没有跟马天恩一起去粮仓，心里一直不踏实，想了想，还是把事情都告诉了马朝生。马朝生一听就急了，生怕马天恩有什么好歹，赶紧把人召集起来，还去大通帮借人，一听说外孙有事，李大富把身边能找到的人都派了过来，这样才有了上百来人的仗势，然后吴仲带人去找马天恩，马朝生又连夜去府衙，把知事刘平给找了来，一起去现场。至于仓库的女鬼，吴仲把大门一开，找人把湿柴点着，浓烟一起，再大喊着火了，四处乱跑。装鬼的人以为真的着火了，一看这么多人进了仓库，就想趁乱逃走，结果刚一出仓库门，就被捉住了。

听着吴仲轻描淡写地说着，马天恩却能体会到当时吴仲对自己的紧张，有些感动跟讨好地说："先生对我真好。"

看着马天恩一脸真诚的样子，吴仲反而有些不好意思了。

"对了，先生，胡春秋怎么那么蠢，雇人还要自己写个字条。"

"呃，那是我写的。"

"啊，先生，你怎么会写胡春秋的字？"难道重点不应该是你怎么也会栽赃吗。看着脸上写满敬佩的弟子，吴仲觉得自己的教育好像哪里出了问题。

"我见过，就记住了。"

"先生，我要学写字，写我爹的，然后我就可以随便去支钱了！"

"先生，别走啊，先生……"

第四节　无毒不丈夫

田府这个夜并不宁静，田荣华书房的灯一夜未熄，桌上摆着厚厚的账本。

管家回房之后，觉得有些口渴，自己倒了一杯水，还没送到口中，就觉得腹痛难忍，口舌发麻，心跳剧烈，头也有些发晕，想要喊人，却发现连唇都有些发麻，发出的声音低沉嘶哑，怎么会这样，自己这是生病了，还是……

一个可怕的念头在管家脑海里闪过，不会的，老爷一直待自己为兄弟，他不会这么对自己的。想到这儿，管家挣扎着向房门外走去，走到外面，就可以找人来救自己了，肚子已经疼得让他无法站直，只能弯着身子，忍着剧痛，向着门的方向挣扎。快到门口时，整个人几乎已经要趴在地上了，不过好在碰到了门，管家努力地想推开门，发现门在外面被锁上了。管家不甘心地继续用力推着，嘴里喊着："老爷，救我……"直到用尽最后一点气力，彻底瘫倒在地上，死不瞑目。

第二天清晨，田荣华坐在大厅之上，脸色有些憔悴，等了一会儿，不见管家进来，安排小厮去看看。不一会儿，就见小厮连滚带爬地跑了进来，嘴里大叫着："老爷，不好了，出大事了。"

"怎么了？如此慌乱。"田荣华看着小厮，不解又带着一些责备的语气问道。

"管家……管家他死了。"小厮脸色苍白，神情惊恐，"小的到了管家房间，推开门，就看到管家躺在地上，小人去查看，管家他……他已经死了，眼睛还睁着。"

"什么！"听到这话，田荣华站起身来，朝管家房间跑去。一群下人也跟着跑了过去，田府乱成一团。

跑到管家房间，房门大开着，管家躺在地上，早已经没有了呼吸，田荣华俯下身子，看到管家面目狰狞，死前一定非常痛苦，只是眼睛还睁着，不肯闭上。

田荣华伸出手，轻轻盖住管家的眼睛，管家的眼，终于闭上了。田荣华抱起管家，走到床上，将管家放好，泪水滴落下来。

"管家。"田富贵急匆匆跑了进来，看到哥哥正坐在床边，管家就在床上躺着。

"大哥，管家他是不是……不会的，他昨天还好好的，还在跟我说话啊。"田富贵看到这个样子，知道管家已经去了，眼泪也止不住流了下来。管家跟大哥年龄相仿，小时候，大哥很忙，反而是管家经常照顾他，大一些了，管家还经常在大哥罚他禁食时，偷偷给他送吃的。在他心里，管家就像一个亲切的兄长，怎么突然人就没了呢。

田荣华站起身来："报官。"

下人听了吩咐，连忙跑去府衙。

"大哥，我们不能让管家就这么不明不白地死了。不过，你也别太难过了，咱们家这么多事，还要你处理呢。"田富贵虽然为管家离世伤心，可是看到大哥憔悴的样子，也很是心疼。

"管家的事我会处理，你好好读书。"田荣华为了田家，荒废了自己的学业，所以就把希望寄托在弟弟身上，虽然明知他不爱读书，还是希望他可以有所改变，考取功名，光宗耀祖。

兄弟两人回了大厅，一边把下人们叫来，询问昨天管家可有反常之举，一边等府衙来人。

府衙内，刘知事拿着通判派人带来的手书，在房间内一直转圈。没想到事情这么快就传到了通判大人那儿，大人虽然没有明言让放了胡春秋，但手书的意思就是让自己一定把这件事情压下去。本来众目睽睽证据确凿的事，要压下去谈何容易，那马家也不是普通百姓，这次被人陷害怎么可能善罢甘休。

这田府管家找马连私开库门，放人进去装鬼，现在装鬼的人已经被捉，手里有胡春秋给的御赐金叶子，还有胡春秋自己亲笔所写的字据，箱子也是胡春秋的手下从马家抬出来的，悠悠众口，堵不好以后就是雷啊，随时可能爆炸。实在不行就让这田家背锅，把事情说成是田家所为，可是怎么解释胡春秋半夜出现在树林里呢，最要命的是还有他的手书。

这时，有人来报，田府管家死了。

刘平一时愕然，然后马上反应过来，心里暗道："死得好啊，死无对证，把事情都推到这个死人身上不就成了？"

过了大概两个时辰，府衙派了两个衙役跟一个仵作来。衙役是田荣华早就认识的，上前打过招呼之后，便带衙役和仵作直接去了管家的房间。

仵作姓牛，单身一人，父母早亡，无妻无子，因为仵作是贱业，所以平时也极少跟人接触，看到田荣华等人，也没有打招呼，直接就去查看管家尸身。

"尸身何人动过，他是死在何处？"仵作看管家平躺在床上，面目狰狞，就知道肯定是有人动过尸身。

"是我，管家是死在门口地上，我看着于心不忍，所以将他抱到了床上，一时鲁莽，给各位添麻烦了。"田荣华声音诚恳，满是歉意。

"没事没事，人之常情。我们牛仵作是高手，死因一验便知。"其中一个衙役给田荣华找台阶下。

牛仵作不理田荣华，转身又来看管家，嘴里念着："子午卯酉掐中指，辰戌丑未手掌舒，寅申己亥拳着手，死者拳头紧握，再看他僵硬情况，应该是死于寅时。"

然后掏出一根小手指般大小的薄银牌和一个小瓶子，用布蘸上瓶子里的皂荚水，用力擦拭那个银牌，过了一会儿，银牌变得通亮，只见牛仵作伸手将管家的下巴捏住，让尸体的嘴巴张开，把银牌放入管家嘴里，然后重新把嘴合上，开始闭目。

房间内鸦雀无声，大家谁都不敢说话。田荣华盯着牛仵作，之前只知道这个仵作很怪也很厉害，当面看他验尸却还是第一次。两个衙役却已经司空见惯，趁着仵作等结果的时间，开始东问西问，房间里这才又嘈杂起来。

大概过了半个时辰，牛仵作把银牌从管家嘴里取了出来，刚才还闪亮的银牌已经变成了黑色。

"是中毒，不过具体中了什么毒，还要带回去详细检验。"牛仵作话一出口，众人哗然，虽然管家的死给大家造成了很大震撼，但听到是中毒，大家还是觉得有些意外，管家平时人缘不错，谁会下毒杀他？

特别是田荣华，更是气愤："麻烦几位官爷，回去禀告知事大人，一定要找到真凶，我们田家感恩不尽。"

第五节　何为公道

送走了衙役，田荣华嘱咐好下人不准乱传，一切以官府最后的通知为准，然后把自己关在了书房内，连吃饭都没有出来。直到府衙来人，带他去见了刘知事，一直到晚上，才回到田府。

管家的死对田富贵冲击很大，一整天，他都在发呆，怎么也想不明白，昨天还好好的一个人，怎么突然就死了。看到哥哥回府，忙迎上去："大哥，官府怎么说，是不是有什么发现？"

田荣华点了点头："嗯，管家他……"说到这儿，田荣华停顿了一下，才又说下去："他是畏罪自杀。"

"畏罪？什么罪？"田富贵觉得脑子有些不够用，管家能犯什么罪，到非死不可的地步。

"前段时间马家粮仓闹鬼之事，是管家买通了马家一个码头小管事犯下的。现在装鬼的人被捉到了，那个马家的小管事把管家供了出来，他听到消息，就畏罪自杀了。"

"怎么可能？他为什么找人去马家装鬼？这里面一定有什么误会。就算是他做了，也不用死啊，我和天恩关系好，我去帮他说说，天恩一定会原谅他的，他为什么要死呢！"

"就是因为那个马天恩捉住了装鬼的人，管家才会死，管家这么做也是为了我们田家，可惜他用错了方法。但不管怎么样，他都是因为马家而死，以后，你就不要再去找马天恩了。"田荣华说完，转身去了书房，留下还没有反应过来的田富贵。

"大哥，我还是不明白……"田富贵追过去，田荣华却重重地关上了书房的门。

第二天，马朝生也被叫去了府衙，刘知事跟他密谈了很久，才放他回了马府。

一直在家里等着的马天恩早就迫不及待了，看到爹爹回来，欢快地迎了上去，却看到马朝生一脸凝重，满腹心事的样子。马天恩只觉奇怪，事情已经水落石出了，怎么爹爹还一脸不高兴的样子。

等到了厅内，马朝生坐下，丫鬟把茶端上来，马朝生只喝了一口，就放在旁边，既不喝茶，也不开口。

马天恩坐在一边等了一会儿，实在是耐不住性子："爹爹，现在坏人都捉到了，官府打算怎么处理？那个胡春秋，是不是要被处罚了啊，还有田家，是他们跟胡春秋串好的，也不能放过他们。对了，还有私盐，要查查他们还有没有其他的私盐……"

"天恩，你这次做得很好，爹爹很欣慰。一会儿你去账房支些银子，去买些自己喜欢的东西。这件事，就到此为止了。"马朝生看着马天恩一脸兴奋的样子，有些话实在是说不出口。

"什么意思？到此为止？爹爹，咱们的证据不是都给官府了吗？现在到底是怎么判的啊？"

"天恩，你听我说……"马朝生指了指旁边的椅子，示意马天恩坐下，可是马天恩哪里坐得住，只坐了一个边，急切地看着父亲，一心想快点知道结果，好去告诉先生，那个陷害他们的胡春秋这次终于受到惩罚了。

"天恩，这次的事情，完全是田府的管家一人所为，是他自作主张，想要陷害我们马家，然后买通了马连，又找了装鬼的人，现在田府管家已经畏罪自杀，这件事，也就结束了。至于胡春秋，他是受管家蛊惑，一时冲动，跟着管家找的人一起去了小树林想拦截你们出口气，索性也没有造成恶果，胡府的人会把他管束起来，以后，他就不会再有机会来为难你跟吴先生，你可以放心。"马朝生说完这些话，有些不敢去看马天恩，低头又喝了一口茶。

"爹爹，你当我是三岁小孩子吗？如果没有人指使，田管家怎么可能做这么多事？而且我们还有胡春秋的金叶子，那金叶子是御赐之物，田管家怎么可能有？"

"天恩啊，你忘记金叶子吧，就是因为这金叶子，所以事情才只能这样了结。"世道险恶，不是对错两个字能概括的，看着义愤填膺的马天恩，马父也是无可奈何。

"我不懂，为什么？田府管家为什么要死？我觉得是他们杀人灭口。"为了捉住幕后之人，自己和先生精心计划，做了那么多努力，现在真凶明明找到了，怎么就算了呢？而且自己也从来没想过让田府管家去死啊，他的罪并不致死，怎么会突然死了呢，这些都应该去查啊。

"不准乱说。现在官府已经定案，田府管家畏罪自杀，这事已经了了。天恩啊，爹爹知道你心里不服，可是自古民不与官斗，那胡春秋的叔父是六品通判，金叶子是皇上赐给他的，胡通判又给了胡春秋，结果他又给了用来装鬼之人，这事如果查下去，就会扯到胡通判身上，他干爹是刘瑾，就算最后处置了胡春秋，我们马家搞不好也要为他陪葬！"

"一个太监，有这么可怕吗？"说到这个刘瑾，马天恩就更是不服气了，一个太监，到处贪钱，百姓提起就没有不骂的，迟早没有好下场。

"闭嘴！你们都退下！"生怕马天恩再说出来什么惹祸上身的话，马父赶紧让众人退下。这个孩子，被自己宠坏了，如果不好好教训一下，以后一定会吃大亏的。

"我是把你宠坏了，什么话都敢说。一个太监？你知道大家称他什么吗？'立皇帝'，现在很多奏折，都是他直接替皇上批阅，惹到他，别说咱们一个小小的马家，就算是朝廷官员，也会被找借口抄家灭族。咱们惹不起，不如退一步。"

"我看爹你就是胆小怕事，咱们证据确凿，就算皇上来了，也不能不讲理啊。我就是觉得，凡事都得讲个公道。"

"公道？什么是公道？我觉得这些都是命。我们不能跟命争，这件事我说过了，到此为止，以后也不要再提！咱们这些天的损失，刘知事已经判决让田府来赔偿了，死的反正也是田府的人，跟咱们无关，你这几天就别出门了，跟着吴先生好好读读书。"马朝生太了解自己的孩子了，一看就是不服，如果现在放出去，很容易闹事，马天恩可以不懂事，但自己必须理智，这个世道如此，就必须去适应，而且这件事上马家也没吃亏，不如见好就收。

"光赔偿就够了吗，难道坏人不应该受到惩罚吗？"

"你太固执了，我说过，这事到此为止，你多读书静心吧。"马朝生坚定了要把马天恩关起来的决心，这样其实也是为了保护马天恩的安全。

"爹爹，你是要把我关起来吗？做错事的人又不是我，我看你真是是非不分，跟胡春秋他们没什么两样。"一听不让自己出门，马天恩就急了，自己辛辛苦苦做这么多事，最后就这么不明不白地结束了，还要被关起来，马天恩怒了。

"对，爹就是是非不分，是个老糊涂，来人，把少爷送回房间，这几日不准他出门。"马朝生看着马天恩愤怒的样子，心里也觉得很过意不去，不过没办法，马天恩完全不知道世道的险恶，这样单纯的性子，自己又怎么能放心地把马家交给他。虽然胡家已经承诺要把胡春秋管束起来，可是万一胡春秋不甘心，派人来报复呢？想到这儿，马朝生一狠心，决定先把他关上半个月再说。

第六节　非礼勿视

　　所幸这次只是限制马天恩出门，在院里还是可以随便走动的，而不是像上次关到房间里，这让马天恩还安分了一些。加上吴仲的开导，告诉他马父这样做，很大一部分原因是担心胡春秋的报复，让他且安静几日，过段时间自己会亲自去跟马父谈，保证中秋节之前放他出来。

　　百无聊赖的马天恩除了每天跟吴仲上一个时辰的课，其他时间就只能找些小玩意儿来打发时间，比如，听口技。

　　把贾先生带回来真是一个明智的决定啊。马天恩坐在摇椅上，优哉游哉地听着贾先生表演的口技，讲的是两个小夫妻去玉泉山钓鱼的事，流水声，鸟叫声，小两口一会儿争吵一会儿嬉笑的声音，都学得惟妙惟肖。

　　"玉泉山的小鲫鱼味道确实鲜美，望东楼的小鱼汤人间一绝啊，不过如果是自己钓上来的，那感觉就更不一样了。"马天恩听着听着，就开始神游起来。"爹爹不是爱吃小鱼汤吗？我如果出去捉一些鲫鱼回来给他做汤，他一定很高兴。"很快，马天恩就给自己找了一个跑去玉泉山玩的好借口。

　　打定了要偷溜出去的主意，马天恩把贾先生打发下去，回房间找到一个用麻草编成的袋子，既可以装东西，也可以用来织网捉鱼。这还是上次和田富贵一起捉鱼时买的，马天恩得意地把袋子放在桌上，又去床下面掏了一把匕首出来，擦了一下装进袋子中。

　　天色一暗，马天恩就做出来要睡觉的样子，早早熄了灯，躺在床上。到了四更天，她听着外面没了动静，从床上溜了下来，拿上袋子，轻轻地打开房门，慢慢关上，然后熟练地朝花园的方向跑去。跑到花园墙下一个地方，打量一下左右无人，将堵在原来狗洞位置的砖块拿下，狗洞就露了出来，然后将砖块放在墙外，爬出去之后，又把洞原样堵上，这才大步地跑开。

　　玉泉山，山之阳，土纹隐起，作苍龙麟，沙痕石隙，随地皆泉，水卷银花，宛如玉虹。之所以称为玉泉水，就是因为这里的泉水，水清而碧，澄洁似玉。水好，鱼味更鲜，马天恩一想到可以吃到玉泉山的小鲫鱼，不愉快的事也就忘得差不多了。

　　"大叔，去玉泉山取水啊，我去捉鱼给爹爹吃，带我一段吧！"玉泉山的水，不管是宫廷还是民间，都是最受欢迎的，所以每天都有人在宫廷取水之后，再去取来泉水，然后出售给酒楼或者有钱的人家。马天恩看到一辆取水车，赶紧打招呼。

"上来吧。"运河边上，人的性情也格外的亲和，互相帮助更是顺理成章。赶车的大叔招呼马天恩上了车，一听说他是要捉鱼给父亲吃，就变得更加热情了。两个人一路上有说有笑，不知不觉，就到了山脚下。这会儿，太阳已经升起来了，像是给翠色的山染了金色的妆，马天恩跳下车，跟赶车的大叔道别，这才跑上山去。阳光从树的缝隙洒进来，像是调皮的小姑娘拿着羽毛轻轻划过人的脸庞，痒痒的，暖暖的。

随处可见泉水，有水就有鱼，最美味的当属小鲫鱼，马天恩读书不行，捉鱼却是行家。鲫鱼食性较杂，春秋二季喜欢吃荤饵，夏季喜欢吃素饵，所以马天恩选了一些碎虾做饵料，选了一个离草边比较近的下游，将网下上，就退到旁边去玩了。山中野花漫地，偶尔还有野兔跑过去，马天恩开始兴趣还蛮大，追追兔子，采采花，尝尝野果，不过可能是因为晚上没睡太好，玩了一会儿，就觉得有些累了，靠在一棵大树下，半坐着睡着了。手里采的野花洒落在地上，浑然不觉。

睡了一会儿，身子一偏，就从靠的树上歪了下来，摔到地上，人也醒了。

"我怎么睡着了？真是的。鱼应该差不多进网了，看鱼去。"马天恩开心地跳了起来，朝着自己下网的地方走过去。

马天恩找到下网的地方，踩在草边的一个石头上，熟练地将网一收，"啊！"鱼真不少，在网上乱跳，水花四起，溅到马天恩的脸上、衣服上。

"看我回去不把你们给煮了。"太阳这会儿已经升到了天空正中，晒得人暖暖的，看看脸上手上弄的都是鱼溅起的水，手上还有一些水草，马天恩想着反正时间还早，这里也没人，不如下去游个泳。

想到这儿，马天恩背着渔网，又往深处走了一些。看到一处比较深的水，把渔网放在一棵树边，外衣解下，头发散开，里面却是紧身的里衣，既然来玉泉山，所以也早做好了游泳的准备。只见她一跃跳下，到了水里就好像回到家一般，游着游着还不过瘾，索性空手捉起鱼来，鱼儿滑，捉到又从手里滑出去，然后又去捉，整个人在水草之间穿游，仿佛就是生在水中的精灵。

"捉到了！"马天恩半个身子腾出水面，手里还捉着一条鱼，头发带着阳光的金色，脸上全是灿烂的笑，眼睛就像是会说话的星星，熠熠生辉。吴仲站在河边时，看到的就是这样的场景。

"翩若惊鸿，宛如游龙，海公主啊！"

"啊，先生！"手一滑，鱼入水。

"你……你先上来。"吴仲觉得脑子晕晕的，心好像被重重地撞了一下。怎么会这样，两个身影重合在了一起，那天从水中把自己救起的自称海龙王之女的人，不就是眼前的马天恩吗？

吴仲慌张地转过头，踩在一块石头上，差点摔倒，嘴里默念："非礼勿视，非礼勿视。"

马天恩也没想到，吴仲会出现在这里，慌了一下，马上又恢复了平静。看先生的样子，好像是认出来自己是女子了，要不然早就直接骂自己调皮了，怎么会突然转过身，让自己先上去。知道就知道吧，先生是个心软的好人，让他知道了自己是被迫女扮男装，一定会觉得自己很可怜，以后没准会对自己要求宽松一些，昨天的大字自己还没写，是不是就不用交了。

胡思乱想的马天恩赶紧跑上岸，把衣服换上，这才慢腾腾走到吴仲身前，吴仲觉得脸在发烧，听到马天恩走过来了，也不敢回头。

"先生？"马天恩叫了一声。吴仲这才回过头来，眼睛还是不敢看马天恩。吴仲这副模样反倒把马天恩逗笑了，早知道先生这么怕女人，还不如开始就告诉他，还能少挨不少训。

"你，是女子？"

"先生，我命苦啊！明明是女子，却从小就被……"

"海龙王之女？"

马天恩话还没说完，就被吴仲打断。海龙王之女？什么意思？啊，七月十五！

马天恩盯着吴仲，伸出手摸摸吴仲的脸："先生，你是那个，呆书生？"

第七节 马父出事

吴仲突然后退一步，避开了马天恩的手，然后郑重地深施一礼："吴仲多谢恩人相救，无以为报，愿……"

"以身相许？这有点不太好吧，我怕我爹不同意。以后，你少让我写些大字就是了。"马天恩笑嘻嘻地说。

真是……本性难移啊！吴仲叹了口气。

"我决定了，为报你相救之恩，以后每天学两个时辰吧，束脩就不用加了。"

"啊，你这不是报恩，是报仇啊，我不要！"

"赶紧下山吧，你父亲担心你被胡春秋的人算计，到处在找你，我是听顺哥说你念叨要吃玉泉河的小鲫鱼，所以才想来山上试一下，没想到你真来了。这会儿已经有半天时间了，估计家里已经找急了，早点儿回去，别让你爹娘担心。"原来，早上起来，丫鬟燕子发现马天恩不见了，就大喊了起来。马父知道后急得不行，赶紧安排人去找。结果把他平时经常去的地方都找了，也没有见到，马父担心她遇到了危险，于是亲自出去找她了。吴仲看到这种情况，也很担心，就跟顺哥问他有什么异常，顺哥回忆了半天，才想起来他听完口技说要吃玉泉山的小鲫鱼。所以，这才匆匆找了一辆马车，到玉泉山找找看。没想到居然还真找到了，还是在这种情况之下，看到了马天恩的真容。

"没关系的，我经常跑出来，我爹找我我都习惯了。先生等我拿上鱼啊。"说着，马天恩把渔网带上，跟吴仲一起上车。

在路上，听了马天恩的诉说，吴仲才明白她为什么要假扮男人。世人本就对男女不公，特别是在守闸家族，如果后辈中没有男孩，就等于所有家业都要交到族里。

"为何不从族里过继一个子侄过来？"吴仲觉得，就算是过继一个，也比让女儿假扮儿子要好，毕竟这太冒险了，而且也会毁了女儿一生的幸福。

"哎，还不是我娘，她生我时我爹不在家，生下来之后她就说生的是个儿子，已经告之家族，大家都知道我爹有儿子了，等我爹回来已成事实，如果再说我是女儿，那就得追究我娘的责任，我爹不忍心，所以就干脆把我当男孩养了。本来以为爹以后还会有其他儿子，这样再公布我是女孩的事，编个什么用来招弟的幌子就好，谁知道自我之后，别说儿子，爹娘就连女儿都没再有过。所以，我就成了马家唯一的嫡亲少爷了。而且我虽然有几个堂哥堂弟，但都不怎么争气，我爹觉得把家业交给他们不放心，还不如交给我靠谱呢。"

吴仲听到这话，忍不住打量了一眼马天恩，小脸还满是得意之色，真不知道她的自信从哪儿来的。

"先生，你还别不信，别看我读书不好，但如果说到水里的事，没几个人能比过我。我尝一口河水就知道是从哪儿流下来的，抬头看一眼天就知道什么时候下雨，能下多大，水会涨多高，应该吊起几块闸板。连我爹都比不过我，所以我说我是海公主可不是骗你的，哼！"看吴仲不信，马天恩有些不爽，自己男儿身是假的，可一身本事不是假的。

"好好，是为师的错，小看了马少爷，我只是觉得你这样太过辛苦了，对你不公。"

"有什么不公的，我们马家是靠大通河养活的，不管是男是女，都是喝同样的水长大的，自然应该为大通河做事。我爹说了，守闸人如果能死在大通河里，这是最高的荣耀。"说着，马天恩的眸子闪出坚定的光，那一瞬间，圣洁高贵。

不过，只有一瞬间。

"不过先生你不用担心，大通河对我可好了，才舍不得我死呢，它还等着我去修呢。"

"修？你还想修大通河？你知不知道朝廷为了修大运河花了多少银子？"吴仲发现自己并不是很了解这个徒弟，在她每天嬉皮笑脸的背后，其实有着很多出其不意的想法。

"那是他们搞得太复杂了，其实很简单啊，找到水源，把水引下来，实在不行把漕运码头位置移到通州城北，把那土坝改成石坝，就从这玉泉山上引水不就好了。"马天恩说得轻描淡写，吴仲却听得惊心动魄。如此简单之事，却反复修了几十年，一直不见成效，甚至修通了又堵塞，其实不是天灾，是人祸啊。

"我是不是很聪明？"马天恩一脸求表扬的神态盯着吴仲，吴仲这才缓过神来，朝她笑笑。

马车到了家门口，马天恩从车里背着渔网跳了下来，就往门里闯。一进门，发现家里乱作一团，来了很多人，出出进进，有些不解。这时燕子跑了过来，看到马天恩就开始大哭："少爷你可回来了，老爷他出事了！"

"什么？我爹他怎么了？"马天恩将渔网扔下，上前抓住燕子的肩膀问道。

"老爷出去找你，结果马车翻了，老爷他到现在还昏迷不醒。"燕子说着，已经泣不成声。

"爹！"马天恩大喊一声，朝着爹爹的卧室跑去。

吴仲又拉住燕子，详细地问了一下情况，然后才跟了过去。

"爹，你怎么样了？"跑进房间，看到马父面前围了一群人，马天恩拨开众人，几步上来跪倒在爹爹床前。

马夫人正在马朝生床边坐着，看到马天恩过来，又气又恨，抬手就打。

"你这个逆子，如果不是你乱跑，老爷他怎么会受伤。你还有脸回来！"

旁边有个声音附和："天恩，你确实太不懂事了，你想想，从小到大，你闯了多少祸，都是你爹给你撑着，你看，这下闯出大祸了吧。要是大哥有个三长两短，马家交给你，还不得败了！"说话的，正是马天恩的三叔，马朝阳。对马天恩，他早有不满，其实准确地说，如果没有马天恩的出生，他就可以把自己的儿子过继给马朝生，这样起码花钱也会方便许多。

"我爹不会有事的。娘，你先告诉我，爹到底怎么样了，他为什么还不醒。"马朝生闭着眼，头上已经包扎，血隐隐透了出来。

"你爹他出去找你，结果马突然发疯，马车翻了，你爹他被颠了出来，头撞到了石头上，大夫已经用过药了，可是还是昏迷不醒，如果你爹有什么事，我也不活了！"说到这儿，马夫人终于忍不住哭了起来。

"都怪我，是我的错，我……"马天恩话说一半，晕了过去。

"天恩……"

"少爷……"

众人慌乱起来，连忙将马天恩扶起，抬到了旁边的小房间，好在大夫还在家里，赶紧过去又给马天恩医治。

又是扎针又是灌药，马天恩才缓了过来，其实她就是急火攻心。看到马天恩醒过来，马夫人松了一口气，再也不敢继续指责。一方面心疼孩子，一方面又放心不下马老爷。马天恩刚一醒，就挣扎着要起来去见爹爹，被众人劝住。

"我的儿啊，你先好好休息，要是你爹醒了，看到你这样他得多心疼啊。我去照顾你爹，燕子，你好好照顾少爷，有什么事立刻去找我。"马夫人看马天恩问题不大，还是放心不下马老爷，安排燕子她们好好照顾女儿，这会儿正好看到吴仲，站起身对吴仲微施一礼，"先生，天恩这里就请您多加照顾了。"马夫人不认字，却对读书人有着特别的敬意与好感，不然当初也不会毅然选择马朝生了。

"夫人客气，天恩是我的弟子，我会照顾好他，还请夫人放宽心，马老爷吉人自有天相，一定会平安无事的。"说着，吴仲还了一礼。

马夫人去了马老爷房间，吴仲屏退众人，站在离床不远的位置，说："天恩，我怀疑马老爷是被人所害。"

第八节　是人祸，非天灾

马天恩一听吴仲说父亲是被人所害，激动地一下坐起来，头又有些晕，吴仲赶紧上前，自然地想扶她，又突然想起她是女人的事，手伸了一半，改去抄起枕头，帮她垫上。

"你别急。我刚才问了顺哥，他说大家找不到你，马老爷就着急了，要自己亲自去找。顺哥看着马老爷离开的，说一切正常，结果刚上了马车没多久，马就发起疯来，出事之后，车夫已经被关起来了，马也被关在了马厩里，我刚才让顺哥去看马的情况了，一会儿可以找他来问问。马肯定不会突然发疯的，要么是车夫出了问题，要么是马出了问题，我们一查便知。"

"对，刚才大家都光顾着照顾我爹了，都把查真凶的事给忘记了。来人，把那个车夫给我带过来。"马天恩这会儿脑子里只有一个念头，就是一定要抓到害爹的人。

不一会儿，车夫被带了过来，看上去也伤得不轻，腿上还流着血，一见到马天恩，就跪倒在地，哭了起来："少爷，冤枉啊，我在马家十年了，老爷待我这么好，我怎么会去害他。"

吴仲伸手将他扶起，看他腿受伤了，于是扶他坐下。车夫不敢坐，马天恩看了也心生可怜，指了指椅子："坐吧。你也是我们家的老人了，怎么会出这种纰漏？那马好好的，怎么会发疯？"

"老奴也不知道啊，早上少爷你不知去向，老爷就急了，要我驾车陪他去找，他担心你去找田家或者胡家闹事，让我先去田家，结果马车刚到了石桥那儿，马突然就发起疯来，我拦都拦不住啊。"车夫说着，又哭了起来。

"那你后来检查过马吗？"

"检查过啊，我怕是有人将针之类的东西扎到了马身上，可是我仔细检查过，马身上没有伤，我连蹄子都看了。后来我就被关起来了，不知道马现在情况如何。"

"带我去看看。"说着，马天恩起了身，吴仲叫进来燕子，扶着马天恩，带着车夫朝马厩方向走去。

到了马厩，刚才闯祸的马四肢已经被结结实实地绑着，头拴在了柱子上，躺在地上一动不动。马天恩和吴仲弯腰蹲下查看，马已经死了，口鼻流出血水。

"杀马灭口啊！不是田荣华就是胡春秋，小爷跟他们拼了。"说着，马天恩站起身来就往外冲，被吴仲一把拉住。

"不要冲动。"

"你放开我，我爹都要被人害死了，你还不让我去！"马天恩有些怒了，低头张嘴就想咬吴仲，谁知道吴仲躲都没躲，被她一口咬了上去。

"啊，先生，你怎么不躲？对不起啊。"马天恩看着吴仲手腕上的牙印，突然反应了过来，不由得有些心虚。

吴仲这会儿才放开了拉着马天恩的手，拍了拍她的肩膀："我知道你心情不好，但是要冷静。看样子马应该是中毒了，马老爷要出门不过是今天才决定的，这人一定是知道你离家的事，预料到马老爷要去找你，所以才给马下了药，这药应该就是让马焦躁发狂的，而且是刚下不久，不然如果马已经发狂，马老爷肯定就不会再用。能把时间掌握这么好的，一定是府里之人。你赶紧查一下吧，如果我没猜错，那人应该已经趁乱逃走了，看一下少了谁，谁就是凶手。"

"先生你真厉害，这么短时间就想这么多事。顺哥，去通知管家，让所有人在院子里集合，除了我娘，小爷我看看是谁搞鬼，看我不弄死他。跑到天涯海角，我也要把他抓回来。"马天恩这次是真的愤怒了，没想到居然是自己府里的人，爹爹平时为人那么宽厚，是谁这么没良心要害他。

一会儿工夫，下人们都集合到了院子里，连马朝生的几个姨娘都到了。马天恩安排管家清查人数，一数都在，马天恩不放心，又数了一遍，还是都在，难道，凶手就在这些人之中？

"你们今天都和谁在一起了，有没有证人？"马天恩开始盘问。因为早上就发现马天恩不见了，马老爷就安排找人，所以大家基本上都能互相证明是在一起的，就连赵姨娘，也是陪在马夫人身边伺候着。

马天恩急得转圈，真是见鬼了，难道就是车夫下的毒？马天恩朝车夫看过去。

"真的不是老奴啊，老奴愿以死证明清白。"说着，车夫就要朝着柱子撞去，被身边的人及时拉住。

"天恩，你不是从粮仓带回来一个会口技的人吗？那人在哪儿？"吴仲突然发问。

"对啊，贾先生呢？"马天恩这才发现，贾先生不见了。刚才清点人数时，把他给忘记了。

"原来是他！怪不得他昨天口技说什么玉泉山小鲫鱼，他就是想诱我上山，可是，他为什么不害我，要害我爹呢！"

"可能，是为了让你负罪吧。有时候，亲人因为自己而受到伤害，会比自己受到伤害更痛苦。所以，你要振作起来，在马老爷康复之前，把马家撑住。"吴仲安慰地说，不过心里却也产生了怀疑，针对马老爷，可能更大的阴谋是为了对付马家，毕竟，如果马老爷出事，一个马天恩是很难扛起来的。如果从这一点来，还真有可能是田家所为，不过现在事已至此，不适合再来打击马天恩的信心了。

"先生，我错了，都是我不好，如果不是我把那个骗子带回来，我爹就不会出事，我真是太蠢了！"马天恩无比懊悔地说。

"把那马的四个蹄子砍下来，给胡通判送去。"吴仲吩咐道。胡通判既在通判之职，理应受民之所诉，送去四个马蹄，他自然知道其中关系，如果一再相逼，马家也只能以死相搏了，最近朝廷局势微妙，钱大儒也多次表达了对刘瑾的不满，居然都没有被追究，可以看出，刘瑾最近比较小心，肯定是不愿意生事的，作为他干儿子的胡通判，肯定也不愿意在这会儿闹出什么大事来，毕竟马家，在漕运码头也是算得上一号的。

"先生，这个仇我一定要报的。"马天恩一瞬间成熟了很多，只有有了实力，才有机会报仇啊。

"放心，这个仇，先生陪你一起报。"吴仲看着这个突然长大的学生，有一点心痛，还有一丝欣慰。

马家，一夜不眠。

第二天，胡府。

胡通判怒气冲冲地闯进了胡春秋的书房，胡春秋正在半睡半醒地读书，看到叔叔闯进来，迎了上去，谁知道刚走到叔叔旁边，一耳光就打了过来，直接摔倒在地。

这一巴掌打得极重，胡春秋觉得头昏眼花，不明所以。

"叔父，你为什么打我？"

"身为我胡家子孙，不思功名进取，天天跟码头那些低贱之人混在一起，前几天找人装鬼闹事，现在又去杀马朝生，一个马家，值得你费这么多心思？你还想不想入朝为官，你干脆去码头做个管事算了！"

"杀人？我没有啊。我这几天一直在家，哪有杀人？"胡春秋一头雾水，闭门家中坐，祸从天上来啊。

"不是你，就是你那些狐朋狗友，除了你们，谁会去杀马朝生？你以后不准再跟他们来往，来人，大公子从今天起禁足。"胡通判说完，气冲冲地走了。

"难道是田荣华？要杀你杀马天恩啊，蠢货。"

　　田府，田荣华也是一头雾水。马朝生被害的消息早就传了出来，不少人明里暗里指责是他所为，五闸虽然素有争斗，但肯定不能用这种直接取人性命的方式。今天你杀他，明天他就会杀你，那五闸人人自危，还怎么做事赚钱。而且他才给马家赔了钱，后脚马家就出事，傻子都能猜到是他干的，这岂不是此地无银三百两！

　　"大哥，这事真不是你做的？"田富贵一脸怀疑地看着大哥。田荣华沉默半晌，吐出来三个字："傻子，滚！"

第四章

谁说女子不如男

第一节　水狮子

马府内，人来人往，马朝生平时人缘就很好，加上又是马家的家主，这一出事，来看望的人自然也多。马夫人和马朝生感情好，丈夫昏迷不醒，马夫人自己亲自照顾，不假人手，其他事也就顾不上，自然就都落在了马天恩的身上。

虽然有吴仲跟管家帮忙，但还是不免忙里出错。马天恩有些焦头烂额，本来想去亲自抓回那个贾先生，现在也只能交给五叔他们去办。几个姐姐也都陆续回马府来看父亲，不管凶手是谁，但不可否认，马朝生是因为马天恩才出的事，可是看到弟弟一脸憔悴的样子，几个姐姐责备的话也说不出口了。倒是马天恩的两个叔叔，话里话外都在指责马天恩的不孝，就差直接说把他逐出马家了。

"天恩啊，你看你，从小到大闯了多少祸，都是你爹替你收拾烂摊子，现在可好，你爹现在被你连累得躺在这儿了，这么大的马家，不能没有主事的人啊，实在不行，我和你三叔也只能勉为其难，先接过来了。"马天恩的二叔马朝荣坐在大厅的主椅之上，手里捧着杯茶，慢悠悠地说。

"码头和商铺我可以来管，二哥你把马家大宅的事管起来就行。"坐在他旁边的三叔马朝阳一边附和，一边把最能捞钱的两块划给了自己。

"这怎么行，码头和商铺那么多事，你没经验，我还稍微接触过一些，还是我来管。"

"要不这样，码头我管，商铺你管？"

两个人讨价还价，好像在赃物分割现场，如果不是知道他们胆子小而且也没什么本事，还真让人怀疑马朝生是被他们害的。

站在他们对面的马天恩看着这两个叔叔，心里火就冒了起来，"两位叔叔，我爹还在床上躺着，你们现在就想怎么抢我爹的钱，是不是太不厚道了？"

"胡说八道，你这个逆子，如果不是你，我大哥怎么会躺在那儿，今天我就替我大哥教训你，来人，把他拉下去关起来，我大哥不醒，不要给他饭吃。"马朝荣声色俱厉地说，家人们却不敢真听他的上前，远远地观望着。

"我就说家里没个管事的不行吧。你们这么偷懒耍滑的奴才，我一会儿就去找个人牙子把你们全都发卖了，再买一批听话的来。"马朝荣发狠地说。

"这是我们大房的事，还轮不到二叔你来管。"马天恩倔劲儿也上来了，本来心情就够差了，还来这么俩添乱的叔叔，如果不是长辈，早把他们轰出去了。马朝荣从椅子上跳了起来，几步走到马天恩面前，一脸怒气，张口就骂："你个没大没小的东西，敢这么跟长辈说话，我今天就告诉你什么是长幼尊卑。"说着，抬手就要打。马天恩再怎么调皮，也不敢去打叔叔，只是拿眼睛狠狠地瞪着。

"我来打。"这时，就听一个女人的声音传来，马天恩一哆嗦，娘来了。

"大嫂，你来了！我正想替你教训一下天恩，这孩子太不懂事了。"之前因为马夫人没有生儿子，马朝荣一直想把自己儿子过继给马朝生，被马夫人拒绝，所以两个人的关系一直不是很好，加上马夫人一向彪悍，所以马朝荣对这个大嫂还是有一些忌惮的。看着马夫人拿着一个鸡毛掸子走过来，马朝荣莫名觉得后背有些发凉。

马天恩看到娘拿着鸡毛掸子带着一股杀气走过来，连跑的心都吓没了。想到爹娘感情那么好，不管怎么说，爹出事都是因为自己，打就打吧。

"娘，你打吧，别打坏了就行，把我打坏了，爹醒了会心疼的。"马天恩说完直接把眼睛闭上了。这时就听到鸡毛掸子的声音响了起来，配合的还有人的叫声，咦，自己怎么没感觉疼，别人叫上了？

马天恩一睁眼就看到马夫人朝着马朝阳和马朝荣劈头盖脸打过去，一边打一边骂："你们这些白眼狼，老爷他还没醒，你们就想着分家产了，还要不要脸！"

"你这泼妇，我要大哥休了你！"马朝荣正以马家的当家人自居，没想到在这么多人面前被人拿着鸡毛掸子追着打，真是一点面子都没有了。

"不疼是吧，把我的鞭子拿来。"马夫人一听这话更气了，把鸡毛掸子一扔，吩咐道。

马朝荣和马朝阳这才反应过来，站在自己面前的这个大嫂，可不是什么娇滴滴的大家闺秀，她可是在船上长大的，大通帮帮主的女儿，从小跟那些走江湖卖命的汉子一起长起来的。这些年马夫人致力做马朝生合格的夫人，虽说脾气暴躁了点，但终归没做什么出格的事，让人忘记了她当初的火暴性情。一听说拿鞭子，马朝荣转头就跑，马夫人的鞭子，是能抽死人的。马朝阳一看他跑了，跟在后面也跑了出去，临走时居然还给马夫人深施了一礼，生怕马夫人拦着揍他。

看着刚才还侃侃而谈、这会儿却落荒而逃的两个叔叔，马天恩不由对母亲升起了一股由衷的敬佩之情，还是娘亲威武啊。

"娘。"马天恩刚喊出来这个字，就像小孩子一样扑到母亲身上，哭了。这些天来的辛苦、委屈，父亲受伤后的惊恐、自责，都化成了眼泪，马夫人轻轻拍着她的后背，安抚着她。马夫人使了一个眼色，旁边的人都退了下去。

过了好一会儿，马天恩才平复了情绪，扶着马夫人坐到椅子上，自己站在了马夫人身前。

"天恩，娘知道你不是故意的，你爹也不会怪你的。事已至此，再后悔也没用，还是想想怎么把马家给担起来。活着，有命在，总有机会报仇。"马夫人看着马天恩，这孩子，才两日工夫，已经消瘦了不少，马老爷这一受伤，马府内外乱成一团，自己也没心思打理，现在看来，是要振作一下了。

"嗯，我会努力去做的。可是我之前都没有管过，有些不知道怎么入手，还得娘你多教我。"

"你不懂的，可以多问问管家，码头上的事可以问五叔，店铺的事，明天把几个店铺的掌柜叫来，给你认识一下。还有……"马夫人简单地交代了一点，马天恩头都大了。

"不用都和我说吧，爹没准明天就醒了呢。"

马夫人叹了一口气："大夫说了，就算是醒过来，可能也会有很多后患，哎。可怜你爹辛苦一辈子，老了还要受这种罪。"说到这儿，马夫人忍不住又哭了，拿出手帕擦眼泪。

看到马夫人又伤心起来，马天恩赶紧转移话题："娘，你挑眼前最要紧、最需要我做的事说一件，我先处理，码头铺子那些就让之前的人先管着，我有时间再来一个一个见。"

"也好，眼前最重要的应该就是八月十五的舞狮赛了。"

说到舞狮赛，这大通河边的舞狮却和平时那些在地上的舞狮不同，是在水里钉上木桩，舞狮的人分成两队，在水里进行表演，同时为了让舞狮赛变得更有意思，官府会出彩头，在一条船上搭一个高高的梯子，梯子上面是一个大的托盘，里面放一个绣球，哪家的狮子抢到了绣球就是当年的狮王，可以得到官府给的奖赏，当然也有人会趁机坐庄开赌，热闹异常。因为舞狮是在水里进行的，所以也称为水狮子。

虽然有五闸，但每年的舞狮大赛都是在二闸也就是庆丰闸举办，这是因为二闸有一个令人叹奇的特色，其他闸水势都是平缓的，基本见不到潮汐，只有二闸，涛诡波谲，不仅飞珠泻玉，甚至声如雷鸣。舞狮大赛上，狮子在飞流之间，配着水声阵阵，跳跃翻转，煞是好看。

第二节　我为狮头

马天恩对舞狮赛并不陌生，年年都会去看，训练时也会跟着凑热闹一起练习。听到母亲说让她先负责舞狮赛，心里反而松了一口气。心想其他事做不了，这个倒没什么问题，和往年一样就好，而且大家也已经训练了一段时间了，都是熟手，配合默契，赢，还是有些把握的。

"娘你放心，我肯定把彩头给咱们马家赢回来。"马天恩信誓旦旦地跟母亲承诺着。

"你爹现在出了事，很多人都在等着看咱们马家的笑话，这次如果你能赢，就可以站稳一些阵脚，有实力，大家才会从心里认可你。不管是外面的人还是咱们马家自己的人，现在都不相信你的能力，但是娘信你，你一定可以把彩头赢回来的。"马母目光坚定地看着马天恩，眼神中充满了鼓励。

"没想到娘你这么看好我，我肯定不会让娘失望的。"马天恩就觉得一股热血在头脑里流动着，这一次一定证明给所有人看，自己不是败家子，自己会是马家的骄傲。

马母欣慰地点点头。又安慰了马天恩几句，才从马天恩房间出来。留在房间激动不已的马天恩没看到，母亲刚走出房间就长出一口气，拍拍自己胸口："彩头不彩头的，只要不闯什么大祸就好。"

这孩子，如果不给她找点事干，她一定会去找胡家寻仇，现在的马家跟胡家相比，差得还是太远啊，与其让她去涉险，还不如找点事把她的精力分散开。哎，马家再也经不起折腾了。

马天恩却认真地准备起了舞狮赛，一心想赢了彩头让娘高兴，当然更盼着爹早点醒过来，可以看到自己为马家争光。

说到这舞狮，狮头狮尾两个人的配合极为重要，训练时最初是摆上几十个坛子，狮头狮尾两个人都踩在坛子边上，狮头在前，狮尾的人紧握前面人的腰带，通过由坛子组成的方阵，全程双脚不可落地，更不可踩翻坛子，否则就得从头再来。之后就是直接在梅花桩上练习，要像真狮子一样看、站、走、跑、跳、滚、睡。更要能做跳桩、隔桩跳，甚至后空翻下桩等高难度动作。特别是负责狮头的人更为关键，单是一个狮头，就有八斤来重，套在头上，还要能灵活地辗转腾挪，更要避免被对方抢去狮头，个子还不能太高，因为一般狮头是个小的，而狮尾是个高的，所以负责狮头的人就需要极高的技巧以及力量。马家近三年的狮头，都是由码头一个叫马来顺的人担当，当然马家也会给他一笔不菲的彩头，本来训练得也挺顺利的，却突然出事了。

"你的腿怎么了？"马天恩看着半躺在床上想挣扎下地的马来顺。

因为接手了舞狮赛的事，所以马天恩第二天就跑去了马家训练舞狮的地方，结果就听到了马来顺受伤不能参加比赛的事，现在狮头是之前的一个备选，水平和马来顺相比还是有些差距的，而且之前这人以为轮不到自己上场，也没怎么认真训练，现在连和狮尾的配合都不算默契，一看就不可能赢。

"少爷，我在码头上做完事，回家的路上不知道从哪儿跑出来一条疯狗，朝我就咬，我不小心摔倒了，左腿就跌断了，请了和仁堂的先生给看，说三个月都不能走路，所以这舞狮赛我是真不能参加了，对不起啊，少爷。"马来顺一边说着一边低下头。

马天恩看着马来顺，轻轻冷笑了一声："我倒想知道，到底是条什么样的疯狗，要和我马家作对。"这也太巧了，舞狮赛马上就要开始了，这个节骨眼要重新换狮头，肯定是输的面大。这很明显就是针对自己的，就是不知道是内忧还是外患了。

"我，我也不知道，少爷，对不起啊。"马来顺说到这儿，声音都有些颤抖了。

"算了，你好好养伤吧。"马天恩也知道，多说无益，干脆也不再跟他计较，转头走了出去。

马来顺看着他的背影，喃喃地说："对不起啊，少爷。"

回到马家，马天恩就把自己关到了书房内，谁也不肯见，饭都不肯吃。顺子来了几次都被她骂跑了，一门心思想好好弄舞狮赛，结果比赛还没开始，狮头就出事了。

"我不是说了，谁也不准……"马天恩听到门响了一下，以为顺哥又回来了，拿起桌子上的书就想扔过去。

"你是想欺师不成？"就见吴仲不紧不慢地走了进来。今天其实是吴仲在国子监上课的日子，还没到晚上，应该不会回来。

看到吴仲来了，马天恩又是委屈又是不甘："先生，我答应了我娘，要负责舞狮赛的事，把彩头拿回来，结果我们负责狮头的人腿断了，你说好好的，怎么会跌断腿，明明是有人想害我们。现在还有几天就要比赛了，我上哪里再去找一个狮头来？"

"事情没有发生时，我们要尽量避免坏的结果，但如果事情已经发生了，就要坦然面对。你之前不是经常跟着去训练舞狮吗，干脆你来做狮头好了。"吴仲淡定地说。

"我？我能行吗？"

"我觉得你虽然写诗不行，但舞狮应该没问题。"

"呃。先生您这是在夸我吗？"马天恩总觉得这不是什么好话。

"你坐下。"吴仲自己坐下之后，也示意马天恩坐下，这才娓娓道来。

"其实这次舞狮赛，最重要的是向大家证明，你愿意承担起家族的责任，只要你尽力去做了，让所有人看到了你的努力，就算是输了，也会给大家信心。既然狮头出了问题，换其他人也未必赢，就不如你上。让大家看一下马家少爷的风采与决心，也未必就会输啊。"吴仲的声音不紧不慢，如流水过石，清风过林，细雨润酥。

马天恩也慢慢平静下来，确实，既然换其他人也不一定赢，还不如自己来拼一下。

"对，我好歹也是有身手的人，不就一个舞狮嘛，我之前也经常跟着他们练，想拿没有狮头为难我，哼，我就是狮头！"

"有这决心就好。说到舞狮，我之前也看过你们训练，这北方的舞狮跟南方的还真是不同，我倒是觉得，可以结合一下。"吴仲来自江南，从小看的就是南方的舞狮，又到了京城，看到京城的舞狮，觉得很是惊异，同是舞狮，居然有这么多不同。

"南方舞狮，重意。主要是表现狮子的喜、怒、哀、乐、动、静、惊、疑八种神态，喜则欢而碎步，怒则仪态万千，哀则闭眼闭目，乐则跃而跨步。而北方舞狮，据我所知重在技。特别是狮头狮尾的配合，头动则尾亦动，头定则尾亦定，跳跃翻滚，紧密跟随，方能使头尾舞姿协调，融成一体。不如将二者结合，把南方舞狮之意，融入北方舞狮之技。"

"先生高见啊！那先生，你明天能不能跟我去训练场，扮一下南方的舞狮给我看？"

"君子动口不动手……"

"书上得来终觉浅，绝知此事要躬行啊，这不也是先生教我的吗？"

"你居然记住了！"

"先生教得好。先生，我要看南方舞狮。"

第三节　以猫为师

"假面胡人假面狮，刻木为头丝做尾。金镀眼睛银做齿，奋讯毛衣摆双耳。"这是白居易诗中所描述的狮子舞。舞狮的起源众说不一，较为普遍的说法是在汉朝时少量真狮子从西域传入，当时的人模仿其外貌、动作做戏，至三国时发展成舞狮，南北朝时随佛教兴起而开始盛行。

马天恩戴着狮头面具站在前面，狮尾是一个身材高大魁梧之人，名叫李会，俯身抓着马天恩腰部系的带子，身上披着牛毛缀成的狮皮，前面还有一个人做引狮郎，这人不但相貌堂堂，看上去也很有英雄气概，还有一身好功夫，正是大通帮的高手。只见他手持绣球逗引狮子，还时不时地表演一个前空翻过狮子，后空翻上高桌，引来一片喝彩。狮子在他的带领下跑跳、翻滚，配合得也还算默契，虽然偶尔也有马天恩反应一慢就被狮尾差点撞上，两个人倒在地上的情况，不过随着训练的深入，这种情况也越来越少。

训练了好一会儿，马天恩觉得有些疲倦，示意要休息，刚摘下狮头面具，顺哥就把水递了过来，马天恩仰头一饮而尽。

"少爷你真是厉害，我看你比之前那个狮头舞得好多了，这次第一一定是咱们。"顺哥说着，还体贴地递过来汗巾。

"小爷我自然是厉害，还用你说。"马天恩嘴里这样说着，其实心里还是知道自己跟马狮头还是有些差距的，不过气势不能丢。

这会儿，就见吴仲走了过来，怀里还抱着一只猫。这个时候，居然还有心情戏猫，虽然这猫长得还挺可爱吧。

马天恩迎了上去，还顺手把吴仲手里的猫接了过来，抱在怀里忍不住用手去摸猫的下巴，猫懒洋洋地把下巴伸长任凭她摸。

"先生，你是带猫来给我解闷的吗？"

"不，我是带过来教你舞狮的，你以后可以叫它猫先生。"吴仲一本正经地说。

"啊，先生莫开玩笑。它是猫，又不是狮子，能教我什么啊？"马天恩一脸的不以为然，又转过来摸猫的头，猫有些不耐烦了，从她怀里跳出去，小跑到一棵树下，又懒洋洋地卧了下去，自己抬起爪子舔毛。

《诗经·大雅·韩奕》有说'有熊有罴有猫有虎'。诗句中将猫与虎、熊、棕熊等并列在一起，可见猫类虎，而虎类狮，同为猛兽。你不是想学南方舞狮吗？我同你说过，南方舞狮重在意，猫亦有喜、怒、哀、乐、动、静、惊、疑，你观察了猫的运作，自然体会狮的意境。你看这猫此刻静卧树下，神态放松，就像是舞狮时鼓点平缓，舞步轻慢。"吴仲说着，从地上捡起一个石子，朝离猫不远的地方扔去，猫受了惊吓，猛地跳起，一跃而奔，跑了几步还回头看看，想确定是不是真的有危险。

"刚才就是惊与疑。随着鼓乐的轻慢急缓，配合不同的表情、舞步，还有神态，让看的人可以感受到狮子的情绪，这就是南方舞狮之意了。"吴仲说完，看到马天恩一副若有所思的样子，不觉莞尔。

马天恩是个聪明人，吴仲一说，她就明白了其中的道理。将北方的技与南方的意相结合，这样才能让大家看到不一样的更有生命力的舞狮，也才有赢的希望。

马天恩专心致志地盯着猫，吴仲就陪在她身边，给她讲着自己知道的南方舞狮的特点。休息了一会儿，马天恩又赶紧去和大家训练。吴仲倒也没有急着离开，而在旁边看着，马天恩看到他在，更加认真起来。

不知不觉，已经到了中午时分。大家每天中午都是在这儿简单地吃一点，而燕子就会准时把马天恩的饭给送来。

为了保证训练的安静，这个院子其他人是不让随便进来的，但院墙其实并不高，平时也没有什么贵重的东西会放在这儿。燕子送饭过来时，就看到有人在墙外墙角垫了几块石头，正费力地蹬在石头上，探着头朝里看。

燕子悄悄地走过来，那人看得专心，竟然毫无察觉。就听燕子大叫一声："田富贵，你在做什么？"

田富贵正聚精会神地盯着看马天恩舞狮，猝不及防被吓了一跳，从石头上跌了下来，燕子想伸手去拉，又想到自己怀里的食盒，犹豫了一下，田富贵就摔倒在地上了。

"你这丫头，不知道人吓人会吓死人吗？"田富贵看到是燕子，有些懊恼地揉了揉腰，从地上爬起来。

"我还想问你呢。到了这儿不进去，鬼鬼祟祟地看什么啊？是不是想偷学我们少爷的绝技？"燕子不甘示弱地反驳。

"我才没有，我是那种人吗？"

"那你为什么不光明正大地进去？"燕子不解地问。

"我怕……"话说了一半，田富贵有些委屈地坐在了刚才自己跌倒的石头上，有些垂头丧气。

看田富贵吞吞吐吐的样子，燕子觉得更奇怪了。心想这田富贵一向跟少爷亲近，今天怎么这么奇怪，连门都不敢进。

"你是不是做了什么对不起我们少爷的事？你们不是朋友吗？我们少爷大人有大量，肯定会原谅你的，你跟我一起进去吧。"田富贵坐在石头上，就像一只被主人抛弃的小狗，看着还真可怜。

"我怎么会对不起朋友，你也太小看我了。是马伯父的事，大家都说是我哥跟胡春秋做的，我又没法证明不是我哥做的，我怕天恩不肯理我。"

燕子这才明白了田富贵在纠结什么，不过她想事一向很简单，觉得这根本就不是什么大事，安慰他道："你哥是你哥，你是你。就算没有老爷的事，我家少爷也不待见你大哥啊，你不是照样来找他吗？这段时间你没来，我们少爷还以为你被你大哥关起来了呢？"

"我是被关起来了，我翻墙出来的。"田富贵淡定地说。

"那你到底要不要进去找我家少爷？我要赶紧进去了，不然饭都凉了。"田富贵虽然看着有些可怜，但少爷的饭更要紧。

"我……我得回去了，我怕我哥骂我。"说完田富贵就要跑开，谁知道刚走两步，又回来跟燕子说："你别跟天恩说我来了。"

"我从来不会骗我们少爷。"燕子坚定地拒绝。

"可是，我真的不想让他知道。我想查清楚到底是谁害了马老爷，我哥说不是他，我觉得我哥不像在骗我。你答应我，我下次给你买好吃的点心。"田富贵可怜兮兮地看着燕子，燕子觉得脑子有些蒙，然后点了点头。

田富贵看到燕子点头答应，这才放心地跑开。

燕子看着田富贵的影子，吐了下舌头："我又不是你的丫头，才不听你的。"然后跑进院子，看到吴仲也在，有些惊讶。

"吴先生也来了啊。我不知道先生在，所以准备的饭只够少爷吃的。"说着还把食盒抱得更紧了。

"燕子对我最好了，不过我哪能不孝敬先生。先生你吃这个，我去跟大家一起吃就行。"说着，把食盒抢过来塞到吴仲手里，吴仲本以为她只是客气一下，没想到真的塞给自己后，就和大家一起吃饼跟大锅炖好的菜了。马天恩还时不时地跟大家有说有笑，她好像是真没把自己当女子啊。

吴仲把菜从食盒里端出来，和其他菜放在一起，没一会儿，就被大家抢光了。马天恩无意中一抬头，看到吴仲和大家一起吃着同样的食物，但看上去还是那么优雅，不由一怔，啊，咬到了舌头。

第四节　安神

　　马朝生虽然已经醒了过来，但是口不能言，更没法下床活动。马夫人亲自喂饭照顾，从不假他人之手。中午伺候着马朝生把饭吃完，然后又陪他坐了一会儿，跟他絮絮叨叨说着马天恩这几天准备舞狮大赛的事，马朝生虽然不能说话，但却努力露出微笑的表情。平时太忙，两个人相处的时间其实并不多，现在反而有时间了。

　　马朝生身体还是很弱，不一会儿就又躺下休息。马夫人从卧室房间出来，准备去小佛堂念一会儿经。年轻时其实她并不信佛，后来连着生了几个女儿，心里急，也就敬起了佛，虽然最后也没生出儿子，但每天念一会儿，倒也成了习惯。特别是最近发生这么多事，真是恨不得把诸天神佛求个遍，只要马朝生能好起来，马天恩顺顺当当的，就算是自己折上几年寿，也是值得的。

　　从房间到佛堂，要穿过马家的小花园。马夫人只带了一个贴身丫鬟，一路上马夫人心不在焉地走着，没有心情说话，丫鬟自然也不敢开口。

　　突然，在花园看到两个交谈的身影，一个是府里的花匠丁四，手里正端着一盆开得正好的木芙蓉，重瓣灼灼，白红相间，煞是养眼。而另一个人却是府里的赵姨娘，正和他交谈着什么。

　　马夫人不由大怒，现在府里乱成这样，这赵姨娘居然还有心思赏花，果然不是什么好东西。想到这儿快步上前，厉声怒斥："老爷平时待你也不薄，现在他躺在床上，你居然还有心思赏花。你要是不想待在马府，我现在就打发你出去。"

　　赵姨娘和丁四看到突然出现的马夫人，都吓了一跳，慌忙跪倒在地。

　　"太太，冤枉。贱妾是因为担心老爷身体，日夜焦虑，难以入睡，听人说木芙蓉放在室内有安神的作用，所以才让丁四给我寻了一盆。请太太息怒。"赵姨娘跪在地上，低着头，声音却是不缓不慢，语气恭敬得让人挑不出毛病，却也感觉不到有什么畏惧之意。

　　马夫人最恨的就是她这一点，当初老夫人要给马老爷纳妾，开始几个马老爷都拒绝了，就这一个赵姨娘，父亲原来是一个行医的大夫，没想到治死人了，被闹上门，家里钱不够赔，正好老夫人的一个娘家远房兄弟跟他们是邻居，看他家一个女儿四个儿子，觉得应该是个好生养儿子的，就牵线将她卖给了马府。而马朝生这一次，居然也没有拒绝，还跟她同房了几次，这赵姨娘也是个运气好的，就怀孕了，还生下了一男胎，可惜生下时就死了。虽然如此，马夫人对她还是百般防范，马朝生去她房里一次，马夫人就要冷脸半个月，久而久之，马朝生也就不去了，不过在生活上，却从来没有委屈过她。

看到她故作可怜的样子，马夫人就气不打一处来，都懒得理她。看了一下丁四手中的木芙蓉，跟丫鬟说："把花端到小佛堂去。"丫鬟赶紧从丁四手中接过木芙蓉，跟着马夫人朝小佛堂走去。

看到马夫人的身影走远，丁四长出一口气，像逃过一劫似的，从地上爬起来，揉了揉腿。

"真是吓死人了。"

赵姨娘却是很淡定地站了起来，对丁四微施一礼表示歉意："拖累你了。"

"没，没什么，你别……"丁四话没说话，就见赵姨娘朝他微微一笑，"好了，我先回去了。"然后缓身离开。

小佛堂内，马夫人跪在蒲团上虔诚地念着经，佛香袅袅，旁边的木芙蓉开得正好。

田富贵回到府中，手中拎着刚买来的点心，想去书房找大哥，没想到还没走到书房，就被下人拦住了，是哥哥身边的小厮田二。

"老爷说了，这会儿谁也不能打扰，您先回房间，等一会儿老爷出来，我和他回禀，就说您过来了。"田二恭敬义不容反驳地挡住了田富贵的路。

"你知道什么事吗，居然连我都不让进？算了，你知道也不会说的，当我白问。点心你给我大哥就行了，我就不操那份心了。"田富贵说完，将点心递给田二，转身朝自己房间走去。

书房内，田荣华跟一个年轻人相对而坐，那人看上去二十来岁，一张脸棱角分明，眼睛炯炯有神，透着犀利与精明，一副普通人的打扮。如果细看，双手不光有茧，还有伤疤，明显是吃过苦的人。

"武定侯一向关心漕运，只是碍于身份，也不好直接出面，现在朝里盯着的人太多。树大招风，我家主人是武定侯的亲侄子，自然代表的是武定侯之意。我这次来，是诚心要与田家合作，不过，我不能公开武定侯府的身份，要以田家大管家的身份行事，至于好处，我不说你也应该清楚，自古官商官商，无官不成商。像你这般没有背景，就算再争上十年二十年，也未必争得过马家。作为见面礼，我们的人已经把李大富伤了。现在大通帮的帮主，已经是原来的二当家郑得镖，你就不用顾忌大通帮的人了。当然，李大富的余威还没散，大通帮暂时也不可能明着帮田家，但至少可以做到两不相帮了，这个见面礼如何？"来人说完，一脸真诚地看着田荣华，好像真的只是单纯地送了别人一个礼物，想要别人夸几句，轻描淡写之下，藏着戾气与杀机。

"你的建议不错。只是有一点我不明白，马家虽然现在出了事，但是从反面来想，马朝生出了事，乳臭未干的马天恩才更好控制。为什么你们没有选择马府，而是选我们田家？"钱人人都想拿，送上门来的钱，却让人心里不踏实啊。田荣华看着眼前的年轻人，这人不简单。

"田老爷果然是心思缜密，不为利益遮目啊，你能这么问，我更觉得我们找对人了。其实，你不用多想，我没选马家，很简单，马家跟我有私仇，这也算是跟田老爷您交底了。不过，到底是何仇，我不能说，你只要知道，我们目标一致，等我们把马家吞了，各取所需就好。"年轻人说得坦坦荡荡。

"说了半天，我还不知道你的名字？"有时候就是这样，明知道可能是坑，还是会跳，只要诱惑足够大。田荣华自然清楚，来人目的不简单，但没有关系，只要对自己有利就好，至于马家，本来就是自己想要对付的，只要对付了马家，各闸自然就会以自己为主，那田府就可以真正地兴盛起来了。

"郭琪。琪者，美玉也，不过这个名字是我自己取的，我以前的名字叫郭余，多余的余。"郭琪说着，脸上依旧是平静的表情，只是手不自觉地握紧了一下。

第五节　水中舞狮赛

田府自之前的大管家去世之后，一直没有新的管家，大家都说田荣华重情。不过事情也过了些日子，还是需要有人来帮助田荣华管理田家之事，所以新来的大管家虽然年轻了些，来历有些不明，但也没有引起太多人的关注，只有田府内的人知道，这个大管家做起事来恩威并施，雷厉风行，有不服想闹事的，很快被压了下去。不过，只要不去主动招惹他，这个管家倒也很好相处，各人只要做好各人的事，他并不会故意惩戒谁来立威。

倒是田富贵问过田荣华几次，为什么突然找了一个新人来做大管家，田荣华只说是之前做生意时认识的，觉得很合适，所以就特意找来做管家。不过却又嘱咐他没事不要去找大管家，找其他人就可以，这让田富贵有些费解，不过他一向是想的明白就想，想不明白就算了。何况舞狮大赛即将来临，还不知道马天恩会表现如何。反正家是大哥在管，他爱用谁就用谁吧。

转眼，舞狮大赛的日子到了。比赛地点两岸人声鼎沸，小商小贩的叫卖声，百姓们的议论声，甚至有些茶馆酒楼都设起了临时的赌点，押哪一支队伍会赢。

这次共有五支舞狮队参加，每队十人，引狮郎一人，狮头一人，狮尾一人，替补三人，锣手、鼓手四人。分别是一闸田家、二闸马家、三闸刘家、四闸郑家、五闸高家。水里梅花桩已经钉好，五条梅花桩连接的路，直通水中的高台，而高台之上还有一个高梯，顺着高梯上去，就是高高悬挂的绣球跟铜锣，最先摘得绣球敲响铜锣的就是赢家。各家会派人抽签决定上哪条梅花桩水路。

舞狮赛分三个环节，祥狮点睛、梅花狮舞、瑞狮夺彩。

祥狮点睛，自然是由官府出人，今年负责点睛之人，正是刘知事。刘知事坐在岸边舞狮场地中的台子之上，桌前摆着朱砂、毛笔等物。二闸因为是去年的狮王，所以第一个出场。其他队紧随其后，陆续来到台中，在引狮郎的引导下，开始点睛前的表演。

田荣华也站在场边，旁边就是新来的大管家，郭琪。两个人各怀心事，都盯着上场的二闸雄狮。

就见马天恩的狮头带着狮尾一个翻身出场，不料狮头没站稳，晃了一下，险些摔倒，然后又赶紧复位，跟着引狮郎的引导朝刘知事所在方向跳跃而去。锣鼓声中，慢慢才恢复了稳定，还翻了几个漂亮的筋斗。

人群中一片哗然，已经押了二闸的就想知道现在改还是不是来得及。郭琪不由嗤笑一声，这也算雄狮？雌猫还差不多。

田荣华也松了一口气，这马天恩是个废物，也就自己那个蠢弟弟会觉得他厉害。还真以为自己是天才，这狮头，可不是纨绔能耍得了的。

吴仲在不远处看着，心里也不由咯噔了一下，平时看马天恩训练得也不错啊，怎么这会儿这么狼狈，难道是紧张了？不过有教训也是一种成长，想到这儿，他心态又平和下来。

狮子点睛，却不仅仅是点眼睛，还有点额头、狮嘴，只有通过点睛仪式的舞狮，才会有灵性，跟舞狮人融为一体。

刘知事已经站起身来，手拿毛笔，蘸上朱砂，为第一个走到面前的马家舞狮点睛，一点左眼金：金光闪闪。二点右眼银：银光灿灿。三点额头：扬名四海。四点狮嘴：天下太平。

刘知事一边念着点睛词，一边用朱砂给舞狮点睛。跟狼狈出场的马天恩不同，田家派出的舞狮威武雄壮，一出场就极具气势，几个漂亮的翻滚，就到了刘知事面前，然后作揖等待点睛。

点睛环节过去之后，各家都在台上亮相。锣越击越紧，鼓越敲越密，锣鼓交鸣，赛狮立卧翻滚，越跳越险。相比其他几闸的威风凛凛，二闸的怎么看都有些慵懒，就像一只没睡醒的猫。

第二个环节梅花狮舞，五闸舞狮人要从不同的方向跳上梅花桩，先在梅花桩上表演，然后听到台上鼓声命令，再跳上水中高台，进行第三步，瑞狮夺彩，先夺得绣球的就是赢家。当然，如果第二步就从高桩落水，就会被视为淘汰，不必再进行第三步。

马天恩的舞狮刚一上桩，围观群众已经从打赌二闸能不能摘得头彩，变成赌他多久掉水。

就见狮头向前一跃，狮尾动作却慢了一点，马天恩的狮头又向回一收，差点就掉进水里，身子趴在桩上，离水面还有几公分，却又一个翻身跳上来。

紧接着前跑几步，又后退几步，刚站稳，又差点掉下去，探下头去，又弹起，看得众人心惊胆战。

而其他队相比就熟练多了，不管是立桩，还是快跑、倒退、翻转、跳跃，都非常稳，狮头狮尾配合默契，给人一种行云流水的顺畅感。

"还没掉下去？我猜这次一定掉下去。"

"又跳起来了。"

"你看那狮子好像在害怕啊。快看，吓得毛都炸起来了。"

"这会儿好像在生气。这狮子怎么跟成精了一样，还在眨眼吐舌头呢。"

随着人群的议论，田荣华心里有些不好的感觉，这些人，明明有更好的表演，为什么非盯着那个纨绔。

"看不出来，这个马天恩有些本事啊。也好，太弱了就没意思了。"外行看热闹，而郭琪这个内行，看的自然是门道。开始他也觉得马天恩是水平不行，但几次之后，就明白，这小子是在装傻。

而吴仲，则不时地点点头，看来自己这个徒弟，好像是要扮猪吃虎啊。因为每次看着都特别危险，就像要马上掉到水里，却总能化险为夷，一次是意外，如果几次，那应该就是故意的了。

这时，就听中间台上有鼓手拿起鼓槌，重重地敲了下去，像是在沙场点兵，雷霆万钧。

几支队伍都停止了表演，如出弦的利箭，朝着台上奔去。舞狮之人大多是会些功夫的，刚一到台上，就开始打了起来。一方面自己要朝梯上爬，另一方面还要阻止别人先摘到绣球。这会儿就更加考验两个人的配合以及功夫的高低。

可能是马天恩刚才的表现太差了，大家都没有把他放在心上，特别是刚一到了台上，其他几只赛狮你争我夺，马天恩那只，就像是晕了船一样，先是在外围晃了几圈，然后就像小猫一样跑进圈内，打这个一下，挠另一个一爪，毫无杀伤力。

几只雄狮你争我夺，鼓声震天。三闸、四闸的赛狮相继落水，台上只剩下一闸田家、五闸高家，跟一个瑟瑟发抖的二闸马家。这会儿就见田家抢先一步，飞身上梯，却被高家紧跟其后，拉扯下来。就在田家和高家的狮子争斗之际，就见马天恩的狮头像睡醒了一般，突然毛发炸裂，仰天长啸，横空跳起，直奔高梯。

第六节　胜负

"不好，这小子要夺绣球了！"田荣华看到现在，哪里还不明白，前面马天恩是故意的，现在要收渔翁之利了。

台上的另两只狮子也马上反应过来，奔去高梯阻止。就见马家的狮子像活了一般，辗转腾挪，活像只抓不住的泥鳅，速度又快，没几下就蹿到了高梯之上，马天恩一只手拿起鼓槌朝着铜锣敲去，另一只手却捧到了绣球，而这会儿，田家的狮头刚刚抓住马家的狮尾。

马天恩从高梯带着狮尾一跃而下，空中还翻了一个筋斗，稳稳地落在台上，然后站起身来，抱着绣球左右摇摆，高兴之情得意之色溢于言表。

场外更是一片欢呼，赌了马天恩赢的现在看他的眼神就是看财神，人群里不知道谁开头喊起了马天恩的名字，一呼众人和。

同样没有想到马天恩会赢的还有刘知事，当马天恩捧出绣球站到他面前时，他还有些不可置信，盯了好一会儿。上次在小树林里，他只觉得是马朝生算计周密，没觉得有马天恩什么事。可今天没有马朝生在，这个初生牛犊依然灭了雄狮，看来，这二闸还是有希望的。

想到这儿，刘知事拿出官府准备的彩头，交给马天恩。

"果然是英雄出少年啊。先抑后扬，有勇有谋，不错不错。以后要更加勤奋，为国效力。"刘知事作为一地父母官，对这些地方上的家族，一直是以平衡为主，并不希望哪家特别强，马朝生受伤后，他还真担心田家一家独大，不好管，现在看来，这个马天恩可能是意外之喜。

马天恩接过彩头，转身高高举起，眼睛里像是映进了天上星星闪耀的光芒，人群中立即又响起欢呼声。马天恩眼神从人群里闪过，本来是想看一下吴仲在哪儿，突然觉得有些不舒服，好像有根刺的感觉，再去找时，又没发现哪里不对。

马天恩朝吴仲跑过去，不想人群拥挤上来，都是跟他道喜的，马天恩心不在焉地跟大家回礼，好不容易才到了吴仲身边，就看到吴仲满脸笑意地看着自己，不觉更加得意起来。然后很自然地抓住了吴仲的手，兴奋摇了起来。

"先生，我是不是很厉害？"

"不错不错，已经有人回府去报喜了，马夫人已经在安排给你庆功了。"吴仲一边说着，一边犹豫着抽回了自己的手。却又忍不住掏出手帕，给马天恩擦了擦额头上的汗。

"好啊，咱们一起回家。我要娘好好夸夸我，不，光夸不行，我还要涨月银……"马天恩叽叽喳喳的一边说着，一边招呼着马家的人跟她回府。路上，更是不断有人跑来祝贺，颇有些状元游街的意思。马天恩性格豪爽，加上少年得意，一边走一边炫耀，明明最多半个时辰就可以到家的路，她足足走了两个多时辰。

身后的郭琪一直在不远不近地跟着她，心中暗自鄙视，不过是赢了一个舞狮赛，就这么喜形于色，哪里配做马家的族长。

刚进马家，就见下人们都迎了出来，府里更是张灯结彩，一副要大摆宴席庆祝的架势。

"也不用这么隆重啊，我爹还病着呢。"马天恩虽然高兴，但看到家里这么兴师动众，反而觉得有些心虚了。

"正是因为马老爷病了，才更要隆重，一则可以立势，告诉大家马家不会倒，只是会更昌盛；二则，也可以冲冲喜啊。"吴仲一半认真一半开玩笑地说，不过他确实是从心里为马天恩高兴，也更理解马夫人的安排，就是为了震慑那些想对马家不轨之人。

"冲喜？那我要不要娶个媳妇，先生你没看到，刚才有好多小姑娘朝着我扔香囊手帕呢。就连刘家那个刘玉娇，都跑来夸我呢。这丫头，小时候最爱跟我打架了。我经常被她……"话说一半，马天恩又咽了回去。

这些运河边长大的孩子，小的时候并没有什么男女大忌，经常在一起玩。马天恩小时候身体并不算太好，个子也不是很高，所以被欺负也是家常便饭，不过后来她心眼多，又学了些拳脚，虽然只是些皮毛，但对她一个纨绔来说倒也够了。

不过，重点是，自己这个学生好像又忘记自己是女人了。想到这儿，又想到刚才她拉着自己手的时候，吴仲不由脸上一热，脚步慢了一下，就被后面人撞了一下，结果没站稳，朝着前面的马天恩就跌了过去。

"先生……"马天恩正在得意，猝不及防，就被吴仲靠了过来，被压得晃了几步，这才站稳，还贴心地扶住了吴仲。

吴仲怎么也没想到，自己居然会撞到马天恩身上，本来只是一个小意外，但是两个人离得如此之近，又被马天恩紧紧扶住，他只觉得如饮了三大壶桂花酿，美人如花隔云端。

"先生，你没事吧？"马天恩拿手在吴仲眼前晃了晃，有些担心地问。

"没，没什么，我刚才没站稳，没撞疼你吧？"吴仲这才缓过神来，掩住剧烈的心跳，尽量让声音平缓。

"我当然没事了。我说先生，你这身体也太弱了，要不我教你打拳吧！"马天恩立马幻想起自己教吴仲打拳的场面，这也算是老师吧，那他以后再罚自己抄书，自己就可以罚他蹲马步，这种感觉，真好啊。

"少爷，你一定饿了吧？这是我刚做的点心，快尝尝。"赵姨娘突然端了一盘点心，出现在马天恩的面前。

"我还真饿了，多谢姨娘。"马天恩说着，拿起点心就狼吞虎咽起来。

"不准吃，快吐出来。"这时，马夫人犀利的声音响起来。

马天恩正塞了满嘴的点心，就见他娘风风火火地跑了过来，一把将盘子打翻在地，然后按住马天恩的脖子就让她吐。马天恩一时没反应过来，差点被噎住。

咽了一半吐了一半，卡得蹲在地上咳嗽。这时顺哥赶紧跑去大厅拿水，马夫人还是余怒未消。

"你这个没脑子的东西，我和你说过多少遍了，不准乱吃东西，为什么要乱吃，你不怕被毒死吗？"

"娘，我没乱吃啊，姨娘她又不是外人。"马天恩有些不服。

"混账，一个贱婢，叫什么姨娘。"马夫人一看马天恩还在维护赵姨娘，更加生气了。

"夫人，你不要生气，都是贱婢的错，我是觉得少爷舞狮太辛苦，肯定饿了，就给他做了点心。贱婢一心都是为了少爷，心疼他，点心都是贱婢自己做的，怎么会有毒呢？"赵姨娘跪在地上，如泣如诉，楚楚可怜。

"收起你这套可怜兮兮的表情，老爷还在床上躺着，你哭给谁看？你说没毒，那你吃给我看。"马夫人一看赵姨娘的表情，就更加愤怒了，当年老爷就是被她这副装可怜的表情给骗住了。

"娘，点心都被你摔到地上了，还怎么吃啊，快别闹了，咱们去找爹吧，爹看到我一定很高兴。"马天恩喝了一口水，就想给赵姨娘解围，谁知道马夫人最恨的就是她替赵姨娘说话，这会儿一听马天恩让自己别闹了，火气就更大了。

马夫人突然弯身低下头，从地上捡起点心，走到赵姨娘面前，拿手抬起她的下巴，就把点心朝她嘴里塞进去。

"娘……"马天恩突然觉得娘变得好可怕，虽然以前娘的脾气也大，但今天未免也太过分了。

马天恩还想说什么，却被吴仲拉住。因为吴仲明白，这会儿不管她说什么，都是火上浇油。

　　赵姨娘被塞了满嘴的点心，眼里全是泪，却又不敢流下来。马夫人把点心塞完，这才出了一口气。

　　"你既然那么喜欢做点心，就别浪费，什么时候把地上的点心吃完了，什么时候再回房。"马夫人毫不留情地说。

　　"是。"赵姨娘丝毫不敢反抗，只是点头答应。看着赵姨娘麻木地从地上捡起另一块点心要往嘴里塞，马天恩再也忍不住了，冲到赵姨娘面前，蹲下身子，从地上捡起一块点心就塞进了嘴里。

　　"我陪着你吃。一盘吃光，是吧，我来吃。"说着，抬头挑衅似的看着马夫人。

　　马夫人一时气急，就觉得头一晕，朝背后倒了下去。

　　"夫人！"

　　"娘！"

第七节　往事

马夫人被下人及时扶住，马天恩吓坏了，赶紧站起来跑到马夫人身边，跟众人一起把马夫人送回房间。

马夫人被扶到床上，马天恩一边喊着娘，一边胡思乱想着，都是自己不好，如果不是自己爹不会出事，现在娘也被自己气倒了。想着想着，突然抬手朝自己的头就猛打了一下，眼泪止不住地流了下来。

"别这样，马夫人可能是最近太累了，一会儿就会醒过来。"看到马天恩这么伤心，吴仲觉得心里也很不舒服，这个孩子，应该是灿烂地笑着生活才对啊，为什么要遇到这么多波折。

"都是我不好，都是我的错，娘你快点醒过来啊。怎么大夫还不来，你们快去催啊！"马天恩拉着娘的手，无助又惶恐。

马夫人突然醒了过来，看到马天恩的样子，抬手去帮她擦眼泪。这会儿情绪也稳定一些了，看到闺女哭成这样，又心疼起来。

"哭什么，娘没事，可能是这几天没睡好。别哭。"

"娘，都是我不好，我总是闯祸。今天本来想让您和爹高兴一下的，不知道怎么就变成这样了。"马天恩愧疚地说。

"还不是因为那个贱婢，有她出现的地方肯定没好事。你以后离她远一点。"一提到赵姨娘，马夫人又有些激动起来。

"好好，我不理她，娘你别生气。"这会儿马天恩哪还敢跟她理论，反正自己的亲娘总比外人要紧，既然娘不开心，不理她就是，只是为什么娘会这么恨她，一丝疑惑闪过心头。

"有些事，你不知道，总之娘不会害你的。"马夫人说完这几句，又觉得没什么力气，靠在了枕头上。

这会儿正好大夫也来了，给马夫人诊脉。这个大夫也是马家熟识的，治疗一些小病都没什么问题。

"夫人这是劳累过度了，加上情绪激动，一时气血攻心，所以就晕倒了。我开一些安神的药，给夫人熬了吃上几服就好了。不过这段时间千万不要再情绪激动了。少爷多顺着夫人一些，百病由心生啊。"大夫在来的路上就已经知道马夫人是跟儿子怄气才晕倒，自然也就不客气地嘱咐起马天恩来。

"我知道了，我不会再让娘生气了。"马天恩忙着应承下来，然后送走大夫，又催丫鬟赶紧去煎药。谁知道马夫人还不放心马老爷，不愿意卧床休息，更不肯让马老爷知道自己晕倒的事，坚持着要去马老爷那里，马天恩拗不过娘，只好跟她一起过去。

马天恩扶着马夫人去了马老爷的房间，进去不一会儿，房间内就有笑声传出来，应该是在分享今天比赛获胜的事。真是父慈子孝夫妻和睦啊。

赵姨娘站在院子的桂树下，远远看着马老爷的房间，仿佛可以透过墙看到里面其乐融融的场景，桂花飘下，落在她的头发上、脸上，她好像浑然不觉，就那么静静地站着。

不知过了多久，赵姨娘看见马天恩从房间出来，蹦跳着朝自己房间走去，突然将手轻扶在肚子上，脸上露出柔和的光。

回到房间，赵姨娘的腿已经麻木了，却没有立即上床休息，而是从柜子里取出来一个包裹，打开来，里面是几件做好的婴儿衣服，赵姨娘将衣服从包裹里取出来，用手轻轻地摩挲着，然后又贴在脸上，好像衣服上有某种温暖。过了好一会儿，才把衣服又放回包裹，重新系好。

"二十年了啊。孩子，你放心，娘永远不会忘记你。等娘给你报了仇，娘就去找你。我可怜的孩子，就算娘拼了性命，也会让那些人受到报应。不会太久了，我的儿子。"

赵姨娘喃喃自语，却没有眼泪流下，二十年了，眼泪已经流光，只有恨意，一天比一天浓。

今天发生了很多事，吴仲却总觉得好像漏掉了什么。这个赵姨娘，给他的感觉怪怪的，如果说她是一个懦弱的人，明知道马夫人很忌讳她跟马天恩亲近，为什么非要今天当众给马天恩送点心。但如果说她有心机，那她图什么呢？每次她接近马天恩，都会被马夫人责罚。难道真的只是出于对马天恩的疼爱？不过不管如何，这个赵姨娘一定不简单，表面上看是马夫人处在绝对优势，但实际她无非是被骂几句，跪上一会儿，但马夫人却经常被气得火冒三丈，经常因为她跟马天恩争吵，甚至今天都气倒了。真正的胜负，还真不像表面看起来那么简单。

看来，这个马府还有很多不为人知之事啊。马天恩性情简单，如果直接和她说，怕她就要跑去问赵姨娘了，还是找个机会再提醒她吧。不过不管怎样，天恩今天表现的还是很好的，给马家保住了面子，也展现了实力。想到这儿，吴仲觉得很是欣慰，不知不觉已是深夜，将书放下，也就去休息了。

马夫人却没有睡，而是把管家娘子叫到了自己房间，屏退了丫鬟，神色焦虑。管家娘子是马夫人的娘家丫鬟，跟着她陪嫁到马家，后来马夫人将她许给了马府的管家，并帮自己管理一些内宅之事。

"夫人，我觉得您不用太过忧虑，当年的事，只有我知道，素心夫妻都不知道，赵姨娘更是不知情，现在都过去二十年了，更是无从查起，您就安心吧。"管家娘子安慰着马夫人。看着曾经天真无邪的小姐变成现在这样焦虑抑郁，管家娘子有着说不出的心疼。甚至有时候会想，如果小姐当初没有遇到马老爷，会不会过得更幸福一些呢？

"阿巧，你不知道，我这些日子，经常做噩梦，有时候还会听到婴儿的哭声。现在马家发生这么多事，我真的很怕是报应来了。可是当年做错事的人是我，如果要报复，也应该报复我啊。只要老爷跟天恩好好的，我怎么样都行。"马夫人说到这儿，觉得头痛欲裂，管家娘子赶紧上前帮她按摩。

"小姐，你不要胡思乱想了。当年您给了他们那么多银子，足够他们生活了。是他们不知足，如果说有报应，那也是他们贪心的报应。您不要多想了，现在马家还靠您撑着呢。"这么多年，阿巧成了管家娘子，李家小姐成了马夫人，但有时候，阿巧还是忍不住叫她小姐，好像这样，就又回到了快乐的少女时光。

同样，还有一个人睡不着，就是马天恩。她怎么也想不明白，为什么娘对赵姨娘那么紧张，对，那种感觉不是正室对小妾的单纯的厌恶，是紧张，还有防备。还有就是赵姨娘为什么对自己这么好，不管娘怎么惩罚，还是要接近自己。突然一个大胆的想法涌上心头，难道，我是赵姨娘生的？

想到这，马天恩觉得自己真是疯了，这怎么可能，甩甩头，不想了，睡觉。

第八节 商人

经过了舞狮大赛一事，马天恩在马家的威望也开始高了起来。马朝生的身体也在慢慢康复，不过他有心培养马天恩，觉得这正好是一个机会，所以并不急于收回权限，而是让马天恩放手去做。码头和商铺的一些事情，也都渐渐转到了马天恩手里。看着马天恩一天天成熟起来，马朝生觉得很是欣慰，还经常跟马夫人说，这也算是因祸得福了。

忙归忙，马天恩的功课却是一点都没有落下，自然是因为吴仲这个好老师。而且，他经常特意给马天恩加了一些从商之道来讲，像《史记·货殖列传》马天恩就很喜欢。

"天下熙熙，皆为利来；天下攘攘，皆为利往。仓库充实了，百姓才能懂得礼节，衣食丰富了，百姓才知道荣耀与耻辱。所以说经商并不是一件可耻的事，而是利国利民之事，而逐利也并非是品德低下之事，而是人之本能。重点是我们取得利之后，用在何处。如果用在修桥铺路，造福乡里，自然是上品。如果是用于自己享乐，但只要是正当的途径取得，也未有损他人，也没什么可耻。只有为逐利而逐利，在逐利的过程中不惜做出有损阴德之事，那才是真正的下乘之举。"原来京城这边并不繁华，也是从朝廷迁都之后，商人将南方很多物品运输过来，又建了酒楼、商铺、银号，京城才有了今日之盛景。如果没有商人，没有漕运，京城中人连吃饭都成问题。所以，尽管吴仲是书生，但他却一点都不鄙视商人，而是从心中敬重。

马天恩点点头，枯燥的道理她一向不喜欢听，但是今天吴仲的话，她却深以为然。士农工商，商一直是排在最后一位。万般皆下品，唯有读书高。但读书人和商人就一定是对立的吗？像范蠡，他被尊为"商圣"，不就是读书顶好之人吗？既然读书人也可以是商人，商人也可以是读书人，天下之人为何又独独鄙视商人？自己就要做一个会读书的大商人。

"先生，如果商人可以坚持自己的品德，不做因为逐利而阴损他人之事，是不是就可以得到世人的尊重？"

"按道理是这样的，但世人经常会误解一些人，你做了好事，别人不一定会感激你，但你还是要去做好事。"

"为什么呢？如果善没有善的回报，恶没有恶的惩罚，我们为什么还要做好人？"马天恩的想法很简单，做了好事就应该被表彰，做了坏事就应该被惩戒，如果以德报怨，何以报德。如果世间善恶不分，为什么还要做好人好事？

"因为你是一个好人，这就是做好事最好的报酬。君子坦荡荡，小人长戚戚。凭心做事，无愧于人，无愧于天，自然吃得好，睡得好，内心清宁。做了坏事，日日担心有人报复，担心财富不久，再好的美食吃着也是索然无味，又有何意义？"

"那如果是做了坏事，依然吃得香，睡得着，内心毫无愧疚之人呢？"

"那种……"，吴仲停顿了一下说，"人有八端，孝、悌、忠、信、礼、义、廉、耻。这种不顾忠孝信悌、不知礼义廉耻之辈，还能称作人吗？既然不是人，你又有什么好比较的。"

"忘八端，呃……先生，你骂人。"

吴仲拿扇子敲了一下马天恩的头："仁者见仁，智者见智，佛眼看谁都是佛，你满脑子都是什么乱七八糟的。"

"算了，不跟你争，我争不过你。对了，先生，你看看我。"马天恩说着，踮起脚尖睁大眼睛贴向吴仲，都快要贴到吴仲脸上了，吓得吴仲本能地向后一退。

"看什么……"刚才贴得太紧，好像已经能闻到马天恩身上的气息，吴仲脸上又是一热，自己这是怎么了？

"你看我……"说到一半，马天恩左右打量了一下，没有他人，又看房间也是紧闭的，这才压低声音说："你看我长得像我娘还是像赵姨娘？"

吴仲一时没反应过来，看到马天恩一本正经的样子，这才意识到她不是在开玩笑，可是她怎么会有这样奇怪的念头，她明明是马夫人的女儿，怎么会长得像赵姨娘。难道？

看到吴仲的表情，马天恩反而有些不好意思了，又退了回去，然后小声地说："我也知道这是不可能的，但是总觉得我娘对赵姨娘很奇怪，赵姨娘对我也很奇怪。从小到大，我娘经常骂我，可是赵姨娘对我就特别好，经常给我送吃的，就算是被我娘骂、打，她还是会送，那天你也看到了，我娘看到她给我送吃的，就好像看到毒药一样，她一个姨娘，哪有胆子在众目睽睽之下就毒害我啊，分明是我娘太紧张了，不想我和她亲近。但她不过是我爹的一个妾，就算讨好我又能怎么样？所以，我就觉得很奇怪，难道我是赵姨娘生的？我娘怕我知道实情，所以不想我和赵姨娘亲近？"马天恩越说越觉得自己想得有道理，可是，如果这是真的可怎么办啊，想到这儿，她又开始发愁了，然后坐在椅子上，有些垂头丧气地托着腮。

看她一会儿胸有成竹一会儿又失魂落魄的样子，吴仲不禁笑了。

"先生，你还笑，你说，我说的是不是有道理？"马天恩看到吴仲笑，觉得更不好意思了，索性追问着。

"毫无道理。"

"啊，为什么？"

"很简单啊，你也知道，赵姨娘之前是有过一个孩子，不过生下来就死了，那孩子要比你大四五岁，就算活着也不可能是你。如果她后面再怀孕，不可能府里一点风声都没有，你爹那么盼儿子，如果她真的再次怀孕，肯定会妥善对待，生下来再记到你母亲名下就是，你母亲是嫡母，赵姨娘还是姨娘，对她根本没有威胁。再则，如果你真是赵姨娘所生，她就不会一直给你送吃的了。"

"咦，这我就不懂了，如果我是姨娘所生，她疼我是应该的，为什么不会给我送吃的？"

"很简单，就拿上次的事来说，她如果是为你所想，当天就不应该出现在你面前，你就可以好好地接受众人的祝贺，她如果实在心有不舍，也可以偷偷给你送些吃的，而不是在众人眼前送，还是明知道马夫人会出现的场合送。那日之事看着是她吃亏了，其实她不过是被罚跪吃了几块地上的点心而已，而马夫人却被气得躺了三天，你好好的庆功宴也没了，又被人叫成气病母亲的逆子。很多事，不要只用眼睛去看，要用心去看，看结果。"其实这些话吴仲早就想告诉马天恩，只是因为没有十成的把握，怕会冤枉赵姨娘，所以一直没有说，今天看马天恩居然能误会成这样，就觉得不得不说了。

"先生你是说姨娘是故意激怒我娘的？我不信，她为什么要这么做，我娘生气，她也会被罚啊。"马天恩还是觉得不能理解，这么娇柔的赵姨娘，怎么会是有心机的坏人。

"你现在可以不相信我的话，但你也不要完全只相信自己眼睛看到的，最后一定会有一个结果，你要学会观察，这样才不会轻易被伤害。"

"先生你这是关心我吗？"马天恩又嬉笑起来。

"当然，我是你先生，自然是关心你。万一你做错什么事，会有人说为师教导无方的。"吴仲理直气壮地说。

第五章

山雨欲来

第一节　欲来

看到马家正在一点一点恢复元气，田荣华有些坐不住了，照这样下去，马天恩一点点成熟起来，就算是马朝生不在了，马家依然可以兴旺昌盛。而田家，弟弟田富贵无心漕运，自己的两个儿子年龄还小，以后如何还未可知。万一自己哪天像马朝生一样有个什么意外，怕是田家倒得比马家都快。这个郭琪来了几个月了，也没看到有什么针对马家的大动作，倒是对田家的事管理起来越来越顺了，他该不会真把自己当成管家了吧？

一大早，田荣华就把郭琪叫到了书房，想听听他到底怎么想的。没想到郭琪就那么不紧不慢地站在那儿听他说，不插嘴也不反驳。

等田荣华把担心的事情全都说完，郭琪这才从怀里掏出一叠文书，递到田荣华面前。

"这是什么？"田荣华不解地拿了起来，打开一看，居然是地契，还是已经纳税完毕的红契。

"这些是洪武年间没有统计在案的土地，可以按荒地处理。开垦荒地，可免三年赋役租税。"之前京城土地大多为荒地，后为鼓励耕种，所以朝廷下旨，主动开垦荒地者，可免三年赋役，为的就是让农民去开荒，休养生息。洪武年间，曾经对现有的土地进行过丈量登记，但那会儿还未迁都，京城这边的丈量并不是很严谨，很多土地都没有登记在册，还是按荒地算的。官府之人也就睁一只眼闭一只眼了。

不过田荣华还是不理解，买这些地跟对付马家有什么关系？

郭琪笑笑，继续解释说："我们也好，马家也好，归根结底做的都是水上的生意，其他只不过是枝叶。所谓皮之不存毛将焉附，水上的生意靠的就是船工。各闸所用船工，多是当地之民。他们除了做船工，还会耕种土地。之所以各闸船工不会轻易流动，也和此有关。如果我们把土地租给船工，只要在田家做满三年，就把地契转给他们，这样就能把船工从马家挖过来，为我们所用。"

"这倒是个好主意。不过如果马家也这样做，来挖我们的船工呢？"田荣华有些犹豫，各闸之间虽然素有争斗，但这样明目张胆互挖船工之事，之前还真没有过。

"田老爷不用担心。我能拿到这些地，是因为有武定侯的面子在，官府不得不装糊涂。马家如果去拿，怕是就没这么容易了。如果是正常的土地，光是赋税就不少，对那些船工的吸引力就没这么大了。如果是真正的荒地，有哪个船工愿意去开垦啊。所以不必担心，我能做的，肯定是马家做不到的。"郭琪颇为自得地说。

"那就试试吧。"田荣华不知道为什么，有些不安的感觉。这个郭琪，要比自己想象中还有主意，这么大的事，居然都没有跟自己提前知会一下，与虎谋皮，真是让人不安啊。

郭琪出去有一会儿了，田荣华还坐在原位沉思，以至都没有发现弟弟田富贵进来。

"大哥，我刚从母亲那儿过来，她说明天要和大嫂去庙里烧香，你要不要一起去？我看那个郭琪挺能干的，你让他多做一些好了，这样你也可以轻松一些。"田富贵没心没肺地说着，不过言语之间倒都是关怀之意。

"郭琪是个外人，怎么能把重要的事情交给他？你年龄也不小了，生意上的事我想交给你去做一些。再过几年，你两个侄子都要长大了，让他们怎么看你这个叔叔！"田荣华有些恨铁不成钢地说，还有一句话他没好意思说，连马家那个纨绔都开始振作了，你怎么还有心思每天玩闹。

"那更好了啊，等我侄子长大了，您正好把家业交给他们。我这个当叔叔的，在旁边指点一下就好。"田富贵大言不惭地说，不过说完他看了一下大哥的脸色，不好，暴风雨前兆。然后迅速地打量了一下房间，开始没话找话。

"大哥，我记得你书房里还有一盆花啊，去哪儿了？你不要了可以送我啊，我觉得那花开起来还挺好看的。"

田富贵本来也是没话找话，可是说完之后，突然发现大哥没有立刻回复，而且从座位上站了起来，神情凝重。田富贵不解地看着田荣华，他这才晃过神来，"一盆花而已，你正事不想，惦记这个做什么？我扔了。对了，以后也别跟其他人提这事了，知道吗？"

"啊……嗯。"田富贵其实还想问什么，但他一看大哥的脸色，知道肯定有事，也就不敢再问，只是听话地点头。

"好了，你出去吧，我还要处理些事。"说完，田荣华又坐了下去，翻看着桌上的账簿。

田富贵走出大哥的房间，心里觉得莫名地不舒服，刚才大哥的表情太奇怪了，只是一盆花，为什么不能跟人提呢？有办法了，田富贵突然想到一个好办法，找个花匠问问不就好了。

　　想到这儿，田富贵立刻找到府里的花匠，问了起来。"我书房原来的花都看腻了，我看大哥之前书房有盆花挺好看的，你也给我弄一盆吧。"

　　"老爷书房有很多花，不知道二爷您说的是哪一盆啊？"

　　"就是开粉红色花的那盆，我记得之前是在大哥藏书架旁边的，花期好像特别长，夏秋开得最盛，难道不是你给大哥的吗？"田富贵靠自己的回忆，尽可能准确地描述着。

　　花匠想了一会儿，才恍然大悟："二爷您说的是那盆夹竹桃吧？那花虽然好看，可是有毒啊。那个不是小人给老爷摆的，是老爷自己带回来的，小人还提醒过老爷呢。后来老爷听了我的话，让我把花扔了，二爷您还是别养了，您喜欢开花的，养盆月季也好啊，也是常年开花。那夹竹桃是从南方过来的，咱们北方人不知道，我也是偶尔从一个南方老花匠那里知道的，中了夹竹桃的毒，如果不及时医治，是会死人的。"

　　老花匠喋喋不休地说着，田富贵脑子里却只有两个字，有毒，下意识地问："如果中了夹竹桃的毒，会有什么反应？"

　　"小人也没见过，只说会腹痛不止，心跳过快衰竭而死。"花匠不好意思地挠挠头，这些只是他听说的，也没有亲眼见过，不过既然知道有毒，不去养不就好了。

　　田富贵的脑海中，猛然想到一个人，让他不能忘记却又是这会儿最不愿意想起的，已经死去的管家。现在想来，大哥那盆花被扔掉的时间，好像就是大管家出事后不久。难道……这个想法刚一出现，就被田富贵狠狠地压抑住。不可能，这是不可能的。管家跟了大哥几十年，是大哥最信任的人，大哥不会那么做的。这些只是巧合，管家是自己服毒而死，跟大哥没有一点关系。

　　看着田富贵像失了魂儿一样地走开，花匠不知道自己说错了什么，愣了一会儿，然后才又慢腾腾地接着干活。

第二节　危机

"不好了，少爷。"五叔急匆匆走了进来，马天恩正在跟几个商铺的掌柜谈事，看到五叔着急的样子，连忙让掌柜们先退下。

"五叔别急，先喝口水。看你急的样子，是不是粮仓又闹鬼了？"马天恩开着玩笑说。

五叔可没心思开玩笑，一路跑进来，头上已经冒汗了，焦急地说："今天有十几个老船工突然提出来说不干了，别看咱们看着有那么多船工，可是真正的老船工，也就几十个，他们要负责带船出行，遇到突发事情，新船工根本处理不了。而且他们这一闹，人心惶惶的，怕是后面还会有其他人离开。他们态度非常坚决，我怎么劝都不听。我私下打听了一下，说是要去田家做船工，因为田家给他们每人分了一片单独的土地，三年不收税赋。如果是这种条件，咱们就算再多涨工钱，也留不住啊。"五叔叹了口气，然后情绪变得激动起来："这田家做事也太绝了，大家都是河边的人，虽然说分闸，但从来没有人做事这么决。这个头不能开，我想让族里出面，这些人里有咱们马家的，如果他们不回来，就把他们逐出家族。"

"这样不好。人往高处走，田家条件好，他们想去也是情理之中，如果我们把他们逐出马家，只会让更多人心寒，更何况这些船工，也都不是姓马的。"经过这段时间的历练，马天恩成熟了不少。田家既然这么做了，就不会怕自己去闹，闹得越大，对马家影响越不好。只是，谁给了他们这么大胆子，来公然破坏大家互不挖人的成规呢？突然，马天恩想起来舞狮大赛结束后那道不善的目光。

"五叔，那田家最近是不是来了个什么新管事？好像之前不是田家的人。"

"对，那人不简单。据说很短时间就把田家抓得牢牢的。难道你怀疑这次的事是这个新管家所为？"

"确有可能，咱们和田家争斗也不是一天两天了。而且给地这样的大手笔，总觉得不是田荣华能做出来的。咱们先去打听一下具体的情况，然后再看怎么应对。"这事，怎么想怎么透着诡异。

五叔应声退了下去，马天恩忍不住去找吴仲商量，不过吴仲去国子监还没回来。等到了晚上，打探消息的人回来说，那些地确实是田府大管家买去的，虽然是好地，却没有登记在册，所以一直是按荒地处理的。不过，卖地的几个乡绅，却说是官府的人出面促成的此事，如果不卖，就会被没收，或者补缴之前的赋税，他们不得已才以低价卖给田家的。

这就奇怪了，田家哪来的这么大面子，让官府出面为他们买地。难道是那个胡春秋又出来了？

更奇怪的一点，就是这个新来的大管家，没有人知道他的来历，甚至在此之前，没有人见过他，就像是从天而降的。

看来，要好好查一下这个田府管家了。最近大通帮出了很多事，外祖父受伤，现在还未痊愈，还是不去打扰他了，自己来查吧。想到这儿，马天恩又安排人把今天刚从船上运来的一棵百年人参送去给外祖父补身体。

吴仲回来之后，马天恩把船工被挖的事跟他说了一下，也说了自己的想法，吴仲对她不再冲动而是知道先去调查觉得很是欣慰。

"你做得很好，船工被挖是表象，说到底还是要弄清楚田府到底发生了什么事。不然就算船工的事解决了，也还会有其他事。我也觉得那个田府新来的大管家不一般，也许问题就出在他身上。我们好好查一下。不过，船工的事你准备怎么办？"

"五叔说我们可以多出钱想法把他们留住，但我不想这样，这些人今天会被钱挖走，就算留住了，以后也难免不走，我想趁这个机会，培养一些真正忠诚的船工。"

"确实是长大了啊。塞翁失马焉知非福，趁此机会换掉不好管理的老船工，培养一批听你话的，坏事也就转变成了好事。不过你想好怎么去招募新船工了吗？"对马天恩，吴仲是越来越佩服，这孩子确实是突然就长大了，而且不怕困难，不管遇到什么事，第一个念头就是迎面而上，绝不妥协。

"就是还没想好，所以才来找先生商量啊。船工很多，但是不知道谁能独当一面，可以成为管带，带船出行。"

"你知道毛遂自荐的故事吧，锥子要放在囊中，才有脱颖而出的机会。我们想一个办法，对他们进行考核，就像我们读书要经历乡试、会试、殿试一样，你觉得如何？"一船之长，被称为管带，吴仲虽然没有当过管带，但也是在江南水乡长大，对这些并不陌生。一个好的船工，首先要有好的水性、船技，然后是丰富的经验，能管得住下面的水手，也就是船工。甚至还需要有一些经济头脑。因为商船从南到北，从北到南，除了固定的要运输的货物，还会由负责一船事务的管带，临时决定带什么回来。

"好啊，不论资历，能者居之。我这就去和五叔商量怎么定办法。"说着马天恩就要朝外走，吴仲忍不住拦住了她。

"明天吧，一则现在时辰已经不早了，二则，重大事情，不要立即做决定，隔一个夜，也许就会有新的想法，你正好冷静一下，明天再和五叔商量。"

"好，听先生的。"从善如流的马天恩痛快地答应着，又突然转回来，抱了一下吴仲，吴仲的身体立马僵住了，两只手不知道要放到哪里，就听马天恩说："谢谢先生。等我爹好了，我让他给你加束脩。"说着，放开吴仲，然后灿烂地笑笑，转身朝门外走去。

吴仲愣了一下，马上反应过来："你现在不是当家吗？为什么不给我加？"

"因为我小气啊！"

第二天一早，马天恩就把五叔找了来，跟他说了自己的想法。听完马天恩的话，五叔想了一会儿，说道："这管带一般都是咱们马家族内之人，而且多是有亲戚关系之人，为的是可靠，这种公开的招募，不是知根知底，万一人有问题怎么办？"

马天恩笑笑，"五叔，你看这次被田家挖走之人，有几个不是族内之人？有哪个不是知根知底？有时候越是这样，越是难管，还不如我们做在明处，能者上，庸者下。"

"惭愧……"，马天恩话一出，五叔脸上有些挂不住，毕竟这些人平时都和他走动较多，现在居然一点情面不顾，确实，在足够的利益面前，薄弱的亲情也算不了什么。

"我觉得我们应该有一套规则，管带不是固定的，应该也是有期限的，到了期限之后，我们可以再次选拔，而且我们还应该有预备管带，这样万一管带出问题，随时可以有人补上。五叔你经验多，具体怎么选，定什么样的制度，还是要五叔你来定啊。"马天恩知道五叔觉得不好意思了，所以马上给他戴高帽。

"好，既然少爷看得起我，我三天内把章程拿出来，少爷您再看怎么选。"五叔这会儿对马天恩倒真的是服气，如果说上次捉鬼的马天恩还很稚嫩，凭的是一腔热血，现在真的就很有当家人的风范了。

第三节　生机

　　或许是被马天恩的热情所感染，没用三天，第二天中午，五叔就过来了，马天恩自己也想了很多，到这会儿，她终于明白了一句话的意思：书到用时方恨少。她磨着吴仲，把朝廷官员的升降级制度，军队的制度，都讲了一遍，看看有什么可以借鉴的。她发现，码头上那些斗狠争地位，老人压新人的做法，确实是存在太多弊端，而且做了管带，只要没有大的错误，就不会被替换，所以很多管带，都把自己管的船当成了自己的小江湖，用的人也都是只听自己的，就像这次，田家挖了十几个人里，有七个管带，其他的都是老船工，然后就把他们平时在的船上的船工带走了一大部分。官员还有一个换任呢，也会有考核来评定升降，而码头，一直都是人治，所以人出了问题，事情也就没法做了。

　　"五叔，你先说。"

　　五叔又整理了一下思路，这才开口："我觉得我们可以先进行初选，让想做管带的船工们自己报名，条件是跟船出行过五次以上的，身体强壮，没有疾病残疾的，并且自己已经找到愿意跟随的船工十人以上的。然后我们在这里进行筛选，既然要吃水里饭，就要水性好才能服人。我们可以举办一次龙舟竞渡，想做管带之人跟愿意跟随他的船工一条船，分成几组，咱们设定好路线，然后在标船上放几只鸭标，等他们快到终点时，将鸭标放下，由想做管带之人负责去争夺。在规定时间之内能把鸭标捉回来的，就可以做管带，少爷觉得如何？"

　　"好啊，五叔好计谋，这样还能彰显一下我们马家并非无人。我还有个建议，除了鸭标，我们再放一只鱼标吧。鱼比鸭子更难抓，可以抓到鱼标的，可以做总管带如何？"马天恩兴致勃勃地说道。

　　五叔一笑："少爷你是想自己去捉鱼了吧。不过总管带一职，并非是需要水性最好，而是要有丰富的经验跟管理能力，所以鱼标可以放，捉到的可以再给银两作为单独的奖励，这是可以的。"

　　"那要是我自己再把奖励赢回来是不是不太好？"马天恩一边说着，一边看向五叔，看到五叔只是笑笑不说话的样子，就知道他是不同意了。

　　"好吧好吧，我不去捉标了，我就在标船之上，负责放标，这个总行了吧？"

"少爷这就对了，不然以您的水性，其他人就连争的念头都没了，这个比赛也就没意思了。"五叔看她终于不说自己下水的事了，赶紧夸她几句，给她台阶下。

"这倒也是，真是高手寂寞啊！"马天恩感慨道。

没多久，马家要举办龙舟竞渡选管带的事就在各闸间传了开来。因为这次选拔是完全公开公平的，不管姓马还是姓田，都可以参加。只要赢了标，就可以成为马家的管带，而且马家号称，船的利益与管带共享，也就是说管带不再拿定数的银子，而是根据船给马家带来的利益多少，可以进行分成。但同样，会有一个底线，如果船的利益达不到底线，管带就必须换人。这让不少有真本事的船工们都跃跃欲试，当然也让几个之前混日子，这次没有被田家挖走的老管带愤愤不满。因为马天恩要求他们的船也必须参加比赛，重新选举管带。

"简直是忘恩负义，我们这次留下来就是功臣，居然让我们交出管带之职，不行，必须去讨个说法！"几个人一拍即合，本来他们没有离开，还准备借此机会找马天恩涨银子，提高条件，没想到马天恩居然都没主动来求助他们，提出来回报，反而要重新选拔，这小子真是疯了。

可惜，马朝生听到这个事后，第一个反应居然是儿子不错，终于把他这么多年想干没敢干的事给做了，然后果断配合装病，对外声称伤情加重，口不能言，谁也不见。就连马天恩的两个叔叔跑来找他，他都装糊涂，躺在床上任凭他们说，绝对不发一言，最后还是马夫人发威，把两个小叔再次吓跑。

吴仲对此举也是非常赞成，还给马天恩细化了方案。不得不说，马天恩给吴仲的震撼越来越大，因为她的成长太快了，聪明，努力，还让人心疼。

消息传出去后的第三天，马家举办公开选拔管带的龙舟竞渡比赛就开始了。因为人心惶惶，船也不可能长期没有管带，好在已是初冬，需要出去的船不多。如果田家是在旺季做这个事，只消拖上几天，马家的损失就不可估量了。

龙舟竞渡比赛一般是在五月进行，马家这种初冬举行比赛的，实在是不得已而为之。好在河还没结冰，不然只能比滑冰了。不过也正是因为少，所以大家才觉得稀罕。马家的十几条作为比赛的船已经准备好，因为比较仓促，所以船也没有做太多的修饰，船头船尾都还是端午节时装饰的龙头龙尾，颜色都有些暗了。而参加比赛的船工们有的穿上了彩衣，有的穿着平时入水的衣服，反倒是"标船"之上的马天恩，一身大红彩衣，手扶彩杆，彩杆上还挂了十只标鸭和一条被彩线绑腿的大乌龟，真是既热闹又喜庆。一时间，看标船的人比要比赛的船工的都不少了。

因为传统的龙舟竞渡只有一个活标，现在出来十来个，还都是活标，一会儿的热闹可想而知。

随着连环响的鞭炮点燃，十几条船如飞鱼一般划入水中，比赛的船和正常的相比，会偏狭窄，这也是为了通过比较窄的水域，增加比赛难度而特意做的。

"两岸罗衣破晕香，银钗照日如霜刃。鼓声三下红旗开，两龙跃出浮水来。棹影斡波飞万剑，鼓声劈浪鸣千雷。鼓声渐急标将近，两龙望标目如瞬。"吴仲站在标船上，不禁吟起张建封的《竞渡歌》，其实他是可以不上标船的，现在站在这儿，完全是为了看住马天恩，怕她一时忍不住，再跳下水去捉乌龟。本来马天恩是想放鱼标，但是发现鱼太滑了，丝带不好绑上去，但如果没有记号，放在水里根本认不出，所以干脆就换成了乌龟，马天恩还亲自在乌龟腿上系上了彩带。

就见有两条船渐渐领先，最先朝着标船划来，就在慢慢贴近标船之时，马天恩将"活标"解下，纷纷扔入水中，本来就是活物，一进水就飞快地游了起来，特别是那只乌龟，进水就踪迹全无。

两条船上各跳下一人，因为先到的船，活标比较多，自然也就比较好抓，马家这次一共有十条船需要换管带，所以放了十只鸭子，多的一只乌龟就算彩头了。不一会儿，一个跳下水的船工就捉到了一只鸭子，高高举起，游到马天恩的标船前，是一个黑黑瘦瘦的年轻人，眼里满是热情与生机。这个年轻人名叫马大成，来自马家旁支，水性好，人缘也不错，但因为年轻，又是旁支，所以一直没有受到重用。马天恩兴奋地接过鸭子，旁边人记下来他的名字，他又潜进水里去找乌龟。

第四节　心动

其他船只陆续也划了过来，纷纷下水夺标。越是到后面，找到标就越难，因为活标自然不会在一个地方不动，来得越晚难度就越大。第七只标鸭被捉上来的时候，马大成从水面上跃出半个身子，手里抱着一只系着彩条的大乌龟，笑着朝马天恩的标船游来。马天恩高兴地抱起了乌龟，马大成也爬上标船，兴奋地站在马天恩前面。

"你的彩头。"马天恩拿过一个钱袋子，递给马大成，然后接着说，"水性不错啊，不过比起我来还是差点，如果是我，根本不用这么长时间。"

如果是其他人，可能也就听完顺着夸马天恩几句，事情也就过去了，毕竟马天恩是未来马家的家主，万一是个小心眼的，得罪了不合适。谁知道马大成可能是年轻气盛，又加上刚赢了比赛，居然顺着说："那我们比比如何？"

马天恩愣了一下，然后把手中的乌龟朝水里一扔，喊了一句："走！"然后一跳而下。吴仲一时没反应过来，等他想要阻止时，马天恩已经到了水里。这马大成也不含糊，跟着就潜了下去。

两个人都在水里看到了乌龟，同时游去。在水中就开始打斗起来，结果乌龟又游走了。马天恩很少遇到和自己水性差不多的，兴奋起来，索性朝更深处去追乌龟。马大成也没想到，这个少爷水性居然这么好，原来还以为大家说马天恩水性好只是恭维，现在来看确实是真的好。这会儿激情过后，又担心马天恩出什么意外，游得就慢了一些。谁知道马天恩好像知道他在想什么一样，回头朝他做了一个挑战的手势，马大成这才追了过去。

两个人在水里折腾了半天，最终还是马大成凭借胳膊长的优势先捉到了乌龟，本来想游上去就算赢了，谁知道马天恩将他小腿紧紧拉住，两个人在水里已经有一段时间了，马大成抱着乌龟不放，马天恩就不让他上去换气，两个人开始胶着。

船上的人们见他们久久不上来，都开始着急了，水性好的都开始纷纷下水找他们，而十只鸭标也都被陆续捉到，就差马天恩来宣布结果。吴仲眼睛直瞪着水面，虽然他也是来自水乡，但从小只是读书，水性差得很，不然也不会掉进水里被马天恩救了。

这时，就看到有一个人影游过来，旁边有人喊："是马大成……"可是马天恩去哪儿了，吴仲就觉得心口疼了一下，她不会是出事了吧？想到这儿，吴仲就想往下跳，却被旁边的五叔一把拉住。

看热闹的人们也开始议论纷纷。有几个人说着说着还争吵了起来。

"马家少爷半天都没上来了，不会被淹死了吧，年轻人太爱逞强可不好。"

"你别乱说，马少爷水性一向不错的。"

"可是你看马大成都上来了，他水性还能有马大成好？"

"那可未必啊。"

这时，就在马大成快要游到标船的时候，从标船前突然冒出一个人，大声地叫着："我赢了，我赢了！"不是马天恩又是何人！吴仲身体一软，差点跌倒。

原来，在水里的时候，马大成憋气不如马天恩，急需换气，只能把乌龟放下，自己游上水面，而马天恩抢到了乌龟，还一路潜水到了标船，自然是赢了马大成。

"先生，我厉害吧？"马天恩跳上船，拿着乌龟在吴仲眼前晃，吴仲却不想跟她说一句话。马天恩这才意识到，先生真的生气了。

五叔赶紧过来圆场，让马天恩宣布结果。捉到标鸭的十个人，都被定为了临时管带，具体能不能成为真正的管带，还是要看之后带船的情况。

不过众人都被马天恩的水性给震住了，这个年轻的少爷，给了大家太多惊喜。特别是马大成，他一向以为自己的水性不说在全京城，起码在二闸没人能比，今天居然输给了马天恩，而且输得心服口服。看马天恩的眼神都不一样了，充满了敬佩。

如果忽略吴仲的一脸寒冰，今天还真是让马天恩扬眉吐气的一天。回到马府，她先是嘱咐大家千万不要告诉爹娘自己下水跟人比赛的事，然后换了干的衣服才去找爹娘说了今天选出来管带之事。

看着女儿，马朝生觉得无比欣慰。真没想到，她小小年纪，能这么快就把家业挑起来，马家祖宗显灵啊。

"你头发怎么湿了？"马夫人看到闺女身上衣服是干的，但头发是湿的，顿时就起了疑心。

"我今天高兴，就下去游了两圈，我的水性你们还不知道嘛，不用担心。"马天恩满不在乎地说着。

"现在家里出了这么多事，你还是安分些，最近别下水了。"马夫人不放心地说。生怕女儿万一下水出点什么事，到时候这个家就真没了。

"不下水怎么做马家家主，是吧，爹。"

"这个……也有例外吧！"马朝生说话的底气严重不足，马家历代家主，没有一个水性不好的，除了马朝生。

马天恩看触到了爹爹痛处，有些不好意思："爹，我不是说你水性不好啊。"

"呃……"马朝生有种想揍熊孩子的冲动。

"对了，爹，你什么时候好啊，我看你没啥事了，要不你继续管马家，我还得跟着先生读书呢。"马天恩严重怀疑爹就是为了偷懒才装伤不好，刚才看他在房间跟娘有说有笑的，自己一进来就靠在枕头上装虚弱。

"咳……"马朝生咳嗽起来，然后马夫人体贴地递上了水，就开始轰马天恩。

"你爹累了，你快出去吧。"

"好，好，我走，不打扰你们。"

马天恩出了爹娘的门，长出了一口气，这事在爹娘这儿总算过去了，不过，先生今天一直都冷着脸，得哄啊！

马天恩拎了一壶酒，到了吴仲书屋，却发现吴仲不在房间，这可稀奇了。先生居然不读书了。

马天恩朝花园方向走去，因为已经初冬季节，园子里的花早就谢了，树木萧森，落叶沙沙，就见一轮明月当空，有青衣书生背手踱步，沉思辗转。

"先生！"一个欢快的声音打破了这片宁静。吴仲回头，就看到马天恩笑着跑过来，那一笑，融解了冬寒，照亮了暗夜。

"先生，如此明月，怎能无酒，我陪先生一醉。"

"书背了吗？大字抄了吗？"

"先生，先生……"

田府，田荣华怒气冲冲地跑到大管家的房间，却看到大管家正在慢悠悠地自斟自饮。

"大管家好雅兴啊。今天那个马天恩可是大出风头，人们都说我们花钱把马家不想要的人都接手了，现在马家选出来的都是真正能干之人，郭大管家以为如何？"

田荣华心情不好，语气自然也就不善，谁知对面的郭琪却是不急不躁，自己又倒了一杯，这才站起身来，招呼田荣华坐下。然后又给他斟上一杯。

"这马天恩确实比我想象中的要聪明，不过这样游戏才有意思，不然对手太弱，一下就打死了，后面就没法玩了。"

　　"游戏？你的游戏可是要用真金白银的。"田荣华没好气地说，真不知道这个郭琪和马家有什么仇，就跟疯了一样，自己无非是求财，看他就像跟搏命一般。

　　"不用担心，这点损失，马家很快就会给我们加倍还回来的。"灯光之下，郭琪端起酒一饮而尽，杀机顿起。

第五节　妆花

妆花之技来自南京，是在绸、缎、纱、罗等丝织物上用"挖花"技法织出彩色纬花图案，图案布局严谨庄重，多为大型饱满花纹，用色浓艳，对比鲜明，常以金线勾边或金银线装饰花纹，经白色相间或色晕过渡，以纬管小梭挖花装彩，织品典丽浑厚，金彩辉映，可以制成纱蟒衣、纱蟒裙、缠枝莲地凤襕妆花缎裙、柿蒂蟒妆花罗袍，等等，甚至是制成龙袍。寸锦寸金，平常人家是消受不起的。大多都被宫里采买，剩下的则被官员或者地方富豪所留，有价无市。

而此刻，马天恩的手里，就拿着一块妆花手帕。

"你确定这是妆花？"马天恩问着对面的绸缎庄掌柜。这是马家名下最大的一个绸缎庄，掌柜也是有几十年经验的，按理不会看错。只是这么珍贵的东西，怎么会主动找到自己家来收，价格还不算太高。

"当然确定，妆花虽然稀少，但小块的我们也没少见，我一眼就认出来了，这就是妆花。说来这也是我们马家的福气，这批妆花本来是王府街德祥茂绸缎庄所订，订金都交了，是通过咱们马家的船从南京运来，谁知道他们家突然出了事，给一个贵人做衣服时出了纰漏，贵人大怒，现在绸缎庄都被砸了。庄里的掌柜也被贵人扣下来，现在没有能力再吃下这批妆花，只能是毁约认亏。因为南京这个织厂一直是通过咱们马家的船运输，所以很信任我们，主动通过码头上的人找到我，愿意低价卖给我们，反正他们也已经收了德祥茂的订金，就想赶紧脱手返回南京。我看了一下，这批妆花都属上乘，咱们买下来，然后做成衣服卖给那些贵人，起码能赚十倍。"

"啊，能赚这么多？"马天恩眼前一亮，到冬天了，水上的生意不好做了，要是绸缎庄能大赚一笔，就真能过个好年了。

"对，所以我才一大早就跑来打扰少爷。不过对方要求是全部银货两讫，这样咱们绸缎庄的现银就不够了，需要从银号提一部分出来。不过很快就能还回去，这个少爷不用担心。"店铺掌柜信誓旦旦地说。看马天恩还在犹豫，掌柜继续加了一把火："少爷，这是送上门的银子，不要白不要啊。您要是觉得做不了主，可以去请示一下老爷，他肯定也会同意的。"

"我当然做得了主，不过这么一大笔银子，总得让我想想，这样，你先回去，明天你再来，我告诉你结果。"马天恩的态度，让店铺掌柜有些失望，年轻人，居然这么谨慎，须知富贵险中求啊。店铺掌柜看一时说服不了马天恩，只好先告辞离开。

掌柜一走，马天恩立刻安排顺哥去找人打听德祥茂出事是不是真的，还有跟码头的人问这个南京的丝厂是不是真如掌柜所说，是一直通过马家运货。送上门来到底是银子还是炸药，总要了解才知道。

最近马夫人的心情倒是不错，看着马朝生身体一天天好起来，马天恩也一天比一天懂事，每天陪着马朝生说说话，逛逛花园，连小佛堂都去得少了。

看到马天恩拿了一块绣得花团锦簇的手帕给自己，更觉得欣慰了。拿起手帕，越看越喜欢，这不是妆花吗？

"怎么买了妆花帕子给娘？是不是你又做什么坏事了，怕我告诉你爹？"马夫人一脸怀疑地看着朝自己笑的马天恩。

"娘你怎么知道这是妆花？"

"看这花样就知道了啊，五枚缎纹，金丝银线，你看多漂亮啊，可以装在佛经书面上。"马夫人越看越喜欢，这比她平时见的妆花缎子还要漂亮，怎么说呢，像是多了些晕色。

"既然娘喜欢，我去找人给娘做一身妆花的冬装吧，娘穿上肯定好看，像观音菩萨。"马天恩笑着说，其实她只是想确认一下是不是妆花，已经找了几个人去问，都说是，但心里还是觉得悬。看娘也这么说，踏实多了。这件事她并不想先告诉爹，想给爹一个惊喜。所以，她趁着爹和族里的人在书房说事，才跑进来找娘的。

"这么大方，看来我儿子是赚钱了。马家祖宗显灵了，我一会儿去小佛堂好好烧烧香。"

"娘，你总是有事才烧香，平时不理佛祖，你确定这样有用？"

"你……滚！"

"娘，别打啊！"

马天恩揉着肩膀，从马夫人房里跑了出来。

不多久，去王府街打听德祥茂的人也回来了，正如绸缎庄掌柜所说，德祥茂出事了，店铺门都关了，听旁边的人说，确实是得罪了贵人。

码头上的人也查了运货的单子，确实是从南京运来的妆花，本来是给德祥茂的，现在德祥茂不能接了，所以跟船来的丝厂的人就想快速处理掉这批货再回南京。

没想到，这天上还真的可以掉银子。马天恩都开始佩服自己的运气了，有钱不赚是傻瓜，这笔生意，做定了。

舍得舍得，有舍才有得。要吃下这批妆花，也并非易事，最大的困难就是钱。妆花的价格太高，这批数量又不少。以马家绸缎庄的现银肯定是不够的，好在马家还有银号，大通银号是大通河边这几闸中最大的银号，也是马家的主要产业之一。当初还是马夫人动用了自己的嫁妆，才帮马朝生建起了这个银号。平时马家其他生意遇了钱上的短处，就会用银号的银子去周转，用自己家的，也算是肥水不流外人田。

动用银号的钱，需要马朝生的印鉴，不过现在马家的生意基本都在马天恩手里，为了方便她管理，印鉴也给了她。尽管如此，马天恩动用印鉴时，银号的掌柜还是第一时间来告知了马朝生。

"少爷你先等一下，银号的现银也不多了，需要准备。您先喝喝茶，我一会儿准备好了给您。"虽然马天恩最近比较靠谱，但鉴于她多年的纨绔名声，掌柜还是觉得要去问问马老爷。

马天恩只当银号平时确实不一定会备那么多现银，也就没往心里去。脑子里都是这次生意做成了，爹一定会很高兴。

马朝生其实已经知道了这批妆花的事，也找绸缎庄掌柜了解了一下情况，这个掌柜也是跟他几十年的，不会说轻易就被收买，做出有损马家利益之事，更何况，绸缎庄还有掌柜的一些股份，等于是一荣俱荣，一损俱损。

虽然觉得事情有些太过顺利，但也看不出什么明显的问题，马朝生决定让马天恩放手去做。

第六节　相貌

　　田富贵觉得新来的大管家怪怪的，对自己也好，对大哥也好，但总是客气中带着疏离，他不知道大哥为什么要找这样一个人来做管家。在他心里，老管家像亲人，这个管家，像客人。自从知道大哥可能是杀了老管家的凶手，他心里就像压了一块石头，如果是其他事，还可以跟马天恩去说说，但这事，他不想让任何人知道。几次想要问问大哥，又不知道怎么开口，万一不是大哥做的，这样贸然去问，大哥得多伤心啊。不过他倒是没想过，如果真是田荣华做的，他也不会承认。百无聊赖的田富贵最近反而没有出府，有时候跟两个小侄子玩会儿，有时候看几眼书，比起之前经常鬼混闯祸的日子，倒是显得成熟了不少。

　　这天，田富贵从房间出来，本来想出去转转，结果就看到几个人在大管家的引领下，去往大哥的书房。看他们的表情非常兴奋的样子，田富贵隐隐觉得有些像自己当初和马天恩一起做坏事后得逞的表情，忍不住跟了上去，却发现他们进了书房的门，就把门紧紧关上。田富贵刚想走近些听听，就见书屋里出来一人，是大哥的小厮，站在门口守着。看样子是过不去了，他们不会是又要针对马天恩吧？

　　田富贵觉得还是有必要去提醒一下马天恩，省得他吃亏。想到这儿，就匆匆跑到马家，没想到马天恩居然不在，说是去码头了。田富贵又跑到码头去找，就看到马天恩正跟几个码头的管事在聊事，神采奕奕的。田富贵是打心底佩服马天恩，不管做什么，都充满热情。

　　看到田富贵过来，马天恩也高兴地迎了上来，走到田富贵面前随手就是一拳："你小子还知道来找我啊，是不是不拿我当大哥了，这些天都不出来，你是要考状元吗？"然后又压低声音说："醉香楼新进了一种好酒，你要请我喝，我就原谅你了。"

　　"醉香楼不是你们家开的吗，还要钱啊。"

　　"当然了。我爹说了，这叫公私分明。"

　　说着，两个人都笑了起来。田富贵觉得心里舒服多了。这才想起来自己的来意，然后看了看左右，才拉着马天恩说："我们家新来了一个大管家，你知道吧，我觉得这人特别奇怪，而且也不知道什么来历，我问过我哥，但他不告诉我。他经常和我哥关起门来说话，连我都不让靠近，你要小心啊。"田富贵话里满是关切之情。

"我也觉得这个大管家很奇怪，之前还让人查过，但也没有查出来什么。反正你哥就喜欢针对我们马家，就让他针对吧。兵来将挡，小爷我不怕他。不过你要是方便，就帮我盯着那个大管家，怎么样？"

看着毫不客气的马天恩，田富贵突然欲言又止。马天恩又打了他一拳："有话就说，一个大男人，这么扭捏做什么？"

田富贵鼓起勇气，说："这可是你让我说的，我觉得，你和那个大管事，长得有点像……不，应该说，他长得跟你爹有点像。"

"噗……你小子说什么呢，你是说他是我爹的私生子吗？"

"没有没有，我就是觉得有些像，没准是你家亲戚。"

"我家亲戚，干吗去给你们田家做事？不过，我倒是可以回去问问我爹，看是不是他年轻时欠下了什么风流债。"不过，如果这要是真的，那娘还不把爹给……一想到娘发火的样子，马天恩觉得后背一凉。

田富贵又跟马天恩闲聊了一会儿，这才匆匆离开，怕被田荣华知道他又来找马天恩生气。刚走几步，又跑了回来，没头没脑地跟马天恩说："你房间没什么花吧，有些花好看，不过会有毒，你可不要乱放。放之前一定要问问花匠，知道吗？"

看着田富贵一脸认真的样子，马天恩觉得好莫名其妙，不过为了不辜负他的关心，还是点了点头，田富贵这才放心地跑开。

看田富贵跑远，马天恩一个人坐在一块石头上，左思右想，不知道这个大管家是何来历。

"少爷，在想什么？"马天恩抬头，原来是新的管带马大成，也就是龙舟竞渡的获胜者，两个人因为那天的比赛，都有种棋逢对手的感觉，因此成了朋友。别说，这马大成确实不错，短短时间，就把船队的事都管顺了，大家对他也都很服气。

"你说，怎么才能查到一个人的底细呢？现在有一个人，我不知道他是从哪儿来的，但我知道他是要对付我们马家，但我就是查不出来他的身份。"马天恩从龙舟竞渡之后，又在不同场合见过那个大管家几次，每次那人都是微笑着跟他见礼，但是那笑容，特别像渔夫看到鱼，厨师看到砧板的肉，让她极不舒服。而且最近马家的生意让田家抢掉不少，如果没有猜错，都是这个郭琪的主意，田荣华之前可没这么多手段。加上刚才田富贵再这样一说，让她更想知道这个郭琪到底是何方神圣。知己知彼，这样也才好想对策。现在这种没头苍蝇一样的感觉，实在不爽。

"事情只要做了就会有痕迹，人也一样，查不到他就查他身边的人，看谁跟他接触，他总不能所有事情都自己做吧。只要跟着他，跟住了，然后去查帮他做事的人，早晚都能查出来。"马大成虽然年龄也不大，但走南闯北时间久了，经验还是比较丰富的。说到这儿，他又自告奋勇地说："少爷，你要查谁，要不我帮你查，反正最近我们也不能出船。"

"好啊。我要查田府那个新来的大管家，我觉得这人不简单，而且我怎么觉得他比田荣华还恨我们马家啊，从他去了田家，我们马家很多生意都被抢走了，还有……"说到后面，马天恩示意马大成附耳过来，然后贴着他耳朵说："你帮我查查我爹年轻时有没有什么相好的女子，是不是有私生子啥的。"

马大成"啊"了一声，吓得马天恩赶紧用手示意他不要乱叫。"你别喊，生怕别人听不到啊，你就去查查好了，千万不要跟其他人说。"

"明白，放心，我肯定办好，不过如果真查到马老爷有什么私生子的话，要不要我把他给……"，说到这儿，马大成做了一个杀头的动作。

"啊，为什么啊！"这下，轮到马天恩傻眼了。

"为了防止分你家产啊。"马大成像看白痴一样看着马天恩，不然找来干吗，分钱啊。

"算了算了，你还是别打听这事了，我觉得我爹也不敢，你就帮我去打听那个郭琪好了。"

"成，你就等我好消息吧。"

看马大成兴奋地跑开，马天恩擦了一把额头上的汗，这孩子，怎么这么暴力呢。

第七节　囊匣

天气越来越冷，郭琪躺在床上，感觉到右腿又开始隐隐作痛。这是小时候睡在柴房冻出来的毛病，现在不管怎么调理，都养不过来。有些伤，一旦落下，就再也好不了。就像是人的心，一点点变冷，就再也不可能焐热。每次看到有小孩子快乐地跑来跑去，父母在后面提醒不要摔倒，郭琪都羡慕得不行。快乐，好像从来都不属于自己。在自己有记忆以来，就是干活，挨饿，被打。而挨打几乎是不需要理由的，只要爹看着自己不顺眼，就会随手抄起身边一个东西打过来，特别是喝醉的时候，打得就更凶，一边打还会一边骂自己是个私生子，杂种。娘这会儿就会扑到自己身上，然后爹就会更愤怒，连娘一起打。他还清楚地记得那年，也是快过年的时候，娘偷着买了一串糖葫芦给自己，结果没吃两口，爹就回来了，然后就是劈头盖脸地打，最后还拿脚踩烂了糖葫芦，逼自己吃了下去。

想着想着，郭琪翻身起来，到院里打了一通拳，打得酣畅淋漓，满头大汗，直呼一声痛快。"人生在世，当快意恩仇，你们欠我的，我会一点一点全部要回来，娘，您在九泉之下，不会等太久，我会让那个负心人下去陪你。"说完，从院子的水瓮里舀起一大瓢水，从头上灌下来，水流过他的脸，打湿了他的衣服，又滴落在地上。

马天恩收了那批妆花，心情大好，准备让绸缎庄的人去找一些富贵人家，做成冬装，也正好应时，趁机大赚一笔。不过有好东西，怎么也不能忘了先生，虽然这批妆花太过艳丽，给先生做衣服不适合，但做经籍囊匣的装潢还是可以的。所谓囊匣，以绵为面，板纸为骨，丝绒为衬，牛骨签在匣盖上为搭扣，就像一个舒适的小房间，用来保护里面的书不被磨损。先生那么看重他的书，给他做个囊匣一定很开心。于是马天恩自己挑了一块妆花，然后又挑了上好的楠木，找老师傅打了一个装书用的囊匣，给吴仲送了过去。

马天恩抱着妆花为面的囊匣递到吴仲面前时，把吴仲吓了一跳。因为吴仲来自江南，对妆花要比北方人更为熟悉，当然也就知道妆花的价值。

"你这是准备贿赂为师不成？难不成是以后都不想背书写大字了？"吴仲半是开玩笑半是认真地说。

"先生你真是不厚道啊，我好意送你，你还要冤枉我，不给了，抱走。"说着，马天恩装作生气的样子，抱着囊匣就要走。

"既然你诚心相送，那为师就勉为其难地收下了。不过，以后这种奢侈之物还是不要送了。人都是由俭入奢易，由奢入俭难，今天有了妆花做的囊匣，明天就会想要湖笔，后天没准就会想要徽墨宣纸，君子终日乾乾，夕惕若厉，无咎。"

"什么钱，什么舅？先生，好好说话，听不懂。"虽然听不懂，但看表情马天恩就知道先生又在讲大道理了。送礼还要被讲大道理，也算是不多见的吧。不过，既然先生想讲，就让他讲个痛快，别总是说一堆自己听不懂的。

"就是说品德高尚的人应该整日自强不息，夜晚小心谨慎就好像如临危境，不能松懈，就没有灾难了。相反，对于这些可以让人产生欲望的东西，要远离。人生来就是要和欲望做抗争，越是自律，就走得越远。我们远离了食物的诱惑，金钱的诱惑，美色的诱惑……"吴仲话没说完，就被马天恩打断了，"那我家生意就没法做了。先生，我觉得你说得不对，人生来就是为了追求诱惑的，不然这个人生该多无趣，你看飞蛾要投火，蜉蝣朝生暮死，他们不都是因为心里还有欲望吗？如果连欲望都没有，他们就不必生，这样又有何意义呢？"马天恩一本正经地看着吴仲，继续说道："今天有了囊匣，明天想要湖笔，这很好啊，等先生你金榜题名，不就什么都有了。我觉得欲望不可怕，人活着就要有欲望，不然还是人吗？"说着，有些调皮地看着吴仲，脸上写了三个字：求表扬。

"不错，你都学会想事情了。为师迂腐了，要不，你明天再送为师一套湖笔如何？"吴仲其实刚才也只是想和马天恩开个玩笑，不想她经常送自己贵重物品而已，没想到惹出马天恩一番长篇大论，倒是意外之喜。有了自己对"欲"的判断，才不会迷失。

"好啊，等先生中了进士，我就送你湖笔。"马天恩笑着，把囊匣放下，然后去找吴仲的书，放进囊匣。摆了几本之后，自己满意地看了看，才把匣盖盖好，牛尾骨扣上。

"这批妆花是我便宜买下的，准备给贵人们做冬装，这次我运气真好，本来前段时间被田家抢了很多生意，都有些吃紧了，正好有人送上门来，还是这么低的价格，看来我还真是得道多助啊。"马天恩扬扬得意地说。

吴仲其实很少过问马家生意上的事，看到马天恩这么开心，就多问了几句，好给她一个炫耀的机会。

马天恩果然兴奋地把来龙去脉给吴仲细细地讲了一遍，然后又扬扬得意地补充道："先生，你说巧不巧，正好德祥茂出了事，又遇上这批货是我们马家的船运来的，所以先找的我们马家。如果被田家知道了，肯定又被他们抢了。他们那新来的管家有些邪门，好像什么事都能想到我前头，我们生意被他抢了不少，等我把这批妆花卖了，再好好跟他算总账。"

马天恩说得眉飞色舞，吴仲却越听脸色越沉。马天恩说了半天，看吴仲一直不说话，神情也不对，赶紧问："先生，怎么了？这是好事啊，你怎么这种表情。"

吴仲这才开口说："我就是觉得太过巧合了。就好像是有人安排好了一样。"

"啊，不会吧，谁会这么帮我们马家？"

"我就怕不是帮，虽然我也想不清楚问题出在哪儿，就是觉得太顺了。"吴仲虽然没做过生意，但是他读的书多，想得也多，这些事看起来很顺，也没有瑕疵，但连在一起就会觉得不对劲。

"先生，你就别杞人忧天了，等着我赚钱吧。"马天恩觉得吴仲太过小心了，有时候读书太多了也不好，想得太多，就会失去机会。

"但愿是我多想了。"吴仲总觉得，有什么东西能抓住，却被漏掉了。

第八节　银号挤兑

马家的大通银号共有三道院子九道门，寓意长长久久，在通惠河几闸中算是规模最大的一个。银号的大门上包裹了铁皮，钉上铆钉，两边有错落的门槽，大门关上以后，门缝连刀片都插不进来。

银号不像酒楼，每天都那么热闹，进来的人一般也都比较低调。不过，今天来的人却一点都不低调，一下来了十几个人，拿着票号一边叫嚷着一边找掌柜的兑换。

伙计们一看就知道情况不好，赶紧把掌柜的喊出来。这些人都是前段时间才来银号存的银子，陆陆续续存的还不算少，结果不知道为什么同时来兑换。掌柜的出来一看就知道是要闹事，心下道不好，因为现银大多让马天恩拿去买妆花了，赶紧找小伙计去找马天恩，然后自己来安抚这些人。

马天恩还在跟绸缎庄掌柜盘算有多少家的小姐要订妆花襦裙，还有那些老爷们要的蟒袍，就见银号的小伙计慌慌张张地跑了进来，大叫不好。

听到银号有人集中来兑换，马天恩立刻反应过来事情不妙，如果只有几个人来还好，就怕引起集中挤兑，事情就麻烦了，想到这儿，马天恩赶紧扔下绸缎庄掌柜，跟着伙计朝银号跑去。

还没到银号，就发现银号前挤了好多人。有眼尖的看到马天恩来了，就喊："马少爷来了，找他兑银子。"一群人一哄而上，就把马天恩团团围住。

不远处的一个酒楼上，郭琪和田荣华站在二楼的窗前，看着狼狈的马天恩，不觉相视一笑。

"郭兄好计谋。"没有人的时候，田荣华还是会和郭琪称兄道弟，宰相门前七品官，郭琪是武定侯府的人，就算只是一个下人，也不要轻易得罪，更何况，这个人的心机这么深，一看就不会久居人下。

"这就是人的天性，看到有利益，就算明知道可能是陷阱，也会下去，我只不过顺应了人的天性而已。"郭琪不以为意地说着，眼睛却盯着马天恩不放。这个马天恩，是蜜罐里长大的少爷，就算是有几分小聪明，又怎么能知道世道的险恶。不像自己，是吃了多少苦才活到今天。这个世道，哪有公平？有些人可以一辈子顺风顺水，吃喝玩乐，有些人竭尽全力，只是为了活着。既然天不公道，就让我来替天行事吧。

"不过，那些妆花你怎么能以那么低的价格拿下来？今天虽然把大通银号给挤兑了，但等他们把妆花都做成冬装卖出去，不就又赚回来了？"田荣华不解地问。这个郭琪，跟自己要了银子，用极低的价格拿到妆花，又找人做局卖给马天恩，自己的钱不但回来了，还小赚了一些。

"天机不可泄露，我的钱，哪有那么好拿。"郭琪狠狠地说。

两个人沉默下来，继续看戏，突然，田荣华睁大了眼睛，怒吼道："这个小畜生！"

郭琪不解地顺着田荣华所指的方向看去。

马天恩被众人围住，不管她怎么解释，来人就是要马上兑银子，好容易挤到银号里，结果银号里也是一堆人。带头的几个人更是叫嚣，如果马家今天不把银子拿出来，就去官府报官。银号之所以能有生意，靠的就是名声二字，名声一毁，就什么都没了。

马天恩心急之下直接跳上柜台，说："各位平心而论，我们马家何时欠过大家一分钱。我们有酒楼，有绸缎庄，有码头，还会没银子给大家吗？"

"那你倒是给啊！"

"听说马老爷伤重不主事，谁知道钱是不是被你这个败家子花光了？"

"给我们三天时间，我一定把银子都兑给大家。"

"我们现在就要银子。"人群中有几个起哄的，然后其他人一应附和，完全淹没了马天恩的声音。

就在这时，就见门外有人高喊，"我存银子！"就这一声，所有人都静下来了。

田荣华远远就看到自己那个傻弟弟抱着一个重重的包裹，高喊着要存钱，挤进了马家的银号。

听到有个傻子要存银子，众人纷纷让出一条路，就见田富贵满头大汗地挤了进来，然后把重重的包裹放在柜台上，打开，居然是大大小小几十块银锭。他不会是把田家的家底搬来了吧！

就见田富贵胖手一挥，"没见过存银子的啊，我要存银子。你们知道我是谁不，我是一闸田家的二老爷，我都来大通银号存银子，你们那点小钱还怕马家不给，我呸。"

别说，人群一下安静了。然后有些本来就是跟风的人也开始迟疑了，要不改天再来兑？要是真有问题，田家的二老爷还能来存钱？

这会儿，田荣华也顾不上面子不面子了，朝酒楼下边就跑，顺手还拿了酒楼一根扫帚。

马天恩感激地看着田富贵，还没等她说什么，就见田荣华从人群中挤了过来，手里拿着扫帚，嘴里大骂："我打死你这个吃里爬外的小畜生！"

这会儿没人顾得上兑银子了，就看田荣华追着田富贵打，田富贵也不敢还手，一边跑一边喊："快给爷把银子存上。"

马天恩看到这里哪还能不明白，这田富贵是把家里的钱给偷出来，就是为了给自己解围，心头一暖，然后把包裹重新包上，喊了一声："田老爷，银子你拿走，我们马家不缺。我数到三，你再不来拿我就存上了啊，一……"

田荣华听到她的喊声，马上停止去追田富贵，跑回来从马天恩手里抢过包裹，这会儿田富贵也跑了过来，想和哥哥抢银子，看到哥哥恶狠狠的眼光，又有些胆小。

"富贵，你的心意我领了，快回去吧。"

"不就是银子嘛，我们马家有的是。"这时，就听到一声洪亮的嗓音传来，马朝生和马夫人，一袭盛装，身后跟着一群丫鬟小厮抱着重重的匣子朝银号走来。

众人纷纷避让，看到马老爷过来，掌柜的赶紧搬出一把椅子，马老爷先是安抚地看了看马天恩，然后坐在椅子上。

"我们马家一向以人为善，你……"，说着，指了一下人群中一个人，"赵顺，去年你做生意亏了钱，是不是我借了银子给你，还有你……"马老爷一边指一边数落，被点到名字的都惭愧地低下了头。

"我们马家，可曾亏待过你们任何一个人。今天，我带了银子来，谁要兑换，马上就可以给你们，不过，今天在这儿兑了银子的，我们马家以后再也不会跟你有任何往来，不管是银号还是生意。"说着，让丫鬟小厮把一个个的匣子打开，有的装的是白银，有的装的是铜钱，还有的装的是大明宝钞。

"钱不够的，到我们大通帮取。"马夫人补充了一句，然后眼神如刀。

"马老爷，我还有事，改天再兑。"沉默了一会儿，有一个人说了一句就跑开了。其他看热闹的起哄的也都跟着往外跑。这马朝生和马夫人可不是好惹的，大家都是要在二闸安家立业生活的，跟马天恩起哄还行，跟马老爷，还真不敢。

最开始来闹事的那几个，颤颤巍巍地兑了银子就跑，好像生怕跑迟了就会被打一样。

终于清静了，田荣华在马朝生出现的那一刻，就知道今天没戏了，拉着田富贵就离开了银号。

"爹，你真厉害！你身体全好了啊！"马天恩高兴地跳了起来，就想把父亲从椅子上拉起来。

　　就见马朝生脸色一变，剧烈地咳嗽起来，马夫人赶紧俯下身子递上手帕，马朝生一低头，一口鲜血吐了出来。

第六章

迷雾起

第一节　旧伤复发

马天恩看到父亲吐血，一下子就懵了，站在原地，眼前只有那一片红色。这时众人围了上来，马朝生示意把店门关上，怕有人看到，这时伙计跑过去关上店门。

这会儿马天恩才反应过来，一下子跪倒在父亲面前，拉着马朝生的手，语无伦次地说："爹，你不是已经好了吗？怎么会又吐血。你这是怎么了，爹，你不要出事啊。"说着，眼泪就掉了下来。

马朝生努力抬起另一只手，抚摸着马天恩的头发："爹没事，是刚才走得太急了，休息一下就好。别怕，有爹娘在，不会让人欺负我们天恩。"

马夫人也忍不住落下泪来，马朝生本来最近身体有所好转，结果一听说银号出了事，担心马天恩处理不了，从床上一起身，就晕了，醒过来也不肯休息，把家里所有的银钱都装了出来，急匆匆赶来就为给马天恩解围。刚才又说了那么多话，这下刚养好的元气又伤到了。

马朝生坚持不肯让大夫来银号，生怕有人再借此生事，休息了一会儿，就带着众人返回了马家，刚要到家，整个人就再也支撑不住了，大家赶紧把他安置到了床上，这才找了熟识的大夫来看。

"大夫，我爹怎么样？"马朝生的病一直是这个陈大夫调理的，看着他略显沉重的表情，马天恩心里更加着急了。

"马老爷这是动了肝火，我来开服方子，先吃着。千万不要再动气或者操劳，一定要好好调养。"大夫又嘱咐了一些事，这才去开方子。

马天恩跪在床上，伸出手想摸父亲的脸，却被马朝生拉住。马夫人示意众人退下，然后坐在床边，伸出手帮马天恩擦泪。

"对不起，爹，娘，是我让你们操心了。如果不是我，爹也不会这样，我真是个不孝子。"马天恩满是愧疚，如果不是自己动了钱庄的钱，爹就不用跑去给自己救场，引得旧伤发作。

"做生意哪有不吃亏的，吃一堑长一智。现在是有人要针对我们马家，只能是万般提防。没事，人都是这样成长起来的，我像你这么大时，还不如你呢。"马朝生费力地说着话，安慰着女儿。

"老爷，你省点力气，别说话了。天恩啊，你也别往心里去，爹娘知道你是想做好，没关系的，咱们马家赢得起就也输得起。放手去做吧。"马夫人温柔又坚定地说。

看到爹娘不但不怪自己，还这么给自己打气，马天恩发誓一定要把马家继续振兴下去，绝对不能在自己手里没落。

"爹，娘，你们放心，我不会让你们失望的。"守住马家，就是最好的回报。

三个人又说了一会儿，马天恩怕打扰爹爹休息，就从爹娘房间走出去。可心情还是非常压抑，而且总觉得今天的事情还不算完。虽然今天的事还没有查出来是谁操纵的，但马天恩预感一定和田府有关，准确地说，是和田府大管家郭琪有关。想到那个人，马天恩就觉得有一种阴冷的感觉，像是一条藏在暗处的毒蛇，不知道什么时候就会窜出来咬到你。

一边走一边想，刚走到自己房间，就看到房间前面站着一个人，正是先生吴仲。

"先生，你怎么不进去？"天气已经很冷了，也不知道吴仲在门口等了多久。

吴仲之前不知道她是女孩子，现在知道了，总觉得她不在的时候进她房间不妥当，特别是在晚上，所以，如果没有特别重要的事情，不会来房间找她，一般都在书房说，当然，马天恩是不知道先生这个小心思的。

"天恩，我有一件重要的事情跟你说，你跟我来。"吴仲带着马天恩朝书房走去。路上，吴仲问了马老爷的病情，然后始终都是欲言又止，他越是这样，马天恩就越是觉得会有大事，伸头也是一刀，缩头也是一刀，还不如痛痛快快地说出来。

"先生，你不会是生了什么病吧？"马天恩试探地问。

"没，当然没有。"

"那先生你是要回老家了，要跟我告别？"

"别乱猜了，是妆花的事。"吴仲本来想走到书房再说，没想到她越猜越离谱。

"啊，妆花怎么了？"

马天恩一下子慌了，拉住了吴仲的手，吴仲犹豫了一下，没有抽出来，"你别急，我怀疑这批妆花是假的。"

"啊！"马天恩一听，头一晕，差点倒下。吴仲伸出手一把将她拉住，才发现两个人要贴在一起了，又想推开，想到马天恩的身体弱，所以就改成了两只手握着她的肩膀，然后无比认真地说："天恩，我知道你今天经历了很多事，受了很多打击，但你一定要挺住，这是你的责任，你是马家未来的家主，你有你要走的路，你要承担的没有人可以替代，所以你现在必须站稳，不能倒下，你明白吧？"

马天恩缓了缓神，重重地点了点头："先生，我明白了，你放心吧，我没事，你为什么说妆花是假的？这是绸缎庄的掌柜跟师傅都鉴定过的。"

"你跟我来。"吴仲带着马天恩到了书房。推开门，桌子上摆着马天恩送给吴仲的囊匣。

吴仲拿着桌上的细铁钩，将灯拨亮，马天恩看到，囊匣上的妆花已经少了一块，摆在桌上。

马天恩不解地拿起桌上这一块，在灯下仔细看，做工精美，配色鲜明，图案也是典型的妆花缎的造型，怎么就是假的呢？

吴仲从她手里把小块的锦缎拿了过来，放在两手间，轻轻一撕，锦缎被撕成两块，然后轻轻地说："明白了吗，真正的妆花不会这么容易断。其实也不能说是假的，只是我突然想起来，我在江南时听到过一件事，一个官家的小姐去上香，穿着妆花的襦裙，结果被花枝一刮就裂了。这个小姐觉得丢了颜面，闹着要寻死，后来才知道，是绸缎庄买的妆花是假的，也不能说完全是假的，只是用的金线是假的，线不好，便宜，图案又是批量做出来裁剪的匹料，所以成本就低了很多。如果从外表看，很难看出差异，但这种妆花，极易扯断……"

吴仲说到这儿，马天恩突然都明白了，原来，这才是真正的杀招。能买得起妆花制衣的，皆为贵人，如果贵人穿的衣服在公开场合扯断了，就算只有一起，也不是马家能够承受的，够毒！

第二节　海公主再临

马天恩心中一冷，坐在了椅子上。吴仲知道她心里难过，一时也不好说什么，只是端了一杯水给她。马天恩接过水，喝了一口，暖暖的，心里也舒服了很多。

"先生，我们和田家其实一直都有争夺，但也从来没有谁想把谁家置于死地，自从田家那个新的大管家到后，做的事件件都是针对我们马家，而且我见过他几次，他每次看我的眼神都让我觉得很阴冷，他一定是跟我们马家有仇。可是看他年龄比我也大不了几岁，我不记得我们马家什么时候得罪过他。"说到这儿，马天恩停顿了一下，欲言又止。

"你是不是想到什么了？"吴仲看她的神情，知道她一定是想到了什么，却又没有说，如果是平时，也就不问了，但现在这么关键的时期，可能一句话都有可能察觉到问题的源头。

"前两天，田富贵找过我，他无意中说过一句话，他说他们府的新管家，长得像我爹。"

其实，之前吴仲见郭琪之时，就有种熟悉的感觉，只是一时没想到他像谁，现在听马天恩一说，也觉得确实是像马老爷。可能因为马天恩比较像马夫人的原因，马天恩和马夫人都是圆脸；而郭琪和马老爷的脸都是长脸，眼睛跟额头特别像，如果不仔细想还不觉得什么，仔细想时，发现他们连身形都有些像。

"你是说，郭琪可能是你的哥哥？"吴仲有些不确定地问。如果真是这样，倒也可以解释了，作为马老爷的私生子，一定是对不能回马家耿耿于怀，所以报复。不过，马天恩是女子，如果马老爷知道自己有一个私生子，没准还愿意让他认祖归宗呢，他又何必先把马家整垮？

"我也不知道，本来还想找机会问问我爹，可是你也知道，今天我爹刚吐血，我怕再刺激他。"马天恩为难地说。

"不过世间长得相似之人也有很多，也不能因为只是相貌有一些相似就匆忙下判断。眼下重要的还是怎么解决这批妆花，肯定是不能做冬装了，不过这批妆花的样式就是按衣袍的样式织的，如果改做其他的，就怕价格上会差很多。"而且像妆花这种贵重用品，还只能卖给贵人。

马天恩一时也想不到什么好的办法，不由地叹气："这次就算是天上的神仙下凡也救不了我了，银号等着还钱，妆花又不敢卖，哎。"

"神仙下凡……"，听完马天恩这句话，吴仲反而沉思了起来。突然，吴仲想到了什么，笑着坐下，指着桌上的水杯说："去给为师倒杯水，为师给你指条生路。"

马天恩一看吴仲的表情，立刻从椅子上跳了下来："是，先生。"然后把水杯斟满，体贴地说："要不要我帮先生尝尝烫不烫？"

说着，就装作要去试的样子，吴仲手一遮眼，"快给为师放下，哪有你这样的女……"话说了一半，吴仲才想起来自己这个学生从小是当成男孩养的，什么男女有别授受不亲，对她来说却是一点感觉都没有。

马天恩当然不会真喝，然后开心地把水杯递给吴仲："先生还要我做点其他的不？"

"不，不用了。"吴仲赶紧拒绝，谁知道这学生还能做出来什么惊世骇俗之事，少惹为妙。

"你刚才说神仙下凡，我觉得这四个字极妙。你还记不记得我们第一次见面，你骗我说你是海龙王的女儿，然后人们都相信了你是海龙王公主下凡之事？"

"记得记得，那会儿我就是觉得好玩，顺嘴一说，没想到你们当真了。"马天恩想到那天，也觉得有缘，没想到随手一救，就救出来一个师父。

"这批妆花的问题是容易断，而且内行是能看出来有偷工减料之嫌，所以肯定不能像之前一样拿来给贵人定制衣服，但如果我们把这些妆花全部加工成披帛，让别人主动来买就不一样了。披帛在衣服之外，就算偶尔有断裂，也不会造成什么大的影响。而且我们卖时就可以告诉他们，这披帛用料易断，让大家穿时小心就可以了。"吴仲兴奋地说着，马天恩像看个傻子一样看着他。

"先生，你莫不是傻了吧？第一，怎么会有那么多人集中来买我们的披帛；第二，我们卖的时候还要告诉人家容易断，人家为什么还要买？"

"对，不但要告诉买主容易断，而且还要告诉他们就只有这一批，卖完就没了。"吴仲补充说道。

马天恩抬手就想去摸吴仲的额头，吴仲一躲，避开了马天恩的手。

"非礼勿动！"

"我是想看看先生是不是发烧说胡话呢！你怎么能断定大家就这么急着买披帛，要上赶着给我们马家送钱？"

"这个，当然是因为你了！"

"我？为什么？"马天恩一头雾水。

"来，我与你细说……"吴仲示意马天恩凑过来，跟她说起了自己的想法。

而田家，田富贵被田荣华拎回去之后就被罚到祠堂跪祖宗，而且不准任何人给他送吃的。这一次田荣华是真动了气，这小子居然敢去自己房间把家里的银子都翻了出来，拿去给马家解围，再不好好教训，就成了给马家养的儿子了。

骂也骂了，打也打了，罚也罚了，田荣华这口气还是出不来，一个人坐在房间喝闷酒。

这时，郭琪却来了。田荣华心情不好，连他也不想理，郭琪却不客气地坐在田荣华对面，自己给自己倒起酒来。

"没想到这么周密的计划，还是被马家给逃过了。马朝生一出来，什么问题都解决了，真是老狐狸。再过几天他们妆花一卖，钱就又周转开了，你说我们图什么？"田荣华越想越憋气，没想到马朝生威信这么高。

"你错了，这不是结束，是游戏才刚刚开始。"郭琪自信地说。

"此话何解？"田荣华真不知道郭琪的自信是从哪儿来的，不过他这个劲，跟马家那个老狐狸倒是挺像。

"因为那批不是真正的妆花，如果制成衣服，只要力气大一些，或者被勾一下都会断裂，等他们都把妆花制成冬装卖给贵人的时候，才是游戏的高潮。"说到这儿，郭琪将酒一饮而尽。

"妙计啊！"田荣华抑郁的心情一扫而空，不过心中也在庆幸，这个郭琪针对的人不是自己。

传说大通河建成后河水可以流入大海，海龙王知道后很是得意，经常带着自己的五个女儿，通过这条河一路从大海到翁山泊（颐和园昆明湖），他最喜欢的就是平津闸和二闸，所以这两个地方也有很多关于海龙王以及五个公主的传说，这也是当时马天恩冒充海龙王之女可以被迅速传播的原因。

传说是传说，但除了那次马天恩的龙女显灵之外，还真没人见过海龙王五个公主的样子。

冬日虽至，但河上还没有结冰。路上的商贩行人虽然不像夏日那么多，倒也是来来往往，并不空旷。

突然，河边一处地方发出了灿黄的光芒，煞是好看，有好奇的人看过来，光芒之中，好像立着一个神女，一袭白衣，金光闪闪的披帛，神女的脸在光雾之中，看不清模样。

"海公主又下凡了！"不知道是谁大喊了一声，有好事者带头朝河边跑去，大家一看紧跟而上，其他地方听到声音的人也纷纷跑来，一路上响起了海公主下凡的喊叫声。

随着离光芒越来越近，还有一种香气传来。而神女看到跑来的人们，神色庄穆。有个人跑得飞快，眼看就到神女的身旁，其他人还不敢靠近，就见这人也是胆大，竟敢伸手去拉神女。谁知神女将身一转，这时一阵仙乐响起，箫声渺渺，神女朝河面而去，凌波飞渡！而这人凭空一拉，竟然将神女的披帛扯下一块，披帛如花似锦，金光闪闪，却猛地烧起来，这人手一抬，半块烧掉的披帛落在地上，但是花纹依旧清晰可辨。

而此时，神女却在河上行走如履平地，到河中时才突然入水，消失不见。

仙乐瞬间消失，光芒也不再出现。刚才拉到神女披帛之人从地上捡起披帛，朝后面的人大喊："我捡到神女的披帛了。"

第三节　海公主同款披帛

海公主再次显灵的事情很快就在大通河畔流传开来，冬季本就无聊，这类话题就传播得更快，加上当时确实有一部分人看到了海公主的神光以及水上凌波微步的风采，再加入一些人为的描述，就更加神乎其神了，当然，跟这个故事一起流行的，还有海公主那金光闪闪的披帛。

捡到披帛的人颇具生意头脑，将这半块断帛卖给了马家的绸缎庄，而马家的绸缎庄也是神通广大，居然很快就找到了和断帛非常像的锦缎，做出来和海公主同款的披帛。内行人都说马家用的是妆花，但马家却说这披帛用料其实不如妆花结实，容易断，只是外表相似，不过不重要，神女的披帛要是不断，又怎么会被凡人捡到。只要金光闪闪，只要和海公主的是同款就行，而且马家卖的价格便宜啊，比真正的妆花便宜多了。

不光是大通河边，就算京城里，也流行起这种神女披帛。好在披帛好做，加工简单，很快，马家制成的披帛就被销售一空。能抢到的，平时也是舍不得披的，更别说去故意扯断了。抢不到的，自然是百般遗憾，只要照着马家产的披帛，也去找其他店定制，却总疑心不如马家的正宗。

"哈哈，先生，没想到你也会骗人，我今天才知道，这读书人骗起人来才是最最厉害的。"马天恩和吴仲围着小火炉，桌上摆着酒菜，马天恩笑容烂漫，似冬日暖阳。

"还是你悟性好，有装神弄鬼的天分，为师只是提点了一下，拿点松香冒充神光，河中钉暗桩扮龙女可是你自己想出来的。"吴仲可不想贪这个功，还是让给这个小骗子好了。

"那个马大成真是不错，神不知鬼不觉地就把事办好了。他找的那个人演技不错啊，拉着我衣服喊海公主，我差点都相信了。"最近，马天恩和这个马大成走得很近，不过她确实需要培养自己的势力，这也是好事。

"不过，先生，既然这么好卖，为什么我们不再买一批妆花缎来做披帛呢？"马天恩不解地问，吴仲特地嘱咐他们，卖完这批就不要再卖，她也听从了。

"因为假的就是假的。"吴仲突然正色道，"这次我们逼不得已，所以才做出来海公主显灵的说法，趁机把这批妆花解决掉。但其实还是有很多纰漏，经不起仔细推敲。如果我们继续卖，就怕有一天真相会暴露出来，不如见好就收。所谓流言，都是一阵风就过去了，等有新的事情来了，大家就会忘记旧的，我们也就安全了。还有一点，也是最重要的，做生意不能取巧，不能因为一次取巧，就养成习惯，这样下去，才是真正毁了马家。你要记住，我们这次虽然挽回了损失，但不代表我们的做法就是对的，这只是权宜之计，并非长久之法。"

马天恩明白，先生这是为了自己好，想想也确实是这般道理，于是点了点头。

"先生放心，我明白。我会踏踏实实把马家的生意做下去，不给先生丢脸。"

"孺子可教也，我突然想起来，你卖掉披帛的钱是不是应该给为师分成？"

"先生是读书人，谈那阿堵物做甚，来，咱们喝茶，谈谈学问。"

马府自然是举杯相庆，而田府就不同了。郭琪百般算计，反为马府做了嫁衣。郭琪身着单衣站在院子里，寒风凄冷，他一拳打向院中的树上，可是手的痛抵不过心中的痛。明明一切都在算计之内，偏偏出了个什么海龙王公主下凡，呸，明明就是马家搞的鬼，这种拙劣的把戏，居然有这么多蠢人相信！本来想借一个装神弄鬼的罪名用官府的名义拿下马家，结果大人说龙女下凡是吉兆，当今圣上就喜欢这些，如果事情闹大，没准马家反而因祸得福。而且很多贵人也都买了这种披帛，如果说马家是骗子，那贵人不成了傻子？为个马家冒险不值得，还是借助田家，徐徐图之。圣上多疑，加上刘瑾一人之上，万人之下，最恨别人争权，所以即使武定侯想要把持漕运，也不敢做得太过明显。这么好的机会，居然又让马家给逃过了。

"我不信，我就斗不过一个马天恩。就让你再得意一段时间，总有一天，连本带利，我都会讨回来！"

田荣华反而倒平静下来了，对马家每次都能化险为夷，他已经习惯了。而且田家马家从上一辈人就开始争斗，已经几十年了，没关系，日子还长。快过年了，想到这儿，他又想起来自己那个傻弟弟，跪了两天的祠堂，还是不肯认罪，真是头大，不知道过一年会不会懂事一些，知道体谅自己。

不过他那个傻弟弟，现在心情还是不错的，因为他知道了马家因为龙女下凡卖披帛赚了大钱的事，躲在房间哈哈大笑。别人不知道，他还能不知道，什么龙女，一定是马天恩装的。作为马天恩的小弟兼朋友，他可是知道马天恩扮起女装来，比女人还女人，一想到马天恩装龙女，就觉得好好笑，居然还有那么多人信。不过马天恩闯过了这关，应该请自己吃饭吧，虽然自己没真的帮上忙，但也因为她被罚跪了两天祠堂，腿都跪肿了。这几天大哥看得太紧了，都没法出去，走到哪儿都有人跟着，哎，不然可以去找马天恩了。

突然，田富贵听到有人敲窗子的声音，虽然小，但他还是一下子就听到了，难道是马天恩？想到这儿，田富贵跳了几步，跑到窗子前，把窗户打开，就看到一张脸冒了出来。

"啊，燕子！"

"嘘！你小声点。"窗外的燕子左右打量看没人，把手里的食盒递了上来。

"快接住！我今天是跟着给你家送菜的老伯才混进来的，这点心，还有烧鸡，是少爷让我给你的，对了，他说，让你下次别这么傻。"

"还是你们好，惦记着我，这几天我大哥天天给我吃素，让我反省，点心都给我收走了，说家里没钱供我吃点心了。"一提到这个，田富贵这委屈大了。

"你太胖了，正好瘦点，这样以后你大哥打你也可以跑快点。"燕子毫不留情地说。

"燕子啊，你跑来看我就为了跟我吵架啊？"

"重死了，快接过去。"燕子只对马天恩一个人客气，对其他人，一概不客气。

田富贵接过食盒说："要不我拉你进来吧，到我房间坐一会儿你再走。"

"呸，深更半夜，我一个大姑娘干吗要去你一个大男人的房间，万一你想做坏事呢？"燕子义正词严地说。

"就你……你以为我眼瞎了吗？"

"你说什么？"燕子抬手就要打。

"有人来了。"田富贵远远看到有人在往这边走，喊了一声。

话刚说完，就见燕子转头就跑，一下就没影了。

田富贵接过食盒，看着燕子跑掉的身影，不觉说了一声："跑得真快，难不成上辈子是只兔子？"

把食盒拿到房间打开，里面都是自己平时爱吃的点心，几块点心中间，居然还放着一块银锭，哈，还是这个大哥好，知道自己缺钱，从银号被大哥抓回来以后，连铜板都被没收了。

田富贵感动地拿起银锭，突然发现下面还压着一张纸条，拿起来，上面俨然是马天恩的字："银锭是为了引起你注意的，下次还我。傻子，下次跪祠堂记得膝盖下垫块软布！"

"呃……"田富贵仿佛可以看到马天恩那张得意扬扬的脸，在指着自己说，你这个傻子！不过傻就傻吧，只要大家都没事就好。银子，当然是自己花了，到手的银子再退回去，才是傻子。

第四节　除夕

关于除夕的来历，有很多种说法，有种在百姓间流行的说法，年即是夕，是种怪兽，会在腊旦之日来为害人间。人们自然要反抗啊，但是又打不过怪兽，知道这种怪兽怕火，怕雷鸣，就想了一个办法：大家身着红衣，燃放鞭炮，没有鞭炮之前，则是烧竹子，为的是利用竹子燃烧发出的爆裂声，年兽来了一看人间到处是火，还有雷鸣之声，就会跑掉，所以这一天也叫除夕。

区别于民间的这种说法，还有一种书中有记载的，是说除夕来自"大傩"风俗。人们面对疫病时往往无能为力，只好想象疫病由鬼怪造成，寄希望于迷信仪式来保佑平安。在傩祭时，人们会戴上奇怪的面具，跳着特定的傩舞，奋力驱赶想象中的瘟神。"正腊旦，门前做烟火、桃神、绞索、松柏，杀鸡着门户，逐疫。"腊日早晨要做的放烟火、做桃神等都是来自大傩的后继，目的就是为了"驱邪"。当然后来懒得杀鸡，做桃人，就变成了直接挂桃枝、桃板，其实不管哪种方式，目的都是祈福驱邪。

转眼间，就到了除夕。马家一家人围坐在一起，正所谓除夕夜，围炉而坐，达旦不寐，谓之守岁。吃过了扁食，聊过了家常，今年与往年不同，马朝生的身体还没好，自然是无法守岁，坚持了一会儿，也就去休息了。

吴仲因为没能回江南，又不能跟马家人一起守岁，所以自己依旧在小院房间里读书。

外面鞭炮声不绝于耳，烟花将天空照得通明。越是热闹，越是孤寂。想想来京求学这段时间，居然发生了这么多事。吴仲想起在江南的时候，如果是过年，一家人也是会围坐在一起，吃着年夜饭。家里的春联，一直都是自己写，自己不在，父亲又得亲自动笔了。想着想着，不觉放下了书，看来，自己还是无法做到心如止水啊。

"先生，我进来了啊。"随着清脆的声音，马天恩笑嘻嘻地抱着食盒推门而进。

"天恩，你怎么来了？"吴仲既是欣喜又有些意外。

"我当然是来陪先生了，快看我给先生带了什么？"打开食盒，居然都是南方的菜式，还煮了两小碗汤圆。马天恩得意地看着吴仲，把饭菜摆上，当然，也少不了酒。

一向能言善辩的吴仲居然不知道说什么了，眼角还有一些湿润，稳定了一下情绪，这才说："天恩，你有心了。"

"我当然有心了。对了，这些还是姨娘帮我准备的，她也是从江南来的，我觉得你们口味应该差不多，就去求她了。"

"呃，马夫人不是不希望你和赵姨娘接触吗？"吴仲不知道为什么，现在也不太希望马天恩跟这个赵姨娘走得太近，觉得这个姨娘有些古怪。

"你当我傻啊，我会让我娘知道吗？赵姨娘不会害我的，你们想太多了。我和你说啊，我这人有个本事，只要有人接近我，我一闻就知道他对我是好是坏。赵姨娘她对我没恶意的，我能感觉到。你看那个郭琪……呸，大过年的，不提他。来，快尝尝。"说着，马天恩还体贴地给吴仲倒了一杯酒，当然，也趁机给自己倒上了，因为平时在吴仲面前，一般都是不准她喝酒的，特别是吴仲知道了她是女子之后。其实，是男是女又有什么不同呢，真是的，想不通。

"好，今天不提不高兴的事。"吴仲端起酒杯，马天恩也趁机端了起来，笑嘻嘻地看着吴仲。

"祝愿我们马少爷明年顺风顺水，大展宏图。"

"那我就祝先生'三年大比'之时独占鳌头，一朝成名天下知！"马天恩说完，一饮而尽。

"先生，你如果做了官，想做个什么样的官呢？"他不知道，现在的先生，有朝一日成了官，会是一个什么样的官。

"你希望先生成为什么样的官呢？"吴仲反问。

"都有什么样的官呢？"其实对做官这事，马天恩还是很迷茫的，她认识的官员并不多，大多高高在上，说着一些跟没说一样的废话，听着还那么冠冕堂皇。特别是上次和胡春秋的事，让她对官府的印象很差。

"天子重英豪，文节教尔曹。朝为田舍郎，暮登天子堂。读书人十年寒窗，一朝入仕，最难保持的就是本心。为官大概有三种：清官，庸官，贪官。做个庸官是最容易的，领取俸禄，人云亦云，见事便躲，不做事亦不犯错。做个贪官呢，可以用官职来换取财富，再去贿赂上司，上下串通，鱼肉一方百姓，赚个金银满身，只要今生不被捉，管他来世洪水滔天，骂名千载。最难的，反而是做一个清官。我朝俸禄微薄，若只是做一个清官，可能也只是勉强糊口而已，无钱去疏通上属，结交友党，还会因为要做清官而不畏权势，诤言直谏，甚至可能会遭陷蒙冤。所以庸官最易做，贪官最易享，清官最难为。你希望为师做哪种官？"

"呃，这么说贪官好像过得舒服一些。不过我还是希望先生做一个清官，做一个为民做主的清官。你想啊，贪官虽然赚了钱，但是要被后人骂上几百年几千年，清官活得踏实，还能被后人称赞，我是清官的学生，我也有面子啊。再说，没银子没关系啊，我有啊，我养先生，先生缺银子只管找我要，我会赚好多好多钱。"几杯酒下去，马天恩话更多了，小脸有些泛红，眼睛亮亮的，像是把天上的星辉夺了几分。

"你要养我吗？"吴仲突然很想伸手去摸马天恩的脸，不过想起她是女人，手又缩了回去。

"是啊，是啊，我要养先生，先生你只要好好读书就好。"马天恩说着，还朝吴仲眨了眨眼睛。

吴仲又喝了一口酒，今天的酒，怎么这么上头啊！

这时，外面烟花爆竹又响了起来，马天恩推开窗子，就看到烟花飞天，有的像盛开的花，有的像流星闪过，有的像仙人飘逸，马天恩不禁兴奋地喊了起来。

"先生，我要去放炮！"

京城烟花爆竹品种有数百种之多，用泥包裹的叫"砂锅儿"，用纸包裹的叫"花筒"，用筐封装的叫"花盆"，只发出声响的叫"响炮"，能飞上天空的叫"起火"，飞上天空后发出响声的叫"三级浪"，在地上旋转的叫"地老鼠"……一些权贵大户人家，每年都会请巧手匠人制成各色烟花，在除夕通宵燃放，一年仅是放烟火就要数百两银子，马家这次更是花了上千两，就图一个吉利，也为了展示马家的实力。

看着马天恩，吴仲觉得，所谓幸福，不过如此。

姨娘是不能和老爷夫人少爷们一起守岁的。赵姨娘的园子更是格外的冷清。老爷不来，夫人不理，有两个丫鬟也很是敷衍，好在赵姨娘性情好，也没有人会格外地为难她。只有在马天恩跑来的时候，园子里才会多一些生气。

虽然刚才马天恩折腾着赵姨娘给做了一桌子菜，就打包跑了，却也给赵姨娘带来了些窗花还有春卷鹿肉。还给赵姨娘把窗花贴在了门上、窗子上，显得热闹了不少。赵姨娘在小厨房炒菜时，她就在一旁叽叽喳喳问着赵姨娘南方人如何过年，与北方有什么区别之类的话。对这样的马天恩，赵姨娘其实内心是喜欢的，每次看到他，就像看到春天的燕子，夏天枝头的花，秋天的红果，冬日的暖阳。明知道他是那个女人的儿子，明知道如果伤了他，比伤了那个女人会更让那女人绝望，明知道那女人杀了自己的儿子，明知道一命抵一命是最好的报复，明知道……但，就是不忍，不舍。看到马天恩笑笑地叫自己姨娘，就会想，自己的儿子如果没有死，会长成什么样，怎么想，也觉得如马天恩一样就是顶好。

赵姨娘又抚摸着包裹里取出的婴儿衣服，一遍又一遍。

第五节 元旦

元，初始之意，"元旦"一词最早出现于《晋书》："颛帝以孟夏正月为元，其实正朝元旦之春。"自汉武帝起，定孟喜月（元月）为正月，把孟喜月的第一天（夏历的正月初一）称为元旦，本朝也是沿袭了此例。

正月初一一大早，马朝生就带着马天恩还有族中其他人一起去祠堂拜祭天地及祖先牌位，马家是大族，所以人也特别多，都跟在马朝生的身后，走进马家祠堂，然后依次跪倒。

祠堂已经安放好了供桌、香炉。马家的家谱家规、神牌灵位就供在上厅。有人提前把草纸剪成纸钱，和不同的供品一起，分别供奉于祖先牌位和神像前。祖先牌位的供品为三牲熟食，纸钱在三天后焚毁；神像前则供以果子素食，纸钱在过了元宵之后才焚毁。

马朝生跪在祠堂之下，心中默拜："神灵祖先在上，不肖子孙马朝生以女替子，欺骗祖先，不敢强辩，愿受祖宗责罚，只求罚马朝生一人即可，天打雷劈，绝无半点怨尤，只是小女天恩，心思纯善，朝生愿用所有福报，换她一世平安。"然后虔诚地跪拜在地。

马天恩看着那些不认识的牌位，却在想，如果以后自己死了，是不是也会被放在这里，让后人祭拜。不过如果他们知道自己是女子，保不齐会一起来骂自己，想想死后被一群老头子围着骂，还是不要被摆在这儿了。

拜完祖宗牌位，回了马府，就是晚辈给长辈拜年了，然后全家一起做"扁食"，当然若是出门游玩，路上见到了亲戚朋友，小辈就要当街给长辈磕头行礼。

马天恩的心思，早就飞到外面去了，一心想着赶紧结束这些，好拉着先生出去玩，让先生看一下京城的元旦节怎么过。马朝生也知道她心性喜玩，又是元旦，更不忍约束于她。在她拜完之后，将红绳穿好的压岁钱递给她，又嘱咐了几句，就让她自己去游玩，不再管束。

本朝元旦并不需要亲自前往长辈家中拜年，而是送上贺岁名片，即"飞帖"就可。各家门前一定会有一个红袋，上写"接福"两字，这就是用来放飞帖的。每当元旦来临，家家户户门前的红袋里边一定会被塞得满满的。特别是像马家这样的大户，收到的"飞帖"就更多。这种"飞帖"是用一种梅花笺纸裁成的二寸宽、三寸长的纸片，上面写着祝贺人姓名、居住地址和一些吉祥的祝福语，以此代为拜年。当然，收到飞帖的人家，也会记录下飞帖主人的名字、辈分或者官职以及详细的住址，依例回拜回帖，此谓"礼尚往来"。

吴仲虽然不能祭祖，却也早早起来，给马老爷拜了一个年，然后才回到自己房间，继续读书。本以为马天恩今天是不会过来了，会同族人一起游玩，没想到才读没一会儿，就听到马天恩在门口喊先生了。

吴仲应声唤她进来，看她手背在身后，脸上笑笑的，还带着一些小得意，吴仲就知道她肯定是又有什么新花样和自己来炫耀了。

"先生，你看我今天好看不？"马天恩瞪着眼睛看着吴仲，然后晃晃头。吴仲见她头上戴一个金箔纸折成的蝴蝶，随着她晃头，蝴蝶翅膀还一动一动的，甚是生动。

"蝴蝶不错，很配你。"

"你也有！"这时，马天恩才把手从背后伸到前面，只见她手里有一个大的蝴蝶，也是金箔做成的，递给吴仲。

吴仲接过金箔蝴蝶，有些迟疑，难道自己也要把这个戴上，这是什么习俗？

"先生，你这就不知道了吧，这叫'闹嚷嚷'，除了蝴蝶的样子，还有飞蛾、蚂蚱，好多呢，有的做得小，还有的做得像我手这么大，是节日时戴在头上的，我喜欢戴一个，还有人会戴好多，像田富贵，经常戴五六个，看得我眼都晕，先生快戴上，咱们一会儿出去看鞭春牛。"

"鞭春牛？"吴仲不解地看着马天恩。

"对，就是今天，去官府看就行，那些当官的会按官职大小排好队，然后拿皮鞭去打泥做的牛，等最后一个人打完，土牛就会被打得稀巴烂，然后我们就可以去抢牛的碎土，扔到自家地里，这一年就会风调雨顺，五谷丰登。"对给吴仲解释这件事，马天恩乐在其中，因为终于有先生不知道的事了。

"对了，还有一个风俗，就是'走百病，上城头'，这个是针对女人的，元旦这天，女人们都会去城楼上散步，说是这样走一走一年就不会生病了。其实也就是去玩玩，平时女人们也不怎么出门，在家里太闷了。说来，这世道还是对女人不公啊。"说到这儿，马天恩有些感慨，如果不是世道不公，自己也不会被当成男子养大。

"这个风俗我们那边也有，不过我们不是走上城楼，是走桥，而且不分男女，大家一起从桥上走过，也是寓意一年无病无灾。这么来看，很多风俗还都是类似的。"看马天恩有些感伤,吴仲善解人意地转移了话题。

"咱们赶紧去吧,晚了连土渣都抢不到了。"马天恩又开心了起来,带着吴仲就出了家门。

虽寒冷,街上却热闹非常。孩子们跑来跑去,见人就问过年好。还有一些当街遇上长辈就叩头问好的。还有一些小商小贩在卖着一些小玩意儿,泥人、糖人,还有卖干果点心的,一边走着一边吆喝。马天恩见什么都要看一会儿,一边走一边吃。看着她蹦蹦跳跳开心的样子,吴仲有种希望时间留住的感觉,让她可以一直这么无忧无虑,快乐无伤。

不远处,有个人一直盯着马天恩,眼神冰冷,正是郭琪。

"马天恩,你的幸福不会太久的。"郭琪想起来,自己那次千辛万苦地来到马家门外,还没来得及进去,就看到大门开了,马老爷带着马天恩从门里出来,马天恩粉雕玉琢的,就像是菩萨身边的童子,也是这样没心没肺地跟着,马朝生一脸笑意,嘴里不停地喊:"慢点,别碰到。"看看自己的手,全是疤痕,膝盖青紫,身上带伤,有谁会在意自己疼不疼呢。

他鼓起勇气朝马朝生跑过去,伸手拦住了马朝生,马朝生的眼神就一直在前面跑的马天恩身上,忙不迭地从口袋掏出几个铜钱扔给他,然后朝马天恩追过去。

哪个是草,哪个是宝,负心又眼瞎之人,必遭报应。

郭琪又伸出手,手里赫然是几个铜钱。

第六节　议亲

快乐的时光总是过得比较快，看完元宵节的花灯和烟火，全国上下金吾不禁，又玩了最后三天，正月十八，收魂日。十八一到，戏台拆掉，花灯收起，农人下地，读书声起，摆摊的卖菜的都又开始各忙各事，大家重新开始紧张而忙碌地生活。

正不娶，腊不定。正月里是不会办婚事的，腊月是不会定亲的。不过正月十八已过，提亲还是可以的。

马天恩怎么也没想到，居然有人来给自己提亲了。小时候她以为自己就是男孩，会有一个漂亮媳妇，直到有天娘告诉她，其实她是一个女孩，是不可能娶媳妇的，她整个人都傻了。藏起了那么多零花钱，本来是想留给漂亮媳妇的，现在娘却告诉她，其实她是女孩子。但是女孩子是要嫁人的啊，像几个姐姐那样，但她也不能嫁人，因为在别人眼中，她是一个男子。

这个问题曾经困扰了马天恩很长一段时间，后来她想通了，不管那么多了，过一天就玩一天吧，于是她就成了别人眼中的纨绔。

之前名声不大好，加上年龄也小，一般男方不主动，也不会有女方主动上门提亲的。所以一直也没有遇到这个难题，谁知道，桃花运要来，挡都挡不住。

不过也不能说是提亲，因为婚嫁，讲究的就是一个明媒正娶，六礼具备。所谓六礼：纳亲、问名、纳吉、纳征、请期、迎亲。纳亲，也就是提亲，六礼第一礼。结亲，都是为图两姓之好，不是为了结仇，所以在正式的纳亲之前，都会有媒人先来问两家的意向，只有两家都有意的时候，才会有媒人出面引路，男方父亲上门向女方父母提出纳亲，女方如果也有意，就把双方生辰八字交换，去找人来算，这是合八字，也就是问名。问名之后，如果八字相合，就可以正式定亲，是为纳吉。纳吉之后，自然就是男方向女方送彩礼，是为纳征。女方接受了彩礼，男方再确定两个婚期给女方去挑，女方确定了其中一个，是为请期。最后一步，自然就是迎亲，娶媳妇。

马老爷身体不好，马夫人就怀着不知道是喜悦还是忐忑的心情，接待了这个大通河边数一数二的媒婆——人称"花奶奶"的郑媒婆。喜的是居然有人对自己家孩子有兴趣了，惊的是两个女人如何成亲。其实这些年马夫人和马老爷心中一直放着这件事，只是刻意不去想，这媒人一上门，事情就又被摆到了眼前。

"少爷过年就有十七了吧。要说咱们家公子可真是年少有为，相貌英俊啊，这大通河边就没几个年轻人能比的。这男大当婚，女大当嫁，咱们马家这么大的家业，等马少爷结婚了，给您生几个孙子替马府开枝散业，承继家业多好。"媒婆自然是巧舌如簧，马夫人只能是频频点头。

看马夫人不明确的答言，郑媒婆只能继续往深了说："不知道夫人对这儿媳妇有什么要求不？这几闸的姑娘，就没有我不认得的，保准给您找个称心的。"

马夫人知道她应该是受人之托而来，按理自己是应该问问她想提的是谁家姑娘，但自己家也是个姑娘啊，所以只能继续装糊涂。

郑媒婆有些蒙，这马夫人不按套路出牌啊。不过受人之托终人之事，还得硬着头皮往下说。

"您看我保媒这么多年，保一对成一对，都是恩爱夫妻，这做媒啊，其实也是有学问的，最重要的就是要门当户对。咱们马家这条件，在大通河边也是数一数二了，想和马家结亲的人当然也多，但如果说门当户对，孩子们性情又相合的，其实也就那么几家。说到这小姑娘啊，我想到三闸刘家那二姑娘了，说起来小时候应该和马少爷还一起玩过呢，您还有印象不？"

原来正主在这儿啊。马夫人脑子一转，一个小辣椒一样的姑娘就出现在脑海了，和天恩年龄差不多，但这小姑娘个高，又壮实，小时候和马天恩一起玩过，经常把马天恩追得满院跑，不知道现在长成什么样了。

一看马夫人的表情，媒婆就知道她记得，又赶紧说："这刘家的姑娘是越长越漂亮，跟个花骨朵似的，心又灵手又巧，性子又温和，一看就是个宜室宜家的。"

"那性子倒是改得不少，我记得她小时候还挺活泼的啊。"马夫人当然不好意思说人家泼辣。

"这不长大了吗？咱们马家和刘家，那可是最门当户对了，两家上下闸，如果结了亲家，也彼此有个照应不是？"按常理说，确实是，不过这几闸为了避嫌，不让其他闸误会，一般不会彼此结亲啊。

"我们五闸虽然没有说面上的规矩，但一般也不会彼此通婚啊，难不成我家那小子有什么好，被刘家看上了？"想到这儿，马夫人有些疑惑，心里犯嘀咕。

郑媒婆自然也知道马夫人怎么想，于是压低声音说："舞狮大赛那天，刘家二小姐去看了。还有就是你们家选管带那天，她也去了，马少爷确实是出了大风头啊，这不，一下就看对眼了。这事，咱们马家不吃亏，这刘家老爷就偏心这个二姑娘，您想想，这要是成了亲，马少爷就有了两闸的支持，这不是天大的好事？"

马夫人这才明白，原来自己家孩子确实是让人盯上了。好事是好事，可是，有女有子是好，两个女可就成仇了。不过这刘家既然开了口，贸然拒绝也是不好，真是头疼。

"这是好事，不过，你也知道，我们家老爷身体最近一直不好，要不缓缓？"

"夫人您这就不知道了吧，咱们民间有个说法，冲喜，越是家里老人身体不爽的，越是要赶紧成亲，这一冲，喜就来了，煞就过去了，听我的，出了正月把亲一定，赶紧挑个好日子结了，马老爷保准好。"

"这……容我和老爷商量商量，而且我那个孽子也是个有主意的，就怕到时候再让刘小姐受委屈。"

马夫人虽然没有回绝，但言语间推脱之意还是很明显的，郑媒婆没办法，自然也就只能先告退，说过几天再来拜访。

媒婆一走，马夫人头都大了，赶紧去找马老爷，却正好马天恩也在。一听马夫人说有人给自己提亲，本来马天恩还小兴奋了一下，又一听是刘家的二小姐，回忆里那个小胖妞追着自己打的形象立刻鲜活起来。

"不行，不行，她太厉害了，我不要。"马天恩脑袋一晃，坚决反对。

"这不是厉害不厉害的问题，刘家我们大不了拒绝了，他们就算不满，也不会拿我们怎么样，但有了刘家，以后还会有其他家。天恩总不能一直不娶媳妇。"说到这儿，马夫人叹了一口气，说到底，还是自己的责任。

马老爷也愁，当初还想怎么也能再生一个儿子，到时候再说，没想到这么多年别说儿子，连闺女都没有再生。骑虎难下，现在自己身体又这样，家业还得靠马天恩支撑，她女人的身份是绝对不能泄露的。

"要不，就说天恩有病？暂时不能娶亲？"

"我才没病！"

第七节　生病

马天恩没有生病，马夫人却病了，而且病得很重。开始只是头疼，后面慢慢开始胡言乱语，总说听到了小孩子的哭声，夜不能寐，整个人眼看着就憔悴了下去。提亲之事，自然也就搁置了下来。而风言风语却越来越多。短短半年，马父受伤，马母病倒，马家突然发生这么多事，背地里有人议论也是难免的。

马天恩要管理马家的事，还要照顾父母，人也快速地瘦了下来。马老爷还好，就是需要养，按时服药。马母的情况却不是很好，请了几个大夫都没什么好的办法，只说可能是精神郁结，气血不和，开了些调理的药，却也不见什么效果。

马母生病，来探望的人自然不少。刘家夫人也来探望，却是意料之外，因为议亲没有进行下去，本来以为刘家会对马家有些意见，没想到刘夫人却带了不少礼物来探望，这让马夫人感到愧疚不已。

马天恩正好在母亲房间照顾，见刘夫人前来，自然是礼貌地招待，刘夫人只带了两个小丫鬟前来，马天恩让燕子去接礼物，谁知其中一个丫鬟却盯着马天恩不放，差点把礼物给摔了。马天恩再傻，也知道情况不对了，仔细一看，虽然模样变了很多，但凭小时候的记忆跟直觉，这个丫鬟就是刘家二小姐，刘玉娇。

找上门来了啊。马天恩一看到她就头大，这么多年不见，这姑娘比小时候瘦多了，也漂亮了很多，但那一双大眼睛一点没变，怎么看怎么凶。想到这儿，马天恩就跟刘夫人客气了几句，然后推脱还有些事要处理，赶紧跑回自己的房间。

燕子自然也跟着马天恩急匆匆地跑回来，一脸迷惑，怎么少爷跟见了老虎一样，跑得这么快。

"少爷，你有什么事要处理啊，我怎么看你像在逃跑？"燕子有些不敢相信地问，还有少爷怕的人？那刘夫人看着也挺和蔼的啊。

"你这个傻燕子，那个穿绿衣的丫鬟，明明就是刘玉娇。你记不记得她小时候跟我打架的事，那会儿我让着她……"

"我想起来了，就是那个经常把少爷追着满院子打的小姐吧！"

"什么啊，我那是让着她，好男不和女斗！"

这时，突然想起了敲门声。

"马少爷，我可以进来吗？"

啊，居然追上门了，怎么办，从窗子跑？不对，我干吗要跑啊，我才不怕她，她现在还不一定打得过我呢，看她现在这么瘦。想到这儿，马天恩又淡定下来。

燕子早就跑去开门，把刘玉娇迎了进来。

"原来是你啊，你怎么变这么漂亮了，可以教我吗？"燕子一看小时候胖胖的刘玉娇长大了如弱柳扶风一般，满心的羡慕，早忘了自己是谁的丫鬟了。

"行啊，不过我要先和你们少爷说几句话。"刘玉娇声音娇滴滴的，又透着少女的甜美。

"那个，刘姐姐，我们之间是不是有什么误会？"马天恩心想，你觉得我哪里好，我改还不成吗？

"你看着我。"刘玉娇的声音瞬间变得凌厉起来。

"啊！"马天恩盯着她，不知道要看哪儿。

"我哪一点不好，啊，你说！"刘玉娇贴近一步，吓得马天恩后退了三步。

"这个，你哪儿都好。"

"那你愿意去我家提亲吗？"

"这也太突然了吧，我能想想吗？"

"不能。"刘玉娇拒绝得那叫一个干脆。

"其实，你真的挺好的，只是，我已经有心上人了。"马天恩眼珠一转，顺口说道。

刘玉娇上下打量着马天恩："真的？那你告诉我是谁，你告诉我，我自然不会再缠着你。"

马天恩想了想，拿手一指燕子："就是她。"

"你还想骗我！"刘玉娇越想越气，自己肯嫁他就不错了，他还不愿意，现在还拿个丫鬟来搪塞，气得左看右看，看到瓶子里有一个鸡毛掸子，马天恩身手多快啊，几步就把瓶子给抱起来了，然后跳到桌子后。

"我说的是真的，我真的喜欢燕子，我们从小一起长大，她一直照顾我，可是她是丫鬟，我娘不同意，所以我才一直没成亲。"

燕子一脸茫然，少爷啥时候喜欢我了？

"燕子，这是真的吗？"刘玉娇不理马天恩，朝燕子问道。

"我……"燕子一看马天恩用哀求的眼神看着自己，然后大义凛然地说道："我已经是我们少爷的人了！"

"你们……"刘玉娇拿手指指燕子，又指指马天恩，转头就跑，重重地把房门推开又甩上。

"燕子,你不用牺牲这么大吧?"马天恩也被燕子的话吓了一跳。

"我本来就是少爷的人啊。"燕子满不在乎地说。

这倒也是,不过,好像真的可以娶燕子呢,反正她知道自己是女的,也不会出卖自己,这没准还真是办法。

"燕子,我突然想到,你也知道的,我不可能去娶个媳妇回来,要不,我娶你吧,我的钱你就可以随便花了,怎么样?"马天恩半是开玩笑半是认真地说。

"好啊好啊,那田富贵是不是就要叫我大嫂了,哈哈哈!"燕子想到田富贵要叫自己大嫂,就忍不住笑了起来。

且不提刘玉娇被气跑,马天恩倒是觉得自己想到了一个解决问题的办法,兴冲冲地跑去跟吴仲商量。今天吴仲国子监休假,正好没去,一见马天恩急匆匆跑过来,以为发生什么事。等听马天恩把自己的想法说了出来,还一脸期待地看着他,吴仲拿起扇子对着她头上就是一打。

"什么混账主意。你这种做法,会害了燕子一辈子,也会害了你自己。"

"为什么,燕子本来就是要一直跟我在一起啊。"马天恩其实对男女之情,一直都是朦朦胧胧,不太知情。因为她是女子,却被当成男人养,就导致不管是女人应该知道的,还是男人应该懂的,都没人和她说。

吴仲也不知道要怎么跟她讲如此复杂的问题,只好说:"你想过没有,如果有一天燕子遇到她喜欢的人怎么办?你娶了她,你们又不是真正的夫妻,不是害了她吗?"

"喜欢的人?什么是喜欢呢?"马天恩若有所思,她从来没想过,燕子有一天会去喜欢一个人,甚至也没想过,自己会对一个人动心。她之前看到漂亮的女孩,会说喜欢,但也只是喜欢她们可以穿着漂亮的裙子,戴着好看的首饰,如花绽放的感觉。自己身边有田富贵这一帮朋友,就像是兄弟,但什么是喜欢呢?

"喜欢一个人,就是有开心的事想和她分享,遇到为难的事情也想跟她商量,看到她就觉得满心欢喜,看不到她就觉得时间漫长。她会让你觉得,四季没有一季不美好。看到她时就满心欢喜,看不到她时,就想要看到她,这才是真正的喜欢。"吴仲说完,看着马天恩,觉得心里某个地方动了一下。

"原来这就是喜欢啊。可是,很多人成亲之前都没有见过啊。如果成亲之后发现自己不喜欢怎么办?"

吴仲也不知道怎么去回答这个问题。婚姻,很多时候是结两姓之好,至于两个人是不是喜欢,并不重要。但他就是不想把这些现实的话告诉马天恩,生怕破坏了她刚刚建立的对未来婚姻的幻想。

　　"结发为夫妻，恩爱两不疑。如果姻缘所定，成为夫妻，应该就会去试着彼此喜欢了吧。反正一生到白头，时间还很久。"吴仲想了很久，说出了自己都不信的话。

　　马天恩听着吴仲的话，若有所思。

第八节　意外

马夫人的病反反复复，一直不见好，就有人建议是不是找个道士来驱邪，还有人说嘉福寺的香火比较灵验。马天恩是不信这些的，不过看着马夫人焦躁难安的样子，决定还是去试试，万一灵验了呢。

嘉福寺原来只是一座小庙，传说是从唐代老和尚华严法师来此讲经布道，后来请走原来在此盘踞的老龙之后，大兴土木，才建成了如今的大雄宝殿。寺庙坐北朝南，背依宝珠峰，因寺后有龙潭，山上有潭树，所以大家一般都习惯叫它潭柘寺。

潭柘寺离马家有一段距离，需要马车前往。马天恩和吴仲一同前去，马天恩为母祈福，然后也希望吴仲明年科考之时，可以顺利通过乡试、会试、殿试，当然最好是考个状元，这样自己就是状元的学生了。

潭柘寺外，树木丛生，参天蔽日。有两棵松树最为有名，一为盘龙松，一为卧龙松，象征着两条庇护寺院的神龙。

寺里有上下塔林，供奉着历代高僧的舍利子。这次陪马天恩的是顺哥和另一个小厮，提前就已经把檀香给他们准备好了。

"先生，你说我们烧香，布施了香油钱，就让佛祖给我们想要的东西，这是不是有些奇怪？"走在去往大雄宝殿的路上，马天恩不解地问吴仲。

其实对这一点，马天恩是一直想不通的，如果烧香就可以得到想要的，人做了坏事求佛就可以得到原谅，那又谈什么公平呢。也许很多人根本烧不起香，来不了寺庙，但他们是好人，难道佛祖就不保佑了吗？母亲经常在小佛堂烧香，可身体为什么还会不好，甚至有人说她是中邪，日日烧香之人，也会中邪吗？

吴仲想了一会儿，这才开口回答："对佛法我也不是很了解，我只是觉得你弄错了施与舍之间的关系。佛经上说：'佛氏门中，有求必应。'并不是说你有事了，马上来烧香，捐钱，佛祖就会什么都答应你。其实烧香更多的是警醒自身，去除污垢，表达对佛祖的尊敬吧。把施和舍分开来看，可能就比较清楚了，我们烧香是施，所谓布施，自然是不求回报。而佛给我们是舍，为什么舍予我们，舍是果，因是我们平时的善行。命由己造，福由己求，其实福报都是自己修来的。"

马天恩听得有些迷糊，不过先生说的，肯定是有道理的。

来到大雄宝殿，马天恩接过香，上了三支，第一支香插在香炉中间，表示觉而不迷；第二支香插在右边，表示正而不邪；第三支香插在左边，表示净而不染。上完香后，马天恩这才肃立合掌，心中默念，为母祈福。在这一刻，马天恩仿佛感受到了些什么，却又说不出。

吴仲也上了三支香，不过，他所愿的，是朝廷清明，百姓安居，马天恩一世无忧。

两个人从大雄宝殿出来，本来打算去其他殿再看一下，突然，马天恩发现一个人影，那不是贾先生贾升平吗？那个在粮仓装鬼故意被自己捉住的骗子！

马天恩来不及跟吴仲解释，那贾先生在人流之中，正在往山下走，要抓住他才能知道父亲受伤的真相。马天恩一跃而起，连蹿几步，朝着那贾先生跑去，身后顺哥跟着也跑过去。

贾先生本来就是江湖中人，比较敏感，直觉有人朝自己来了，回头一看居然是马天恩，真是冤家路窄，转头就跑，生恨爹娘少给了两条腿。

不过马天恩早就跑到他身边了，哪里还跑得掉。马天恩飞身上前抬腿就是一脚，贾先生被踹倒在地，滚了几步，顺哥也跑了过来，踩住他就打。旁边的人一看有人打架，纷纷闪开。

"佛门静地，不好喧哗，天恩，带他回府我们再审。"吴仲看远处有和尚在朝这边走，现在真相未明，不适合在外面争执，以免走漏风声，被幕后真凶警觉。

马天恩压下怒火，上前两步掐住贾先生的脖子了，威胁道："你再敢跑，我现在就弄死你。"说着，把他从地上拎起来，顺哥和另一个小厮上前架住贾先生，怕他再逃，马天恩在他们身后跟着，以防万一，几个人押着这个贾先生跌跌撞撞地就下了山。

到了山下，把贾先生的嘴一堵，就扔上了马车。在马车上，马天恩也不问话，拿扇子就砸他的头，连砸了几下，想到父亲受的苦，真是恨不得现在就杀了他。贾先生也知道事情很难善了，满脸恐惧，想说些什么，可是嘴被堵着。

"真是天网恢恢疏而不漏啊，我刚烧了香，就把你这个王八蛋给捉住了。还真是佛祖保佑，你说你怎么这么坏，我没追究你装鬼的事，还好心把你带回府，给你好吃好喝的供着，你呢，居然敢害我爹。"想到这儿，马天恩忍不住气，抬手又是一扇子，贾先生想躲，结果直接抽在了脸上，脸上立刻出现一条清晰的扇印。

"你还敢躲？"马天恩更气了，抬手又要打，却被吴仲拉住了。

"不要打了。"

马天恩狠狠地瞪着贾先生，又没有挣脱吴仲。先生真是读书人，这会儿心软什么。

贾先生朝吴仲投去感激的目光，看来，今天能不能活着出马家，关键就在这个读书人身上。

"拿手打多累啊，而且你是马家的少爷，未来的当家人，多少也算半个读书人，怎么能做这种事？等回府你找两个力气大的，把他捆好了用板子打，你看着不就行了吗？对了，嘴还是要堵着，不然他一叫出来，就太惨了，我是读书人，听不了这个。"吴仲不紧不慢地说。

贾先生听完吴仲的话，心中一凉，眼神立刻变成死灰了，原以为这个书生是个心软的，没想到这么狠。

"好，就听先生的！"刚才被吴仲拦住时，马天恩心里还有些不痛快，以为先生是不分好歹，胡乱做好人，现在这么一听，果然是自己的老师啊！

其实依着马天恩的性子，在车上就想把贾升平给审了，不过吴仲却觉得不急，先让这个贾升平想一会儿，到了马家，他彻底没有希望跑的时候，自然也就老实交代了。现在他想说，都不给他机会说。

这一路，贾升平的内心可以说是跌宕起伏，本来他的优势是能言善辩，结果现在嘴被堵了。吴仲和马天恩后面就跟没他这个人一样，有说有笑的。除了马天恩偶尔拿扇子砸他头几下，证明他确实是被捉了。

要说这贾升平，其实也算是个孝子，老母亲生病了，听人说这潭柘寺的香火灵验，就想来烧香求佛保佑一下，怎么也没想到，香刚烧完，还没下山，就被捉了。说起来，这佛真是不佑恶人啊。

路程不近，好容易到了马府，贾升平被马天恩一脚从马车上给踢下来，还没等爬起身，就被顺哥等人像拖死狗一样地从地上一路拖进了马家前厅。

到了前厅，顺哥把贾升平往地上一扔，马天恩坐在前厅正堂右手的椅子上，拿手一指，"给我打"。

就见几个身高体壮的下人走上来，抬过一条板凳，把贾升平结结实实地往板凳一绑，拿起棍子朝着他的屁股就打了下去。

第七章

杀机现

第一节　幕后

一通打之后，马天恩手一摆，几个下人才停下，然后把贾升平嘴里堵的布拿掉。

这会儿，贾升平觉得自己已经出气多进气少了。本来编了一肚子谎话，突然不敢说了。

"贾先生，说吧。谁指使你来我们马家的，咱们近日无怨往日无仇，没人指使你也不会凭空来害人，瞎话就别编了，不要浪费时间，你交代痛快些，没准我还能留你条命，要是让我听到一句谎话，我就让人把你扔到河里喂鱼。"马天恩狠狠地说。

"我……我是被逼的。"保命要紧，以后的事以后再说。贾升平知道如果不说实话，马天恩肯定不会放过他，想到这儿，也就不再隐瞒，一五一十把事情都吐了出来。

这贾升平确实就是个街头卖艺的，会些口技，也会些功夫，这个倒没说谎。而且他还有一个老母亲，身体不好，虽然贾升平不务正业，但对母亲还是很孝敬的。这天，突然有人找到他，给他银子，让他去马家的粮仓装鬼。本来他是不愿意的，结果对方拿出了武定侯府的名头，声称保证他没事。有侯府在，一个小小的马家，就算发现了也没关系；但如果他不去，就会绑了他的母亲。贾升平也是害怕也是贪图银子，就答应了下来。按对方的要求装鬼，再故意被马天恩捉住，想法让马天恩对他有兴趣，带回马府。

"他们开始真没和我说要下药的事啊。我是到了马府之后，他们才派人来找我，让我故意教唆马少爷去玉泉山捉鱼，再把药放在马的饲料里。我也没想到他们真正的目的是为了对付马老爷，我发誓，我确实是被逼的，少爷您就饶了我吧。我娘还在家里等着我呢，我不能死啊，您要是杀了我，就等于把我娘也杀了。我给您磕头了。"说着，贾升平就跪在地上给马天恩连连叩头。

"武定侯府？"马天恩有些诧异，自己家怎么会和武定侯府扯上关系，这明明是风马牛不相及啊。

现在这武定侯郭郧，乃是开国功臣郭英的六世孙，在正德三年承袭的武定侯爵位。不过对马天恩来说，这个名字太陌生了，最多是从市井流言听过这个武定侯很是跋扈，有过纵容子侄抢人田地的事。可他为什么要针对马家呢？

吴仲倒是知道这个郭家很是跋扈，针对马家有可能是为了把持漕运。不过马家跟侯府相比，实在太小了。而且朝中形势微妙，武定侯跟刘瑾等人互相制衡，肯定不会自己出面牵扯到漕运之中。所以这次陷害马家的，应该只是武定侯府的其他人，想借此机会控制各闸，捞取利益讨好郭勋。

贾升平被押了下去，暂时关到了柴房里。这事牵扯到了武定侯府，就变得更加复杂。本来是可以直接送官的，但现在一看，如果送去可能就直接被灭口了。官府之人肯定不会为了一个小小的马家去侯府捉人对证。

事情一下陷入了僵局，本来以为捉到了贾升平就可以顺利问出来幕后之人，然后去捉人就可以了，没想到却是这样一个结果。吴仲宽慰马天恩不要急，而是要打起精神，以防对方又有什么新的阴谋。

没想到的是，马大成却带来了一个让他们更加想不到的消息。

"少爷，你不是让我跟着那个郭琪吗？我盯了几天，发现有一个人经常找他，那人不是咱们大通河边的，我一看就知道。所以我就盯上了那人，结果没想到那人居然是京里来的，我跟他到了京里，想看他是谁家的人，你猜他回了哪儿？"马大成卖了一个关子，想调一下马天恩的胃口。

马天恩不知怎么就灵机一动，脱口而出："武定侯府？"

"啊！你怎么知道？这也太神了！"马大成被惊到了，这少爷真是神人啊。

"还真对了啊。"马天恩觉得脑子里想不清楚的东西，好像一下子就被一根线连了起来，原来这根线就在郭琪身上。

"算对吧。他进的不是武定侯府，而是武定侯的一个侄子家，我还是打听了很多人才问出来的。没想到，这个郭琪还跟侯府有关系，你说他怎么会到田府做管家呢？"为了打听清楚这家主人是谁，马大成可没少费劲，又是装卖菜的又是装货郎，折腾了几天才打听清楚。

马天恩也不好跟他多说，夸了他几句，又拿了一些银子给他，没想到马大成怎么都不肯要，说这个是帮马天恩的忙，不能要钱。还说会继续帮他盯着郭琪，然后生怕马天恩塞银子给他，推门就跑了。看着马大成的背影，马天恩看了看手里的银子，银子都不要，这是真兄弟啊。

马天恩把马大成的发现告诉了吴仲，吴仲听完，想了一会儿，从表面看，逻辑是通了，郭家的人想要借漕运发财，就得先搞定这几闸，当然最好的办法就是支持其中一家，然后通过这家来收服其他家。所以派了郭琪到田家，然后首先要对付的自然是比较势大的马家，这样来看，郭琪针对马家的种种就都可以解释通了。

　　不过不知道为什么，他总觉得事情没有这么简单。而且郭琪为什么从来没有跟马家接触过，就直接选择田家来这么决绝地打击马家。他有一种感觉，这个郭琪，对马家有一种恨意，不过却没有什么证据。

　　"先生，我不知道是不是我多心，我总觉得那个郭琪恨我们马家，不是因为漕运什么的，就是单纯的恨，他看我的眼神，特别冷，就像是在看一只兔子，或者一条鱼。具体的原因我也说不上来，就是觉得他比田荣华还要恨我们马家。"马天恩的感觉和吴仲是一样的，虽然现在看来，郭琪确实是代表了郭家的利益，但总觉得背后应该还有什么大家不知道的事。

　　"嗯，我也觉得这事不简单。不过既然知道了和武定侯府有关，咱们就得更加小心了。好在他们现在还只是在暗处，没有挑明，证明他们也是有所顾忌。"看马天恩人都瘦了，原来圆圆的小脸，都有些尖了，吴仲觉得有些心疼，一个小女子，正常在她这个年龄，就应该是绣花待嫁了，可她却承担了远比同龄男子还要重的责任。现在马家这么多事都落在她身上，加上马父马母身体又都出了问题，确实是太过沉重了。

　　"夫人的身体怎么样了？"吴仲关心地问。

　　"还是那样，时好时坏。大夫给开了安神的药，好像也没什么效果。精神好的时候就去佛堂烧烧香，过几天又不好了，谁也不见，把自己关起来，对了，就见李妈妈，她是从我娘小时候就伺候我娘的，现在除了她，娘谁也不见。"说到马夫人，马天恩就愁，看娘现在的样子，宁肯让她好了天天追着自己打。

　　马夫人发病后，吴仲去看过一次，但因为男女有别，也不好经常去看，只能听马天恩说。不过今天听马天恩说到佛堂的时候，吴仲心里动了一下。因为他总觉得马夫人不像是中邪，倒有点像是中毒。因为他读书多，知道很多药物可以让人焦虑不安、狂躁易怒甚至是产生幻觉。这些天他想了很多，但又觉得只下药给马夫人一个人，不影响其他人，这也不是件容易的事。而马夫人身边伺候的，一定都是她非常信任的人。

第二节　中毒

如果说之前吴仲还没往中毒上去想，是因为觉得马夫人只是一个内宅妇人，不会有人针对她，可是最近这么多事像一团迷雾，就无法再以常理来推断了。

"这管家娘子可信吗？"吴仲想了想，还是觉得应该问清楚。马家最近发生很多事，总要找一个头出来，才能理清楚全部的线。

"当然啊，李妈妈对我娘特别忠心，我娘待她也好。"马天恩不假思索地说。

"天恩，我觉得夫人的病不太寻常，要不，找李妈妈问问？所谓病由心生，你说过夫人发病时经常听到婴儿的哭声，我知道人在极度恐惧的时候，就会产生幻觉，看到自己最不愿意面对的事。会不会当年有什么事是你不知道的？"吴仲侧面地提醒着，因为大户人家，都会有一些隐秘之事，特别马家，只有马夫人生了三个女儿一个儿子，那个赵姨娘生了一个儿子还死了，确实让人不得不觉得有些蹊跷。但马夫人是马天恩的亲娘，所以他也不好说得太过。

"问什么呢？问我娘为什么生病？她又不是大夫，而且如果她要知道怎么能让我娘好起来，她早说了，先生，我不懂要找她问什么，还请先生明示。"这个先生哪里都好，就是说话喜欢拐弯抹角，都这么熟了，直接说不就好了，还要人猜。

吴仲犹豫了一下，想着怎么说得委婉一些："那个天恩啊，你想过没有，马夫人夜不能寐，总是听到孩子的哭声，会不会是当年有什么婴儿让她印象太深？"

马天恩从椅子上跳了下来，走到吴仲面前，压低声音说："你说，当年是不是我娘把赵姨娘的儿子给害死了啊。"

吴仲赶紧劝她冷静："这个可不能胡乱猜，还得找些府里的老人具体问一下。而且，就算是夫人当年做过些什么事，也没理由现在突然发病，所以我怀疑夫人可能是中毒了，不是生病。"

"啊！中毒？"听到这两个字，马天恩想到了贾升平。

"先生，会不会是那个贾升平，也给我娘下了药？我弄死他！"说着，就又要去审贾升平。

"不要冲动，应该不会，因为他来没几天，你娘又在内宅，他应该没机会下毒。而且马夫人的病情总是反复，所以我怀疑如果是中毒，可能下毒的也是府中之人，而且现在还在府内。"吴仲说完，自己都觉得有些心惊，如果有这样一个人在府里，那府里真是太危险了。

要说马夫人，也没得罪过什么人，虽然她平时脾气不好，但也没真的把哪个下人给打死打残。就算是对她最不喜欢的赵姨娘，也无非就是罚个跪什么的。

不过，如果赵姨娘的儿子真是母亲害死的，那赵姨娘想报复倒是情理之中。但娘一向不喜欢她，连她给自己的糕点都要扔掉，她又哪来的机会下毒呢？不过马天恩真的不相信娘会去伤害一个婴儿。

"不过就算真是我娘做的，李妈妈也不会告诉我啊。"马天恩叹了一口气说，而且如果自己去问李妈妈，那娘也就知道了，万一是个误会，她得多伤心啊。

"是我思虑欠妥了。你别急，我们可以从其他方面再想想办法，目前夫人的身体是最重要的。我觉得这件事我们可以倒推去做，我们先不去想她的病因，假设是有人下毒，那我们可以想想毒能从哪儿下，才会让夫人一个人中毒，其他人却没有事。如果找到了毒源，也许就能反向推出来是谁所下。"吴仲的话让马天恩眼前一亮，是啊，如果能找到毒源，就可以顺藤摸瓜找到下毒之人，如果找不到，也许就是先生多心了，也没什么损失。

"我爹娘是一起用餐的，所以如果是下到食物里，那我爹应该也会中毒。如果不是食物里，那可能就是下在衣服上，要不我们把我娘的衣服找个大夫都检查一遍？"

"你娘的衣服平时是谁在管？"

"春兰，是燕子的姐姐，她娘是厨房的管事，她爹负责府里一些用品的采买。不过，他们也是我爹娘很信任的人，不然也不会让燕子来照顾我了。"

这倒是，不过凡事也不能太过轻信，吴仲觉得还是先找个信任的大夫，在不惊动府里人的情况下，把这些重要的地方，厨房、卧室之类的都检查一遍再做判断为妥。至于人，都先不问，以免打草惊蛇。

马天恩行动力非常之快，虽说外祖父李大福因为受伤，帮主之位让其他人代任，但江湖地位还是在的，帮他找了两个用毒的高手，比平常的大夫在查毒这方面要厉害多了。

这两个人装成下人的样子，先是在马夫人的房间检查了一遍，没有任何发现，然后又去了厨房，也没有任何发现。然后又趁马天恩把下人们叫在一起说事的机会，把几个和马夫人接触比较多的下人房间也查了个遍，还是没有任何发现。

难道真是先生想多了？

"不对，我们还有一个地方没有查。"吴仲突然想到了一个地方，这是马夫人经常去，而别人几乎不去的。

"哪里？"

"小佛堂。"对，自从爹爹出事之后，娘几乎每天都去小佛堂烧香。怎么把这个地方给忘记了。马天恩想到这儿，马上亲自带着两个用毒高手去了小佛堂，吴仲也跟了过去。

马家的小佛堂，在穿过花园后一个偏僻的小院里。推开佛堂的门，一股香气传来，是檀香。

佛堂供着一尊鎏金的观音像，桌上摆着清水，还有茶。香炉的檀香还在烧着，但佛灯却没有点。估计是马夫人不能前来，丫鬟也就偷懒了。

两个高手先是上前检查了清水、茶，然后是香炉，都没有问题。因为佛堂不大，很快就把东西都检查了一遍，然后跟马天恩回复说没有找到有毒之物。

"不如，我们来个引蛇出洞吧。"吴仲又细想了一会儿，突然说。

"啊，怎么引？"开始说不要打草惊蛇，这会儿又说要引蛇出洞，先生的想法还真是善变啊。

"府里有没有特别爱传流言、小道消息的人？"

"有啊，这种人最讨厌了。"

"讨厌的人也有好用的时候。既然我们现在找不到证据，就只能让证据主动来找我们了。你不是请了两个高手来查毒吗，你想办法让这个消息流出去，但不是你自己出面主动说。而是要让那些喜欢传流言之人无意中听到，这样传播出去的消息被下毒之人听到了，你说他会怎样？"吴仲看着马天恩，眼神中透着温暖与鼓励。

"会害怕？"

"对，而且会想办法销毁证据。虽然我们找不到，但只要夫人是真的中毒了，就一定是有让她中毒之物的存在。只要我们放出风去，说要彻查，那人肯定就会想办法把东西毁掉，这段时间我们只要守紧，一定会有发现。"

"先生好狡猾。那我们就来个守株待兔好了。不过马府这么大，我们总不能时时刻刻每个地方都派人盯着吧。"马天恩想想，还真有些犯愁。

"倒不用时时刻刻，做这事的人，肯定不会大白天动手，必定是晚上。我们盯着几个地方就好，院里的池塘、小门，还有花园。因为这几个地方都容易用来销毁证据。"

第三节　引蛇出洞

　　要说什么流传得最快，那一定是小道消息。马夫人不是生病，而是中毒了，马天恩从大通帮借来了两个用毒高手，要查是谁下的毒，这事没两个时辰就传得满府尽人皆知。连一向关门过日子的赵姨娘都从丫鬟那儿听说了。不过她却很淡定，还嘱咐丫鬟不要乱传这些，小心祸从口出。对赵姨娘的谨小慎微，丫鬟们很不以为然。

　　不过相比赵姨娘的淡定，花匠丁四就没那么淡定了。去年赵姨娘找到他，给了他十两银子，让他在花园陪着赵姨娘演了那场戏，目的就是为了让马夫人把花抢走。那盆花是赵姨娘给他的，也没看出来有什么问题，虽然不知道赵姨娘的用意，但出于贪财和对赵姨娘的垂涎，他就同意了。马夫人果然上当，抢走了木芙蓉放到小佛堂中。后来，马夫人身体就时好时坏的，他担心花有问题，问过赵姨娘，赵姨娘让他不要多想，可他心里还是一直悬着。现在传出来马夫人是中毒了，他一下就想到了那盆花。本来之前他还想花一谢，马夫人也就派人把花拿出来扔了，没想到马夫人就像把那盆花忘了一样，花谢了之后就放在角落里，他有次去送供奉的花果时还见过，当时还问马夫人要不要扔掉，结果马夫人说不用管，明年还会再开。他又担心说太多反而被怀疑，也就没有再问。

　　他想找赵姨娘再确定一下，可是府里到处都是马天恩临时找来的人，有的检查大家住处，有的就在院里盯着，看到有人闲聊都会上前听听。不如趁晚上没人注意，到佛堂把花偷出来，把土一倒花一扔，谁也不知道了，反正马夫人已经病成那样，肯定想不起来这盆花了。

　　好不容易等到了天黑，因为佛堂离花园不远，丁四本来就一个人住在花园的角落，所以估摸着大家都睡了，他就爬了起来，朝佛堂走去。

　　佛堂里亮着微弱的烛火，是马天恩安排人又把佛灯点了起来，保佑马家平平安安。小佛堂的门平时是锁着的，不过有一个小窗户，丁四白天来，就有留意，那窗户没有锁，可以从窗户进去。

　　丁四溜到佛堂窗户下，推了推窗子，果然没锁，左右看了一下没人，然后推开窗子就爬了进去。木芙蓉就在佛堂角落里，有几个新枝已经抽了出来，虽然看不出来有什么问题，不过还是扔掉安心。端出了花，丁四就朝花园跑去，想着将土随便扔到花园树下，都不会有人怀疑。

丁四急匆匆跑到一棵大树下，找了一个花铲，就开始把木芙蓉里的土向外铲，这时，就听到有人问："好铲吗？"

"还行。啊！"丁四随口答应了一句，然后一抬头，就看到马天恩正笑盈盈地看着自己，吓得丁四大叫一声瘫倒在地。

"少爷，你怎么来了？我……我是睡不着，就来，就来……"

"就来赏月，还是赏花？"马天恩脸色一变，站起身来。身边的人快速拿住丁四，以防他逃走。那两个用毒的高手蹲在地上开始研究花盆，两个人把土拿出来，有人赶紧把灯掌上方便他们查看。这两人又是看又是闻，然后又交流了一下，这才站起身来。

"少爷，我们知道了，问题就出在这土里。这花是没毒，但土里却被放了药，这种药我们暂时查不出来具体名字，好像是用一种毒蘑菇加曼陀罗碾成的粉，我们明天还要再确定一下。不过可以确定的是，这种药粉闻久了会让人情绪焦躁，甚至产生幻觉。这种药粉其实是有味道的，只是在佛堂之中，檀香味太重，就遮盖了原来药粉的味道。我们兄弟上次检查佛堂时疏忽了。"其中一个人跟马天恩很肯定地回复道。

虽然已经有思想准备，马天恩还是吃了一惊。这么缜密的下毒方式，这得多大的仇恨才想得出来啊。

"来人，把丁四带到我房间，我要亲自审问。"这事明显就是针对马夫人一个人的，因为只有她去小佛堂的时间最长，既然如此，很可能就会跟马府的一些私密之事相关，所以就更不能让外人听到了。

虽然已近四月，但天气还是很凉，这会儿已经是半夜，寒风吹来，更是冰冷入骨，这个时间马府除了打更的，是不会有其他人出来走动的。马天恩不想吵醒府里其他人，所以只是把丁四嘴一堵，找两个人把他弄到了自己房间。

"说吧，你是想被沉江还是被乱棍打死，居然敢谋害夫人。"马天恩接过顺哥递给的茶，一抬手就泼到了丁四的脸上。

可能是太过紧张，热茶迎面泼来，丁四只觉得脸上一热，然后身上却打了一个冷战，顺哥取出来他嘴里的布，丁四连连磕头。

"冤枉啊，少爷，我就是有天大的胆子也不敢去害夫人啊。这都是赵姨娘她骗我的，我也是被利用的。"

"赵姨娘！"其实吴仲早就提醒过她赵姨娘有问题，可是马天恩一直都不愿意相信。因为在她的记忆里，赵姨娘一直是那么温和、亲切，对自己关怀体贴，就算受了委屈也不声不响，所以她不愿意去怀疑。

这倒是在吴仲的意料之中。这个赵姨娘看着与世无争，但总是惹得马夫人大发雷霆，如果真是她做的，倒也符合她心思缜密的性格。

"真的是赵姨娘让我做的！"丁四怕他们不相信，忙着解释，竹筒倒豆子一般把自己知道的都说了出来。

"去年秋天，就是老爷受伤后不久，她找到了小的，拿着一盆木芙蓉，说是看夫人为了老爷日夜操劳，想送给夫人，又怕夫人不收，所以让我配合她演场戏。我开始也怕有问题，可是我检查了一下就是一盆普通的木芙蓉，觉得她也是一片善意，就同意了，我怎么也不知道花里有毒啊。"

"你推得倒干净，我看你是收了赵姨娘的银子吧，不然会这么好心？如果你觉得没毒，怎么会想到去佛堂偷花，明明就是心里有鬼，还敢胡乱搪塞，我看你是欠打。"马天恩话音一落，顺哥招呼人上去就打，没打几下，丁四就撑不住了。

"小人是收了赵姨娘的银子，但小人真没看出来花有毒，是这次听说夫人是中毒了，我才想到那盆花，就想偷出来。饶了小人吧，少爷。毒是赵姨娘下的，跟小人没关系。"

"燕子，你去把赵姨娘请过来。对了，不要惊动其他人。"马天恩想了一下，还是觉得让燕子去比较适合。

燕子答应着退下。马天恩虽然内心很是矛盾，一方面找到了毒害母亲的凶手，另一方面又有些不愿意相信这是事实，而且，还有一种隐隐的担心。平时那么与世无争的赵姨娘，怎么会下毒害当家主母，这如果被发现了，是必死无疑的大罪，难道娘真的对她做了伤天害理之事？

不一会儿，赵姨娘被带了进来，门推开一瞬间，一股凉风袭来，赵姨娘走在前面，面色如常，燕子跟在后面，进屋之后，随即把门关上。

赵姨娘一进来，丁四就指着她大喊："就是她把花给我的，是她下的毒。"

赵姨娘只看了他一眼，然后平静地说："这么晚了，叫我来有什么事吗？"

马天恩看着赵姨娘，赵姨娘也看着她，神情温和，淡定自若。

第四节　证据

"姨娘，这么晚请你来，是有件事想问你，姨娘请坐。"马天恩指了指旁边的椅子，赵姨娘坐了下来。

"姨娘，你可曾给过这丁四一盆木芙蓉，然后被我娘带进了小佛堂？"

"少爷说笑了，丁四是花匠，平时都是我找他要花，又怎么会给他花？说到木芙蓉，他去年确实要送一盆给我，不过夫人看到后，说她喜欢就带走了。怎么，少爷想要花？"赵姨娘淡定地说。

"她乱说，少爷你不要相信她。那花是她给我的，她还给我了十两银子。我一时鬼迷心窍相信了她，毒肯定是她下的……"丁四看赵姨娘推得干净，愤怒地大喊起来。

"什么毒？不知道你在说什么？"赵姨娘不看丁四，却神情关切地看着马天恩。

"是我娘中毒了，怎么，姨娘还不知道？"

"原来夫人真的中毒了啊，我早上听丫头们在说，还训斥了她们。居然有人敢给夫人下毒，少爷，这得报官啊。我知道夫人平时不喜欢我，这世人哪有喜欢妾的夫人，夫人虽然不喜，但也没有特意地为难我。我就一个妾，哪来的胆子给主母下毒，而且就算夫人没了，还会有新主母上门，老爷怎么也不会来扶正我这个妾的，我又为什么要毒害夫人呢？丁四，你说花是我给你的，证据呢？"赵姨娘说得不急不慢，丁四虽然在一直喊冤枉，却也说不出来有什么证据。

吴仲跟马天恩耳语了几句，马天恩笑笑说："我当然相信姨娘，不过这个丁四既然这么说了，当然要请姨娘过来一下。姨娘你回去休息吧，小心别着凉。"

赵姨娘也客气了几句，然后回房，走时看都没看丁四一眼。留下丁四继续哀号，让马天恩不要上了赵姨娘的当。

"先把他关到柴房去。"马天恩嫌弃地看了丁四一眼，顺哥立刻上前堵住他的嘴，安排人拉他出去。

"天恩，你怎么看？"吴仲刚才虽然一言不发，其实一直在观察，看赵姨娘问不出来什么，所以才建议马天恩缓一下。

"我觉得赵姨娘太平静了。"马天恩想了一下说，赵姨娘刚才说的话貌似无懈可击，可是她的表情太过于冷静了。如果一个人受到凭空诬陷，总会有愤慨，但她没有，只是就事论事地在那里讲述。

"不错，会分析了。"吴仲欣慰地看着马天恩。还记得刚来马家时，马天恩还是一个冲动的急性子，虽然聪明，但想事却非常简单，随心随性。这才不到一年时间，已经有了马家当家人的风范。不过，想想这段时间的经历，又有些心疼她。

"先生，那你的看法呢？"马天恩倒了一杯水递给吴仲，吴仲端过来，喝了一口放在桌上。

"要弄清事情的关键，我们得先搞清几件事，一是赵姨娘跟马夫人到底有什么恩怨，你之前说过赵姨娘生过一个儿子，但生下来就死了，我怀疑可能跟这件事有关，我们可以找找当年的稳婆或者府里的老人。第二件事，就是药是从哪儿来的。赵姨娘只是一个妾，就算她想毒害马夫人，她的药是从哪儿来的呢？而且她之前平静了十几年，怎么突然就想要报复了。最近马家的事都是集中发生的，很可能跟武定侯府那个郭琪有关。如果说针对马老爷跟你是为了把持漕运，针对马夫人，更像是私人恩怨。所以这个郭琪，还是要进一步查，或者查一下马老爷……"说到这儿，吴仲停顿了一下，有些不知道怎么开口。

"你是说查一下郭琪是不是我爹的私生子？其实我早有这种怀疑了，不过我也不敢问我爹。我还问过族里一些长辈，结果刚问几句就被骂了，他们说我爹一向都是洁身自好，让我不要胡乱猜疑。而且我们马家这么缺儿子，如果我爹真在外面有个私生子，应该也会弄回来吧。"马天恩说的时候，有些底气不足。

"你说的也有些道理，还有一种可能就是，马老爷在外面真的有一个儿子，而你娘阻止了这孩子回马家，所以那孩子肯定就会恨马家，当然这只是我们的猜测。"吴仲看马天恩的脸色不太好，就停止了继续往下说。

马天恩半晌没有说话，低着头若有所思，过了好一会儿，才抬头说："先生，儿子真的那么重要吗？你看我爹那么喜欢我娘，为了生儿子还是纳了姨娘。如果我爹真的在外面有了儿子，他一定会很开心吧，马家终于有后了，我始终是个假的，不管我爹怎么疼我，他应该都想要一个真正的儿子。如果我娘当年真的做了什么事，那应该也是因为想不通吧。她明明没有做错什么，只是因为生了女儿，就像是犯了罪，要大度地给我爹纳妾，等其他女人生了儿子，还要记在她的名下让她来养。先生，我听李妈妈说，我娘年轻的时候不像一般的大家闺秀不出门，她是在水上长起来的，也算是江湖儿女，喜欢到处跑。因为嫁了我爹，才把自己关在马府，变成了现在的马夫人。我现在脑子很乱，我想知道真相，又害怕知道。"

吴仲也不知道怎么去回答她，很多事情，大家都去那么做并不代表就是对的，但世俗如此，也不是几个人能改变的，但如果自己喜欢上一个人，一定是希望一生一世一双人，永远不让她伤心。

想到这儿，吴仲轻声地说："我知道你现在心里很乱，不过，别太担心，我会一直陪着你的。"

"一直？"马天恩念着这两个字，心里有一种别样的感觉。吴仲本来说的时候没有什么，但马天恩一重复，他自己也觉得脸上有些热。不过还是很肯定地说："对，一直。"

赵姨娘回到房间后，把门轻轻关上，身子靠在门上，有些发抖。事情做了，总会被发现的。其实做的时候，就已经想到了。虽然今天少爷把自己放了回来，但没准明天自己就被抓去沉塘了。有些害怕，但不后悔，只是恨那个女人还没死。没有谁比谁的命更高贵，欠了债就要还。二十年了，一闭上眼睛，还能看到儿子那小小的冷冰冰的身体。他在自己肚子里时还好好的，还能感觉到在动，刚生下来时自己明明听到他在哭，但后来因为疼痛自己昏了过去，等自己从昏迷中醒来，她们就告诉自己孩子死了，说生下来就是死的，这怎么可能，这又怎么可以！那是一条命啊，是自己十月怀胎生下来的，一定是那个女人弄死了他，可是自己没有证据啊，不过就算有，谁会为了一个妾生子去处置一个当家主母，他们只会把事情压下来，当作什么都没发生。因为刚生下来就死了，连马家的祖坟都不能进，自己可怜的孩子，明明是可以成为马家的家主，却成了孤魂野鬼。那人说得对，既然天不给公平，那就自己给自己公平，虽死无怨。

第五节　杀机起

　　马天恩把赵姨娘的小院看管了起来，虽然没有说明确禁止她外出，但还是安排了两个会些功夫的丫鬟跟着她，把她原来的丫鬟换掉了。马天恩担心有毒的不只那盆花，所以干脆给马母换了一个房间，里面的一应用品都是新置办而且检查过的。另外，也派人去找当时给赵姨娘接生的人，却意外地发现当时接生的两个稳婆，一个已经因病离世，另一个搬家了，一时失去了消息。所以只好从当时府里的老人入手。不过问了几个，结果大家都坚称当时赵姨娘生下的就是一个死胎，事情有些陷入僵局。不过生意还是要正常做的，第一批船也快从江南回来了。

　　自从新的一批管带上任之后，开始跟老的管带们有一些摩擦，不过很快也就被马天恩平息了。马天恩明确地告诉大家，不管资历，只看谁能给马家赚更多钱。一些倚老卖老的管带自然不服，私下找过马朝生，不过马朝生借口身体不好，没聊几句就让他们去找马天恩，这些老管带没有办法，他们不做自然有人做，慢慢也就踏实下来，所以马家漕运的生意并没有受太大影响。

　　田家书房内，一个小厮正在跟郭琪回报消息，郭琪面色凝重。没想到这个马天恩这么厉害，不仅捉到了贾先生，还查到了赵姨娘。不过没关系，他没有证据，就不能把自己怎么样。倒是郭府催得急，嫌自己进展太慢，这群蠢货，马家要有那么好收拾，还能在通惠河横行这么久？

　　"我知道了。你回去告诉老爷，我会尽快收拾掉马家的。"郭琪吩咐道。

　　"老爷说，如果搞不定马家，也可以跟马家联合，只要马家听话，一样的……"

　　"不可能！"郭琪脱口而出，发现小厮用有些诧异的目光看着自己，然后又解释说："那个马天恩是个冥顽不灵的，他不会跟我们合作的。请老爷再等一段时间，我保证这次一定会成功的。"

　　小厮只是来传话，所以也没有跟郭琪过多交谈，只是应声退下，回府回禀。

　　"本来，还想跟你多玩一段时间的。看来，是天不容你了啊，马天恩。"郭琪面露杀机。

　　这几天，马夫人的情绪好了很多，马老爷身体也在康复之中，赵姨娘的事他也知道了，毕竟马府是他一手经营起来的，马天恩也是刚接手不久，所以想要瞒他是不太可能的。

"天恩，这事还是先不要让你娘知道。赵姨娘也是个可怜人，爹对不起她。当年的事其实爹也有责任，赵姨娘生的那个孩子我回来时就已经死了，那天我有急事所以不在府，让你娘看顾。不想孩子生下来就死了，是个男孩，生得跟个小猫儿一样，特别小，当时我就想，可能是我命里无子吧，也就不强求了。后来爹心思就淡了，加上你娘性子烈，我不想惹她生气，所以就很少去赵姨娘那儿，我以为生活上不亏待她就好，没想到她心里这个结一直没解开。谋害主母是死罪，不过我怀疑她身后还有人指使，她一个人做不了这么大的事，还是先留着她这条命，最后再处置吧。"马父一口气说了这么多话，加上情绪有些激动，说完又咳嗽起来。

马天恩赶紧上前照顾父亲，却看到父亲的头发已经斑白，心里忍不住有些感伤。那么强大的父亲，一直为自己遮风挡雨的父亲，居然也有老的一天。

"是我没用，让爹一直为我操心。爹你别担心，我一定会把幕后之人抓住。对了，爹，我问你件事，你可不能发火……"说到这儿，马天恩小心翼翼地看着父亲。

"什么事？你问吧，我保证不生气。"马朝生有些不解地看着她，不知道她要问什么。

"爹，你年轻的时候，就是二十多年前，有没有跟人在外面有过什么私情，比如春宵一夜啥的，然后生了个儿子？"马天恩一边说一边看父亲脸色，万一发火就跑。

"混账，你爹我是那种人吗？我看你是找打。"说着，马朝生就想站起身去揍她。

"不是说好不生气的吗？爹，我这么问也是有原因的，你先听我说。"

"你说，不说清楚还是得揍你。"马朝生倒也知道这个孩子不再是单纯胡闹了，既然她这么说，应该确实是有什么怀疑。

"爹，田府新来了个管家，叫郭琪，您知道吧。"

"嗯，我知道，这个年轻人不简单啊，你上次钱庄的事，不就是吃了他的亏吗？还有后来酒楼，还有码头……"马朝生刚数落一半，就被马天恩的话打断了。

"爹，你再这么说下去，我更觉得他是你生的了。"

"胡言乱语，呃，什么叫更觉得？你说清楚。"马朝生多聪明啊，马天恩一开口他就觉得不对了，这孩子，难不成以为这个郭琪是自己生的，简直是疯了。

"那我可直接说了啊。我和先生都觉得这个郭琪特别恨我们马家，不像是为了田家。后来我们查到他和武定侯府有关系，但如果武定侯府想要把持漕运，也可以跟我们马家谈谈啊，虽然谈了我们也不会去跟他同流合污做什么坏事，但他没谈怎么就知道呢。而且这次赵姨娘给我娘下药的事，我怀疑也跟他有关系，怎么看都是私仇。而且，那个郭琪他长得跟爹你有一点点像，当然，肯定不如我像，我是说，有一点……"

"所以，你怀疑那个郭琪是我跟别的女人生的？"马朝生看着心虚的闺女，也难怪她这么想，这个郭琪确实有些怪，看来自己有必要去会一会了。

"有点，爹你好好回忆一下，年轻时有没有什么红颜知己？"马天恩提示着，虽然她也不愿意相信这会是真的。

"没有。爹年轻时心思都在马家生意上，连赵姨娘也是你祖母在世时给我强纳的。我在外面有时候应酬会喝喝酒，但从来没有做过什么风月之事。而且如果他真是我的儿子，为什么不上门认亲。我们马家这么大家业，多少分点给他也够花了，何必非要去帮着田府对府马家？"马朝生一口否决。

"那会不会是您始乱终弃？"

"你个混账，不会用成语就别乱用，你爹是那种人吗？而且那个郭琪年龄比你大，要真是我生的，我还用把你当儿子养啊！"

"这倒也是。"马天恩有些纠结，如果真有个哥哥也不错，自己就不用这么累了。不过，如果这个哥哥是郭琪还是算了，他肯定会想弄死自己。

"娘，你怎么来了？"马天恩突然看到母亲推门进来，赶紧迎上去。

"娘你身体不好，有事叫我过去就好，要多休息。"

马父也站了起来，毕竟刚才还在讨论自己有没有私生子的问题，看到妻子进来，有些尴尬。

"我没事，我来是想和你们说一下赵姨娘的事。"马母说着坐了下来。

"啊，娘，你知道了啊。我不是不给你报仇，只是觉得这事不简单，所以多留了她几天。"马天恩以为马夫人是来质问自己为什么没有处理掉赵姨娘的，虽然没找到赵姨娘买花的证据，但是有丁四的证据在，而且那天马夫人确实是因为赵姨娘才拿走的花，这就够了，处理一个姨娘，也不需要太多证据。

"这事到此为止吧。"马夫人的话让马朝生父女大吃一惊。啊，马夫人平时都那么恨赵姨娘，现在居然说到此为止，难道当年赵姨娘的孩子真是她害的？

第六节　马朝生入狱

一看这两人的表情，马夫人就知道他们在想什么，开口发誓："我李云瑶对天发誓，绝对没有杀赵姨娘的孩子，否则天打雷劈，不得好死。"

"娘，你别发这么重的誓啊。"

"是啊，我们肯定都相信你的，你是当家主母，怎么会去害一个妾的儿子。我们不告诉你是怕影响你的情绪，赵姨娘事后一定会处理的。"马朝生也赶紧解释着。

"你们不用解释，我知道我平时脾气不好，对赵姨娘也不好，现在我说要放过她，你们都不相信，不过这是我真心的想法。最近我因病缠身，也反复想过当年的事，那会儿赵姨娘有孕，老爷高兴，老夫人防着我，生怕我害了她的孙子。所以我就干脆不管，省得出了事再怪我。她生产那日，老爷因事不在府内，稳婆是我让李妈妈找的，在场的人也都是我安排的，没想到孩子生下来就死了，赵姨娘怀疑是我杀的，我也懒得解释，她一个妾，哪里值得我解释。没想到她居然恨了我这么多年，现在想来，如果我当时多跟她解释几句，也许就不会有这件事发生了。最近马家出了太多事，我不想再生风波，这件事就到此为止吧。看好她，不让她再伤人就行了。"

马夫人神情倦怠，有掩不住的忧伤。

"好，都依你。"马朝生怕她情绪激动，赶紧安抚地说。

"娘你好好休养，赵姨娘我找人看起来，让她给您烧香祈福赎罪。"

"我可受不起，她不咒我就好了。"马夫人长叹一口气。

其实对母亲的态度，马天恩是有些疑惑的，因为自己的娘自己了解，她如果是要去杀了赵姨娘，是很好理解的，现在说不再追究，太不符合她的性格了。虽然说人经历一些事性情会有变化，但娘变得有些太快了。不过她没表现出来，省得母亲担心。只是暗地里继续找人去查稳婆的下落，还有当年赵姨娘身边的丫鬟。

时间过得很快，转眼已是五月。天气已经渐渐热了起来，草长莺飞，水暖花浓。马家的漕船从南京带来了粮食、货物，码头热闹起来。

吴仲这段时间也是异常地忙碌，课业较多，经常是几日不回马家。因为马天恩现在的时间大部分用在处理马家的事务之上，所以吴仲也不再逼她写字读书，只是有时间时就挑一些有趣的故事讲给她听，希望她可以从故事里明白一些道理，从而引申到生意中。

这一日，马天恩正在府中跟绸缎铺的掌柜谈事，就见码头上的一个管事急匆匆跑了进来。

"少爷，大事不好了。"

"别急，你先坐下，发生了什么事？"看管事焦急的样子，马天恩知道肯定是有大事发生了，不过经历了这么多事，她已经学会处变不惊了。

那管事却没有坐下，而是喘着粗气说道："有人举报我们贩卖私盐，然后官府就来人查，我们的船刚靠岸就被扣了。原本我们运的是米，没想到米下面全是盐。现在船被扣了，五叔让我来告诉您早做准备，怕是衙门一会儿就要来人到府里了。"

"啊？"马天恩也是大吃一惊，这贩卖私盐是重罪，而且官府是在大庭广众之下查出来的，连私下通融的机会都没有。冷静了一下，她又问："是在哪条船上查出来的？"

"是马连德的船。"马连德也是马天恩的族人，是多年的管带。因为仗着是马家族人，跟马朝生一支很近，所以平常很是跋扈。因为马天恩重用马大成等新管带的事，对她极为不满，还找了几次马朝生，都被马朝生搪塞了过去。没想到，他这条船就出事了。

"马连德人呢？"

"已经被衙门的人带走了。"

这事麻烦了。马天恩脑子里突然想到一个人，郭琪。这么不惜代价陷害马家的人，也就只有他了。

这时，就听到外面有吵闹的声音。还没等马天恩出去查看，就见一群衙役从外面闯了进来。

马天恩对顺哥说了一句，"去告诉先生"。然后迎了出来，衙役们看到她停下来。

为首的一个倒是很客气，抬了一下手抱拳打个招呼说："马少爷，有人举报你们贩运私盐，现在船上也确实查出了私盐，跟我们走一趟吧，到县衙说个清楚。"因为马家是大户，在没有定罪之前，衙门的人还是比较客气的，毕竟平时没少拿好处。

"好，我跟你们走。"然后转身嘱咐管家，让他去跟马父说一下，就说没什么大事，让马父别太忧心。

谁知刚走到门口，就听身后传来一句留步。众人回头，看到马父急匆匆追了过来。

"各位，我才是马家的当家人。犬子纨绔，生意上的事不懂，也说不清楚，我跟你们回去。"马父刚才跑得有些急，加上身体本来就不好，这会儿看着气色更差了。

"爹，你好好休息，我去就行，咱们马家没做过的事，不怕查。现在马家是我在管，我爹不清楚，还是我跟你们走。"马天恩哪里忍心让爹去衙门，他的身体反反复复一直没好彻底，万一被关在牢里几天，身体受不了啊。

可马父更不能让马天恩去了。如果他真是男人，倒也舍得，把他关在牢里，自己去查明真相，再救出来。可她是女人啊。万一今天没法解释清楚回府，再跟一群男人关在牢里，后果不堪设想。这是绝对不可以的。想到这儿，马父的态度更加强硬了。

"我还没死，这个家轮不到你做主。来人，把她拉下去。"说着，就让下人去抓马天恩。

马天恩哪里肯乖乖被抓，跟下人打了起来，她有些功夫，下人们又不敢下死手，一时还真抓不住她。衙役们也不知道怎么办好，马父说得有道理，他是马家的当家人，他还在，马家有事当然是找他。不过马天恩又说现在马家是他在管，还真是父子情深啊，抢着坐牢。

马家一时间鸡飞狗跳，马父果断地跟衙役说："不要理那个败家子，我跟你们走。"说着，跟衙役们就走出了马府大门。马天恩跟着追上来，又被下人们拦住，虽然下人不敢动手跟她真打，但拦住她还是没问题的。马天恩就这样眼睁睁看着马父被人带走。

吴仲收到消息，知道马家出事，急匆匆从国子监赶了回来。最近，他和钱大儒关系走得近，钱大儒经常拉他议论一些朝廷上的事。对刘瑾、郭勋等人，钱大儒也是极为不满，特别是刘瑾一党，不仅清流对他不满，连同为"八虎"的张永等人对他也是非常憎恨，只盼着哪天皇上可以突然醒悟，杀了这奸贼。吴仲自然对刘瑾等人也是恨之入骨，不过他也深知此事需要一个契机。而他自己现在还没有官身，所以心有余而力不足。只能侧面宽慰老师，希望老师别太急，缓缓图之。

不用查，吴仲也知道，马家肯定是被陷害的。船刚一靠岸衙门就来人，这太明显了。这事不是胡春秋就是郭琪，单纯一个田荣华没有这么大权势，而且私盐也不是谁都能弄到的，上次粮仓闹鬼之时，胡春秋就用过此计，只是没有成功。但那天是深夜，见到的人少，所以官府可以大事化小。但这次不同，众目睽睽之下，马家就被查到了私盐，而且还要带走马天恩，这事就大了。

马天恩，她是女人啊！要是她被带到衙门，万一身份暴露，就算是以后罪名洗清了，可是一个女人进过衙门再被关过牢房，这一辈子也就毁了。还有一种更可怕的可能，就是马天恩会跟男犯人关到一起。想到这时，吴仲觉得不寒而栗，不敢再想下去，宁可被带走的人是自己。

第七节　陷害

几乎是怀着一种绝望的心情，吴仲赶回了马府。顾不得风度，一进大门就朝正厅跑去。院子里的人都是一副天塌下来的表情，这让吴仲更加惊恐。他甚至不敢问马天恩是不是被带走了，生怕那个回答会让自己无法承受。

跑到正厅，没有看到马天恩。厅里空荡荡的，空得让吴仲的心一沉。他转身又朝书房跑去，从正厅到书房，其实没有几步路，他跑得又快，可是，这心里却像过了一年那么漫长。快到书房门口时，吴仲停住了，有些害怕，怕推开门，看不到那个熟悉的身影。在这个时候，他才意识到，马天恩对自己有多重要。早知道，当初就对她好一点，她不喜欢写字，就不写，她想做什么，就做什么。马天恩，你千万不能出事啊。

吴仲几乎是带着一种祈求的心态，推开了书房的门。这时，就见马天恩正在书房里焦急地转圈，看到他来，马天恩又是委屈又是激动，直接扑了上来。

马天恩紧紧地抱住吴仲，哭了起来。如果是平时，吴仲一定会推开她，但是这次，吴仲只想抱着她，用自己仅有的温暖，给她慰藉。

马天恩好像是要把全部的恐慌、委屈都发泄出来。一边哭一边说："爹爹被带走了。我要怎么办啊，他们应该带走的人是我，都是我害了爹爹。"

吴仲这才明白为什么马天恩还可以安然无恙地在这里，原来是马朝生出面顶下了此事。他完全能理解马天恩的惊恐，因为马父身体不好，私盐之事是重罪，一时半会儿没调查清楚是不可能放出来的，如果被关在牢里，就怕他身体承受不住。可是他也能理解马朝生的心情，如果换成是自己，也是宁愿自己被关，也不愿意马天恩出事。

过了好一会儿，马天恩的情绪才稳定下来。吴仲扶她坐下，又给她拿了毛巾净脸。

"你别急，我们来商量一下怎么办。"吴仲看着马天恩的眼睛已经有些肿了，像一只受伤的小鹿，也真是难为她了，其实她还只是一个小姑娘。马父一直是她的支柱，不管她闯多大的祸，都有马父给她撑着，就算后来马父受伤，不怎么管事，但只要人在，就像有一颗定心丸。

"先生，你陪我去码头吧。虽然马连德被带走了，可是其他船工还在。我们去问一下，这私盐怎么会出现在我们马家的米里，一定是有内鬼，查出来我把他们扔河里喂鱼！"马家待人一向宽厚，这马连德又是族亲，平时贪些银子自己也没有追究他，没想到居然是他的船出事了。

"好，我陪你。还有，我们得安排管家去衙门打点一下。"吴仲提醒着，马天恩连连点头。

马朝生被带走的消息已经传到了码头，一时间人心惶惶。尽管五叔等人还是让大家先安心做事，不过大部分人都开始懈怠起来。出事那条船上的船工，除了马连德几个主要人员被带走，其他的也被临时看管了起来，不准外出。

马天恩几个人赶到时，五叔跟马大成等人连忙过来，大家聚在一起，商量对策。据五叔他们之前询问得知，这次官府来人直接就朝着马连德那条船去的，目标非常明确，私下打点才听说，是被举报船上有私盐，因为是直接举报到知事大人那里，所以他们也不知道举报人是谁。

"肯定是郭琪干的，我去找他，问他马家到底哪里对不起他。"说着，马天恩站起身来就要走，却被吴仲拉住。

"不要冲动，你贸然去问，他也不会承认的，当务之急，还是要找到证据。我觉得可以分三条线走，一方面要想办法见马连德，看看能不能从他那儿打探一些消息。另一方面，问一下船工们有没有发现可疑之处，这么多私盐混到船上，可能会有什么痕迹可寻。还有一点，就是郭琪的身世，要继续查下去。"吴仲这会儿冷静了下来，知道事情不能急，越是关键时期越要稳。

"马连德我来打点人去见，船工们还要辛苦五叔你去问，郭琪的事跟赵姨娘当年的事，一起查吧。马大成你之前跟踪过郭琪，这事交给你继续查，我也会让大通帮的兄弟们帮忙的。"马天恩也冷静了下来，而且她有种感觉，只要查清了郭琪，这些事就都可以解决了。

几个人都点头称是。吴仲想得更远一些，如果这事真是郭琪做的，那肯定是武定侯府的支持，到时候要和钱大儒商量一下，看能不能趁此机会拔掉这些奸佞的爪牙。

万金楼内，田荣华、郭琪、胡春秋三人正在把盏言欢，庆贺马朝生被抓一事。

"这次本来是想把马天恩那个小兔崽子抓起来，没想到老的反而进去了。这马天恩还在外面，我真是不甘心啊。"胡春秋有些遗憾地说。

"无妨，老的都进去了，小的还能蹦跶几天？胡兄、郭兄，这批盐可是有主的，现在却被官府没收了，我们要怎么交代？"田荣华有些不放心地问。

　　原来，这些私盐是有人找到田荣华，想通过田府的船运进京。这事被郭琪所知，于是就想出了这个主意，一部分由田家运进京，现在还在田家的库房里，过几日对方就要来取货，还有一部分通过马连德放进了马家的船里，同时跟官府举报，现在马朝生是被抓了，可是盐怎么取出来呢？按惯例，官府是要全部没收的，这样田府的损失也不小，就要赔银子给买主，那买主却也不是别人，正是胡春秋所介绍，也是刘瑾之党。

　　"田兄不必担心。那些米是我们武定侯府所定。我去要时，府衙自然知道怎么处理。到时给刘知事些好处就是，他随便找些粗盐充数就行了。我们侯府买的米，被人掺了盐，我们也是受害者啊。要回自己的米，这是情理之中的。"郭琪其实此计非常冒险，只是吃准了官府不敢深究。

　　"不过胡兄，你买盐之人没问题吧？"郭琪转过来问胡春秋。因为在江南买盐之人是胡春秋的人，找到马连德的也是胡春秋之人，他比较担心这个环节会出问题。

　　"没问题，放心吧，都是我胡家的家生子。盐是从江南盐帮张玉林那儿买的，马连德那小子贪财，我跟他说运来给他一百两银子，提前给了三十两订金，他就干了。根本没有盐引，他们马家这贩运私盐的罪名脱不了的。"胡春秋得意扬扬地说。

　　"就怕这马朝生把罪名推到马连德身上，他只是管束不力。"田荣华深知，这马朝生也不是简单之人。

　　"我会和刘知事打招呼。就算是管束不力，也会罚到马家倾家荡产。而且马朝生那种身体，在牢里住上一个月，估计命就没了。没有了马朝生，再没有了银子，一个马天恩不足为虑，想让他怎么死他就怎么死。"郭琪狠狠地说。这次，马家在劫难逃。武定侯府的名头，要陷害一个小小的马家，还需要什么完美的计划吗？只要有一个小小的引子就可以了，这就是以势欺人，要不人人都想为官呢。

第八节　真相

马天恩走进牢房，顿时觉得压抑无比，牢里又黑又臭，不时还有犯人的哀号声。正常人如果在这儿住上一段时间，都容易发疯，更何况爹的身体……

想到这儿，马天恩眼睛有些湿润，这些罪，都是爹为了自己承受的。见到父亲马朝生时，看到他自己一个单间，身上没有伤，只是衣服有些脏，马天恩的心里还略微好受了一些。

"要快一点，贩运私盐是重罪，不允许探望的，要是让上面知道了可不得了。"收了钱的狱吏嘱咐道。

"知道了，不会给您惹麻烦的，我就说几句话。"马天恩客气地说。

狱吏退到一边，给他们留了谈话的空间。马朝生所在的房间外面还有一道锁，狱吏是怎么也不肯打开了，让马天恩就站在铁栅栏门外交谈。

马天恩从铁栅栏把手伸进去，马朝生并没上枷，拉住了女儿的手。看女儿要哭，伸手想去帮她擦泪，又想到自己手脏，撤了回去。马天恩拉住爹爹的手，放到了自己脸上。

"别哭，爹没事。时间有限，爹在这里也想了，不管是谁要害我们，他们和盐帮肯定都是有交易的，可以从盐帮入手。一是查江南盐帮张玉林那儿，二是查京城最近有没有谁在做私盐这块。因为要涉及我们马家，除了私怨，肯定还和利益有关。之前就有人找过爹想要通过马家贩运私盐，都被我拒绝了，所以我怀疑跟这事有关。"马朝生声音有些虚弱，但是条理很清楚。

"嗯，这些先生也想到了，我们已经去查了。爹你这么一说我想起来了，前段时间也有人找我，想通过咱们的船运盐，被我拒绝了。我好好查一下。对了，我们查了账，这批大米和武定侯府有关，而且刘知事还把大米还给了他们。所以肯定是和郭琪脱不了关系的，我真不明白他为什么这么恨我们马家。"马天恩这几天也做了很多调查，很多证据都指向郭琪，但他对马家的恨意，绝对不仅仅是因为武定侯府。

"要不，我去问问娘？"马天恩始终觉得，娘没有把全部事情说出来。

"不要去问，我这一辈子，最对不起的就是你和你娘，我为了马家，牺牲了你们的幸福。你娘不想说，肯定有不想说的原因，不要勉强她。至于郭琪，总会有水落石出的那天。"马朝生其实早就想到当年的事可能没有那么简单，马夫人一定是做了什么错事，但他不想去追究，宁肯自己背负一切。

这时，狱吏过来催马天恩离开。马天恩不舍地看着父亲，马朝生挥手，示意她离开。

"爹，我会再来看你的。"还有太多事要做，得赶紧把爹爹救出来啊。

马天恩回到马府时，天色已晚，马府也已经掌上灯。灯光昏暗，月色不明，下人们都各自忙碌着，不过几乎都不出声，整个马府沉浸在一片压抑之中。马天恩本来想去母亲房间，不过又有些犹豫，在母亲院子门外站了一会儿，还是决定回自己房间。父亲入狱，如果再去逼问当年之事，只怕母亲的身体承受不住。

刚走到房间门口，看到门是虚掩的，里面的灯亮着。马天恩推门进去，看到母亲正坐在屋子里等自己。

"娘，你怎么过来了？今天身体怎么样？我去看了爹，他精神还好，我会尽快把爹救出来的。"马天恩以为母亲是担心父亲的事，所以赶紧安抚地说。

"天恩，有件事我想和你说，你坐下来。"马母好像下了很大的决心一般，神情坚定。

马天恩坐了下来，拿手握住母亲的手："娘，如果你不想说，就不要说，没关系的。"

"下午，吴先生找过娘，他说得对，有些事情压在心里不说出来，反而会变成心病。要面对的总要面对，不是装作没发生就真的没发生过。这些年娘太累了，不如说出来反而轻松。"马夫人缓了一下，又开口说。

"你也知道，娘不是什么大家闺秀，是在船上长起来的，嫁给你爹时，你祖母她们都是不愿意的。但那会儿马家势弱，正被田家挤对得厉害，我爹是大通帮的帮主，马家要借我家的势，所以不得已也就同意了。其实你爹不喜欢做生意，更喜欢读书，只是没办法，你的两个叔叔不成器，只能他把马家挑起来。虽然他娶了我，也待我很好，可是我一直疑心他更喜欢温柔贤淑的女子。虽然我进了门，但你祖母还是不喜欢我，特别是我生下你三个姐姐，她觉得我要断了马家的香火，所以对我更是不满，甚至出面给你爹买来赵姨娘做妾。"马夫人徐徐地说着当年的往事，说到这儿时，突然停顿了一下，马天恩却能从她平静的语气中体会到她当年的愤慨。

"成亲时，你爹和我说过，他只会有我一个女人。可是，赵姨娘进了门，他又说长者赐，不可违。其实我知道，他就是想要一个儿子，来继承马家的香火。

我生气、发火、处处为难赵姨娘，反而让他觉得赵姨娘可怜。有一次我罚了赵姨娘之后，跟他大吵，他去了赵姨娘的房间，后来，赵姨娘怀孕了。大夫说，怀的应该是个男孩。马家所有人都把希望寄托在了赵姨娘的肚子上，可那时，我也怀孕了。可能是因为我那段时间情绪波动太大，经常跟你爹吵，那个孩子没有保住，甚至还看不出来男女就没了。"说到这儿，马夫人冷笑了一声："我的孩子没有了，她的却好好的。马家的人怕我伤害到她，处处防着我，甚至还给她弄了一个小厨房，你爹每天都和我说，孩子生下来我是嫡母，赵姨娘只是一个下人，不用放在心上。我不懂那些什么大道理，什么嫡母才是真正母亲，我只知道，那孩子不是我十月怀胎生下的，不是我身上的肉，我不稀罕。但我也没想过去害那个孩子，因为那毕竟是你爹的骨血。可他们都不相信我，结果赵姨娘生产那几日，你爹偏偏有事要外出，临走时还百般叮嘱，生怕我照顾不好。也是天意，那日你祖母去烧香，想让佛祖保佑她能顺利得个孙子，结果赵姨娘就提前发作了。"

"娘，不会是你真的把赵姨娘的孩子给杀了吧？"马天恩忍不住插嘴，说完又后悔了。马母看了看她，自己的孩子，不管说什么，做母亲的都不会在意的。

"怎么会？本来我只是给她安排了两个稳婆，生下来是死是活我不关心。结果正好有个丫鬟跟小厮私通怀孕，瞒了众人，也是那天生产，因为难产，被其他丫鬟发现，报给了李妈妈。李妈妈又来和我说，我觉得也是一条人命，就叫了其中一个稳婆去帮她接生，因为那丫鬟怀孕时怕人发现，天天找布束紧肚子，又要做重活，不能休息，结果孩子生下来就死了。"马夫人想了一下，接着说，"我知道孩子死了，就突然想到，不如换一下，把这个孩子换到赵姨娘那儿，把赵姨娘的孩子给这个丫鬟带走，这样，你爹的骨血还活着，但是也不能留在马家，马家我还要留给自己的孩子。所以，就让李妈妈做了这件事。给了稳婆银子，让她们不要说出去。当时有一两个丫鬟知道，后来也让我配了人出府。我还给了那个丫鬟跟小厮一些银两，足够他们生活。他们不知道孩子是换了的，应该也会对孩子好，我以为这件事永远不会再有人知道，就这样过去了。没想到赵姨娘以为是我害了她的孩子，居然恨了我这么多年，这也是我的报应啊。"

第八章 ／ 兄妹相认

第一节 赵姨娘的复仇

原来是这样啊！看来，这个郭琪很有可能就是赵姨娘的孩子，自己的大哥啊。不过就还有一点想不通，如果他知道了真相，为什么不回马府找爹呢？爹那么想要儿子，应该很高兴才对，除非，他不知道真相，但如果不知道，又为什么这么恨马家？看来，这里还有母亲也不知道的事。

"娘，我觉得这事有必要让赵姨娘知道，省得她继续误会下去。如果我们真能找到那个孩子，就把他认回来吧。也许这其中有什么误会，大家在一起说清楚了，事情也就解决了。"不过，如果那个孩子是郭琪，恐怕事情就没那么容易解决了。

"也好，这么多年了，如果那个孩子能找回来，我也算是赎罪了，给你爹留了后。"

"娘，你这么说我就不爱听了，那个孩子是爹的后，我也是啊。"马天恩半是撒娇半是认真地说。

"傻孩子，是爹娘对不起你，你是女人，还是要嫁人，生儿育女，才是正道。到时候娘就安心念佛，给你祈福。"马夫人说出了这些话，人也觉得轻松了不少。这些年没有说，其实也是担心马老爷跟马天恩知道之后会看不起自己，觉得自己心思歹毒，现在看到女儿并没有因此就疏远自己，觉得宽慰了很多。

"其实我觉得这些年当男人也不错啊，可以喝酒打架，没事的，我不嫁人，我养爹和娘。"说着，马天恩站起身来，走到马夫人背后，轻轻地抱着她。

母女两人几乎都是一夜未眠。

第二天清早，马夫人叫丫鬟去把赵姨娘带来。本想把事情跟她说清楚，也会尽力去寻找那个孩子。谁知道丫鬟慌慌张张地跑回来说赵姨娘不见了，看守赵姨娘的丫鬟被带了来。

"赵姨娘这些日子都是自己关在房间里念经，我们给她送饭时才会进去。今天早上送饭时就发现她不见了。刚想来回报夫人，春兰姐姐就过来了。"看守赵姨娘的丫鬟跪倒在地，头都不敢抬了。

马夫人赶紧让人去通知马天恩，然后继续问丫鬟半夜可曾听到什么动静，结果丫鬟说什么都没听到。

马天恩听到消息很快赶了过来，马家最近发生的事情太多，所以下人们多有懈怠，这才让赵姨娘有了逃走的机会。不过她一个女人能逃到哪儿去呢？她父亲前些年已经过世，也不可能去亲戚家啊，大家都知道她是马家的妾，没人敢收留。

"娘，你别担心，我派人去找找。她跑不快的，就怕是……"马天恩话说了一半，停了下来，还有一种可能，就是她被郭琪接走了。现在还弄不清她和郭琪的关系，不过一切还是小心为好。所以他马上安排人去盯着田府，联系一下田富贵，看看赵姨娘有没有躲去田府。

赵姨娘也没有想到，自己居然会有离开马府的一天。从进马府开始，她就觉得自己一生就会在这个宅子里了，像一个物件，哪天坏了，不能用了，就被扔掉，死了也只是一个妾。孩子死了以后，虽然不甘心，但也没办法去做什么，身边都是马夫人的人，自己其实也只能算是一个下人，又有什么资本去跟主人计较。直到郭琪的人出现，他告诉自己，所有做坏事的人都应该受到报应，她会为自己的孩子报仇。从那天起，自己的生命就又有了盼头，那就是复仇。

"你为什么要把我接出来？"赵姨娘不解地问郭琪。自己已经被抓，对他已经没有了利用价值，他为什么还要冒险把自己从马家救出来。

"我之前和姨娘说过，我和马家也有仇，而且是大仇。可是我最近在查当年的事之时，无意中查到一件有趣的事。我找到了当年给马夫人接生的稳婆，她告诉了我一个秘密，我觉得姨娘一定有兴趣。"郭琪欲擒故纵地说。果然一听到稳婆这两个字，赵姨娘的眼睛一亮。

"是不是我孩子的事？"赵姨娘马上追问。

"这倒不是，我没有找到给姨娘接生的稳婆，反而找到了当年给马夫人接生的。我给了她钱，她告诉我，当年，马夫人生的，是一个女儿。姨娘，你知道这意味着什么吗，马天恩是个女人！马夫人害死了你的儿子，把自己的女儿当成儿子养大，欺骗了所有人，霸占了本该是你儿子的财产。"

"原来是这样……你说吧，我要怎么做？只要能报复那个女人，我虽死无憾。"郭琪的话就像一道惊雷，劈在赵姨娘的心上。夫人，你自己没有生儿子的命，却害死了我的儿子。赵姨娘的恨意更重了，她知道郭琪肯告诉自己这些，一定是希望自己去做什么。

"姨娘可是真心话？"郭琪其实知道，赵姨娘已经没有了盼头，对她来说，复仇就是活着的唯一价值了。其实能找到这个稳婆，完全是意外。本来郭琪是答应了赵姨娘给她找当年接生的稳婆，来问清楚孩子生下来到底是不是活的，结果没想到居然找到了给马夫人接生的人，那稳婆已经去了其他地方居住，被找到时，还以为是马天恩的事败露了，几句话就自己露出了马脚，这才被追问出来当年的秘密。知道了马天恩是个女孩，郭琪其实还是挺佩服的，这个女人，能把马家稳住，已经非常厉害了。这么说来，这个马天恩还是自己的妹妹，原本如果自己在马家，还可以好好疼爱她，看着她出嫁，可惜，没有如果。当年马朝生让自己的母亲怀孕，又抛弃她，自己从小被养父打骂折磨，在他放弃自己的那一刻，自己的心里就只有恨了。

赵姨娘点了点头，看着郭琪，她有些出神，如果自己的儿子活着，也应该有这么大了。

马家除了马朝生兄弟三人，还有其他几支，也都在二闸生活。马朝生的父亲虽然已经不在了，但是他的叔父还在，而且，还有几个旁支的长辈也在。但马朝生是长子嫡孙，所以做了马家的族长，平时素有威信，族中一直也很平静。

马家族中一群人不请自来，同时到了马朝生家，这还是第一次。看门的人不敢阻拦，只能是匆匆来报。

马天恩正在书房议事，听到族人突然来了一群，心知肯定是出事了，连忙迎了出去。

走在前面的是马朝生的叔父，也是现在族中年龄较长的人中地位最高的一位，名叫马泰来。后面紧跟的，就是马天恩的两个叔叔，然后就是其他一些族人。最后面，是一个女人，俨然就是逃走的赵姨娘！

第二节　马天恩身份暴露

看着气势汹汹的一群人，马天恩笑了一声："怎么，各位长辈是帮我把赵姨娘找回来了吗？"

这时，马夫人也听到消息匆匆来了前厅。看到赵姨娘，知道肯定出事了。

"我家老爷现在还在狱中，不知道各位来有什么事？如果不急，就等老爷出来再说吧。"

"怕是不行。我们再不来，马家怕是就断送在你这个毒妇手里了。"马泰来怒气冲冲地说道。然后往大厅正堂的椅子上一坐，一副兴师问罪的样子。

"这话我就不懂了，我一个妇道人家，怎么就这么罪不可恕了？我们老爷不在府里，你们这是要欺负我们母子不成？"马夫人可不是一个怕事的，本来还想把真相告诉赵姨娘，没想到她居然这么有主意，带了族人来逼阵，还好没有告诉她。

"赵姨娘，你把你知道的都说出来，我们替你做主。"马泰来一副大义凛然的样子。

"是。"赵姨娘恭恭敬敬地跪倒在地。

"我们马家，哪有一个贱妾说话的份，来人，拉下去给我乱棍打死。"马夫人大怒。

"大嫂莫急，你先听她把话说完，如果说得不对，不用您动手，我来亲自打死她。不过您还没听就想动手，莫不成是想杀人灭口？"马天恩的二叔开口说道。

"你……"马夫人被气得一时无语。

马天恩看着这一群人，心里说不出来的失望。爹爹一生为了马家，现在正在牢里受苦，这群人却跑来家里闹事争权，怪不得爹爹宁肯让自己女扮男装，也不肯过继这些人的孩子。

"贱妾自知身份卑微，不过不忍看老爷被夫人所骗。当年，贱妾生了一个儿子，生下就死了，这些年，贱妾一直是以为自己命薄，现在才知道，原来是夫人容不下别人的儿子，是她，害死了贱妾之子，断了马家的香火。"

"胡言乱语，你证据何在？"马夫人不屑地说。

"我确实没有证据，不过，我知道另外一件事，可以证明夫人您是有意断送马家香火。"赵姨娘说到这儿，抬起头盯着马夫人，然后又有些歉疚地看了马天恩一眼，说："我们的少爷，马天恩，其实是女儿身。"

马夫人怎么也没想到，赵姨娘居然说出了马天恩是女子一事，这个贱婢是怎么知道的。来不及思考，她冲上去抬腿就是一脚，马夫人原来是习武出身，虽然最近有些虚弱，但是底子还在，一脚将赵姨娘踢得跌出几步，趴在地上。

"大嫂，你这就不对了。这是男是女，一验便知，何不……"马天恩二叔话说了一半，就被马夫人打断了。

"天恩是马家的家主，这个贱婢几句话你们就想验身，无凭无据，谁敢？来人，送客！"马夫人断然拒绝。这时，下人们聚了上来，其中还有一些会功夫的。一看马夫人要动手，马家的族人有些慌乱。

"大胆，你这妇人，居然敢轰族人，谁说没证据，有稳婆为证。你看这是谁？"随着马泰来一指，马夫人才发现，原来族人里还混着一个老妇人。

这老妇人见提到了自己，赶紧跪下，声音都吓得有些颤抖："夫人，对不住啊。当年，是我给少爷，不，小姐接生的。按理说我拿了您的银子，就不应该再出卖您，可是人总不能昧着良心入土啊，夫人，您就承认了吧。"这妇人说的正直，其实无非是拿了郭琪的银子，加上郭琪以她家人威胁，这才壮着胆子来做证。

"哪里来的疯婆子，一起赶出去。你们想查就查，如果查出来是你们诬陷，就把你们都从马家除名如何？以后，马家的生意你们一点都别想沾。"马夫人看马天恩想说话，瞪了她一眼，生怕这闺女自己承认了。反正自己名声不好，今天绝对不能让马天恩的身份暴露，老爷还在牢里，就算是把族人全得罪光，这时候也不能出事。

听到除名这两个字，马家这群人有些犹豫了，因为谁也没有把握，只是听了赵姨娘的一面之词，想要得些好处才来的。

这时，就见赵姨娘站起身来，轻轻一笑："夫人，这个世界，自有公道，不是你说怎样就怎样的。今天，我愿以死为证。"说完，一头朝厅里的柱子撞了上去。众人阻拦不及，赵姨娘头撞在了柱子上，鲜血瞬间从头上涌出，人也倒在了地上。

马夫人一时也惊住了，没想到赵姨娘居然连命都不要了。而马家族人瞬间就跟打了鸡血一样，出了人命，如果马夫人再不让看，这马天恩百分百就是女人。

"别吵了，我是女人，你们又能如何，来人，救人。"马天恩突然开口，下人们赶紧上来，把赵姨娘抬了下去，然后去请大夫。

"天恩！"马夫人看她直接承认了，想要阻止也已经来不及，又惊又怒。

"你既然是女人，自然不能再掌管我们马家的生意，以后更不能成为马家的家主。你们欺骗族人，这是大罪。"马泰来一听马天恩自己都承认了，马上硬气起来。

"对，立刻把马家的生意都交出来。不然，你们母女两个的罪，都够沉塘的。"马天恩的二叔也赶紧附和。

"我爹都不追究，关你们什么事？现在我爹还在狱中，你们身为族人，不说为我爹奔走，反而趁机来抢生意，不觉得丢脸吗？生意给你们，你们接得住吗？我呸！"马天恩本来就是个纨绔性子，这会儿气头上来了，直接开骂。

"你还敢如此嚣张！你是女人，怎么能管马家的生意，以后你嫁人了，还要把马家的生意带到夫家不成？"马泰来被她骂得有些心虚，毕竟这群族人平时都是仰仗马朝生过活的，现在也是趁马朝生不在，想把生意抢过来再说，光想着马天恩是女人就有理由了，却忘了马天恩平时的性子。

"我爹是族长，你们其他人谁能代表族里的意见？等我爹出来再说。至于我们家的生意，就不劳各位费心了，送客！"

没想到马天恩这么强势，不过这群人也不是好惹的，已经来了这就是撕破了脸，怎么肯就这么离开。

"你们母女这是要断送我们马家香火。大不了我们马家脸不要了，我们去衙门告你们，就怕查出来当年有人谋害我们马家骨血一事，到时候就别怪我们无情了。"马泰来索性威胁道，刚才赵姨娘那一寻死，越发让他觉得当年赵姨娘的孩子肯定是马夫人害死的。

马夫人倒真不怕，因为她确实没杀，而且就算查出来她当年换掉了孩子，那也跟马天恩无关，只要闺女不受影响，她就什么都不怕。换掉一个妾的孩子，还能把她这个当家主母杀了不成。

"去啊。你们去告我吧，官府怎么判我就怎么认。"

看马夫人这样，其他人反而没底了。告下来又如何，还能让她一个当家主母给一个妾的儿子抵命不成？而且谁也不关心赵姨娘那个孩子的死活，重点还是拿下来马家的生意。

"大家都是一家人，虽然天恩是女儿，但我们也不会把你们娘俩逼上绝路的。不过大嫂啊，你总不能不让天恩嫁人，这姑娘嫁了人，就是别人家的，咱们马家的生意总不能交给外人吧？要不，还是去跟大哥知会一声，谈谈过继的事？"硬的不行，自然是来软的，马天恩的三叔是这群人里脑子最好使的。他这么说，马夫人反而有些犹豫了，是啊，女儿总不能一直不嫁人。

"谁说我会嫁人了？"马天恩不屑地笑了一声。

"天恩，这个可不能乱说，这女人哪有不嫁人的？"

"我就不嫁啊，我要招婿上门！"

一群人谁也没想到马天恩喊出来这句，瞬间有些哑火。过了一会儿，这才又反对起来。

"我们马家又不是没其他男丁，哪容你招婿？"

"就是，一个姑娘就这么喊自己要招婿，真是不知羞耻。"

这时，突然听到马夫人大喊一声，晕了过去，直接倒在了地上。马天恩一看娘摔倒了，一下子火就更大了："滚，你们都给我滚出去，不然我砍死你们！"

马天恩平时就是混不吝的性子，最近也是因为管了马家的生意才变得平和一些，现在一发火，大家都有些吓到了，赶紧找借口离开。

"好，好，我们去找朝生。这马家，还轮不到女人做主。"马泰来带着马家族人，气急而去。

"娘。你怎么样？大夫呢？"马天恩冲到马夫人面前，从丫鬟怀里把马夫人抱过来。

"不用，我就是摔得有些疼。"马夫人看众人走了，这才睁开眼睛，朝闺女尴尬一笑。

第三节　对答

族人虽然暂时走了，但事情却只是一个开始。赵姨娘以死相证，虽然没有人敢来验明正身，但是马天恩是女人的消息不胫而走，转眼几闸都传遍了。有幸灾乐祸的，有心生同情的，当然也有像三闸刘家玉娇姑娘一样砸了梳妆台的。

赵姨娘虽然伤得重，但还是抢回来一条命。本来马夫人还想告诉她真相，一看闹成这样，干脆不说了。不然担心以赵姨娘这死都不怕的性格，不一定还能折腾出来啥。

"你说，那郭琪原来是十年前进郭府的，是个孤儿？"马大成去调查郭琪，有了消息赶紧来告诉马天恩，虽然他也知道了马天恩是女子，但在他看来，却是更加敬佩马天恩了，一个女子都能这么厉害，自己要更加努力才对。却也暗暗感叹马天恩的不易，所以就希望多为她做一些。

"是的。我是从郭府的一个老门头那儿打听到的，说郭琪是自卖自身，后来有次跟小主子出去玩，遇上人贩子想绑小主子，他一个十来岁的孩子，生生地跟几个坏人拼了命，等府里人赶到时小主子什么事没有，他却被打得遍体鳞伤。后来他就一直跟那个小主子，也就是郭勋的侄子，很受重用。"能打听到这么多，可见马大成也是用了心，不过郭琪具体从哪儿来的，却没能打听出来。

"这样，你去保定城闫庄村打听一下呢？"马天恩从管家那里得知，那小厮就是闫庄人，如果郭琪真是姨娘那个被调换的孩子，应该是被他带回了闫庄。

"好，我这就去打探。还有一件事，我不知道怎么说。"马大成有些为难地低下头。

"什么事，你直接说就是。"马天恩知道，肯定是和自己身份有关，不过事情闹开了也没什么可怕的，只要不会影响到自己救父亲就好。

"就是，少爷你是女人的事，码头上也传开了。您也知道的，咱们码头上的规矩，女人是不能上船的，更不可能管码头上的事。所以码头上都闹翻了，您这段时间最好不要去码头了，我怕有人闹事。"更难听的话马大成没好意思说，他是真的关心马天恩。

"怕什么，我自己家的码头，谁敢不让我去。"马天恩不在乎地说。看她如此，马大成也就不再说什么，赶紧去闫庄求证。

狱中，马朝生看着对面的郭琪，隐隐觉得有些熟悉，还有一些亲近。想到马天恩质问自己有没有私生子的事，再看看郭琪，就理解他为什么会那么问了。

马天恩长得其实更像马夫人，反而是面前的郭琪，和自己年轻时更加相似。只是马朝生是很温和的性子，而郭琪的眉目之间却更多的是冷漠。

"看够了吗？是不是觉得我很眼熟？"郭琪不客气地问道。

马朝生却只是笑笑："众生芸芸，天下之人，人和人相貌有相似的，并没什么奇怪。我马朝生虽然老朽，但自认记性还可以，我年轻时并未做过荒唐事，如果你是想在我这儿来印证你的身世，我可以明确地告诉你，我并不认识你的母亲，也没有做过对不起你的事。如果是因为误会而让你这么针对马家，我觉得你可以放下了。"

郭琪冷笑一声："马老爷真是贵人多忘事啊。你记得二十年前，府里有一个叫素心的丫鬟吗？"

"素心？"马朝生努力地回忆着，突然想到什么似的，说，"原来你是素心之子。她以前在书房侍奉于我，不过夫人说她跟一个小厮有情，夫人当时为了求子，想做善事，就放他们回乡成亲了。我与素心清清白白，你哪里听来的闲言？你母亲何在，我可以与她对质。"

"呵呵，我母亲已经去世多年，临死时还要我来找你，可惜，在你眼中，她只是一个被你随意打发出家里的丫鬟。马老爷，你知道我这些年是怎么过的吗？从小，我爹就说我是私生子，天天打我。我娘就只会哭，她说她是清白的，可是我越长越像你，我长得越大，挨的打就越多。后来，有次我爹喝多了，往死里打我，娘为了护着我，被他活活打死了，临死时，她拉着我的手，说要我回马家，找你。后来那个男人也死了，是大冬天自己喝醉了跌到沟里，活活冻死的。我从家一路乞讨，到了你们马家。我就看到你和马天恩一前一后走了出来，你的眼里只有马天恩，我跑过去想抱着你喊爹，结果你只给了我几个铜钱。我就发誓，有生之年，我一定要让马家家破人亡，这几个铜钱，我一直留着，我要等马天恩身无分文时，把这几个铜钱给她，谁让她是我妹妹呢！"郭琪说到妹妹这两个字时，特意加重了语气，手里握着几个铜钱，冷冷地看着马朝生。

"你……"，听到他叫马天恩妹妹，马朝生脸色大变。

"果然，还是马天恩能让你动容啊。把亲生的儿子扔了，弄个女儿冒充儿子，马朝生，你对你那夫人，还真是情深义重啊。"

"胡言乱语，你不是我的儿子，我马朝生敢做敢当。如果你敢对天恩不利，我一定不会放过你！"马朝生愤怒地说道。

"哈哈哈，现在还需要我对她不利吗？你那些族人，就已经要把她吃掉了。你都不知道她现在有多惨，估计比你在这里好受不了多少吧。"

"你……"，马朝生指着郭琪，一时怒火攻心，竟然说不出话，郭琪看他的样子，转身就走，马朝生晕了过去，重重地摔倒在地上。

而马天恩，还不知道父亲晕倒的事，正在和吴仲商量下一步的对策。知道了马天恩女子身份被揭开，吴仲担心之余，居然还有些莫名的欢喜。不过，原来他是以先生的身份留在马府的，现在马朝生入狱，马天恩又成了女人，他自然也就不好继续留在马家，而是在马家附近找了一个房子，简单收拾了一下就搬了进去。马天恩今天还是第一次来吴仲的新居，发现有些人不管住哪儿，房子大或者小，都能住出来一种清雅书香的感觉。

房间不大，却收拾得很干净，最多的东西就是书，当然，大部分是马天恩强塞给吴仲的，差点就把马家的书房给搬空了。院子不大，却有花有草，倒也别致。马天恩和吴仲就坐在院子里石凳上，马天恩一脸愁容。

第四节　男女之别

"我爹已经被关进去十多天了，这个刘知事，连我的面都不肯见。也不审，就这么关着，我真怕我爹身体扛不住。现在我是女子的事又传了出来，昨天我去码头，结果不知道谁带的头，扔了我一身的臭鸡蛋还有烂菜叶子，就是不准我上船。先生你说凭什么啊！他们水性都没我好，居然还敢嫌弃我。连店铺那些掌柜，以前对我恭恭敬敬的，现在都有些敷衍。你说我是男是女有那么重要吗？"马天恩一想起来昨天被一群平时关系很好的船工集体阻拦还被砸的事，就气得不行，感觉就跟变了一群人一样，甚至还有人说马家出事就是因为自己女扮男装被龙王爷惩罚了，让自己谢罪。呸。以前生意好的事就不提了。

"世俗如此，我们太过渺小，心不甘却无法去改变。男女之别在世人眼中，已经是天壤之别，也许有天世道变了，男女之别才会改变吧。所以，这也是马老爷把你当成男子来养的原因，不过，现在最重要的还是怎么把马老爷救出来，这样才能稳住局面。至于你说的怀疑郭琪是赵姨娘所生之子，不是没有道理的，等马大成回来便知。不过，我觉得这事还是先不要让赵姨娘或者郭琪知道。因为如果他们知道，郭琪回马家就成了必然之事。你母亲失德在先，你又是女子，马家自然要让郭琪来支撑。现在郭琪处处与马家为敌，无非两种可能，一种是他不知道自己是姨娘之子，却相信自己是马老爷的儿子，所以怀疑马老爷始乱终弃；另一种可能是他知道了真相，却还是与马家为敌，甚至不惜牺牲亲母之命，如果是这样，这人就太可怕了。如果你给了他名正言顺回马家的理由，我怕你和马夫人都无法立足。还是先等马老爷出来，与他商量后再去判断吧。"吴仲虽然遵从的是君子之道，但人并不迂腐，加之担心马天恩会引狼入室，所以反对她把实情告诉赵姨娘或者郭琪。

其实马天恩在心里已经断定这郭琪就是自己同父异母的哥哥，也就是赵姨娘之子。让马大成去保定，也只不过是想再核实一下。先生反对她把这件事告诉别人，当然是为了她好，对郭琪，她确实也没有把握自己能对付。

"好吧，等马大成回来我们再做判断。先生不是早就知道我是女子吗，怎么现在才想起从我家搬出来？"马天恩有些不解地问。

　　吴仲犹豫了一下，这才有些不自然地说："以前因为马家一直出事，我怕你应付不来，我做先生的，不管你是男是女，自然都想帮你。现在你的女子身份传了出来，如果我再留下，怕就是害了你，人言可畏啊。"

　　"呃，先生搬出来别人就不会说了吗？依我看，不如，先生你入赘我们马家如何？这样，所有问题都解决了，也不怕人言可畏了。"马天恩看到吴仲不自然的表情，就起了逗他之心。

　　"好啊。"谁想吴仲马上答应下来，然后好整以暇地看着她怎么收场。

　　"这个，哪有入赘的状元啊！"先生学坏了，居然还会开玩笑了，马天恩腹诽道。

　　"那我就不考状元了，做一辈子教书先生好了。"

　　"就我一个学生吗？"马天恩脱口而出，气氛瞬间变得暧昧。

　　"少爷，不好了！"院门是半掩的，并没有上锁，顺哥推门而入，大喊着朝马天恩跑来。

　　"衙门来人，说老爷晕倒了，让我们去接人。"

　　"啊，爹他怎么会晕倒。"

　　"听说是郭琪去看了老爷，他走后老爷就晕倒了。"顺哥这也是花了银子才打探到的消息。

　　"这个郭琪，我跟你势不两立！"马天恩顾不上和吴仲道别，跟着顺哥就跑了出去。看着马天恩的背影，吴仲在院子里愣了一会儿，然后收拾了一下，赶往马家等她和马老爷回来。

　　私盐之事，马连德确实是收了银子，不过对方跟他说自己是武定侯府之人，没人敢查，只要他把大米送到京城就好。他也没想到，居然一下船就被查了。但是他却没有任何证据，证明盐是侯府之人放到米中的，相反，侯府之人却一口咬定自家店铺运的就是大米，而且运货单之上，写的就是大米，而且还理直气壮地从衙门把大米拉了回去。马连德被打得死去活来，只好承认是自己运了私盐，但是他只是一个普通的管带，哪里有钱买盐，所以就推到了马朝生头上。但马朝生却不是可以随便屈打成招的，毕竟他还是有一些影响的，而且最主要的，马连德也没有证据证明是马朝生给了他银子，所以事情就僵在了这里。马朝生被一直扣在衙门里，刘知事虽然不敢得罪胡家和郭家的人，却也没有故意折腾马朝生，因为最近朝中也是多事之秋，这事一看就是有人陷害马家，但刘知事不想为马家出头，又不愿意把事情做绝，就这样把马朝生关着。没想到郭琪这一去，马朝生就吐了血，人昏迷了过去，叫了大夫，只说是凶多吉少。刘知事担心马朝生死在牢里，就赶紧通知马家去接人。

马朝生被接了回来，人却还是昏迷的。马夫人已经哭成了泪人，马天恩还没敢跟她说郭琪的事，只怕她会更加自责。马朝生整整昏迷了三日，马夫人衣不解带地照顾，人都瘦了几圈。

而马天恩，也见到了从保定回来的马大成，从他口中，验证了自己的猜测。

"村里人都说，那小厮回来时，就带着媳妇跟刚出世的孩子。孩子小时候，小厮对他还挺好的，谁知道孩子慢慢长大，跟小厮却长得一点都不像，就有人开玩笑说不是他亲生的。谁想这小厮就当了真，经常打那娘俩，还喝酒赌钱。后来那媳妇扛不住，就被活活打死了，因为没有娘家人，所以就被草草埋了，连个棺材都没有。后来那小厮也遭了报应，冬天喝醉酒跌到沟里冻死了，后来那孩子就找不到了。听说那个孩子名字叫余，多余的余，不过那小厮一般都喊他小畜生……我拿您给我的郭琪的画像给他们看，村里有几个人说，这就是那个小孩子，虽然十年过去了，但是模样还在。"

"余……原来真是这样。"虽然已经知道结果会是如此，马天恩还是唏嘘不已。说到底，这事真是自己母亲的错，一时起意，害了这么多人。

"这个郭琪，会不会是你的……"马大成欲言又止。

"对，他是我同父异母的哥哥。"马天恩不想隐瞒，因为以马大成的聪明，这事也很难瞒住。

"那他为什么还要害马家？"

"这就复杂了，一时也说不清楚。"因为涉及母亲当年的错，所以马天恩不想说出来。

"你放心，这事我不会告诉别人的。只要我们不说，别人很难查到的。"马大成看着失魂落魄的马天恩，安慰地说。他对郭琪没感情，要说有，那就是恨和讨厌，所以根本不希望他有认祖归宗的一天。

第五节　马父之死

确定了郭琪是自己的哥哥，赵姨娘的儿子，马天恩的心里却更加沉重了，这件事她只告诉了吴仲，连爹娘都没说。不告诉母亲，是怕她心理压力太大，毕竟如果没有当年她的一念之差，现在马家也不会被郭琪害成这样。而不告诉父亲，更多的是，担心会影响他和母亲之间的感情。父亲那么希望有一个儿子，如果他知道自己的儿子被妻子调包送走，吃了那么多苦，现在又恨马家入骨，她不知道父亲会怎么样，会不会因此恨母亲。

马朝生时而清醒时而糊涂，清醒时马天恩想告诉他，但是又说不出口。马夫人的精神都集中在了丈夫身上，倒没有继续去找赵姨娘儿子的想法了。

码头上的事全靠五叔和马大成这些人在支撑，马天恩却是一次都没有再去，倒不是怕，只是现在，不想再多事。而族人看马朝生病重，暂时安稳了一些，不过倒是二叔三叔，只要马朝生清醒的时候，就跑来怂恿他过继自己的儿子。马朝生并不回答，只是默默地听他们说，然后闭上眼睛。

倒是吴仲带来了一个好消息，说是大太监张永在平定安化王之乱后，利用献俘的机会，向武宗揭露了刘瑾的十七条大罪，武宗下令将刘瑾抓捕审问。现在朝中刘瑾一党人人自危，胡家也在其中。而武定侯等功勋人家，唯恐惹事上身，都在约束子侄们，不准太过招摇。

怪不得最近衙门也暂停了私盐一案的审理，之前扣的船也还给了马家，这让马家的生意恢复了一些。

而郭琪也收到了侯府派人来告知的信息，也就是他在田家的一切所为，都与郭家无关，如果出事，都推到田府即可。一时间，风雨欲来，山河变色。

田荣华坐在书房之中，不知不觉，想起了以前的老管家。有些事，天知地知，自己也知道，没有暴露出来并不代表没有做。自己一时狠心，毒死了管家，也断掉了自己的一只手。自从郭琪入府，虽然借着武定侯府的势力，抢到了不少生意，也给田家赚到了银子，但却总感觉不踏实，好像这一切转眼就会失去。朝中的大事他不懂，但是刘瑾入狱的事他是知道的，漕运牵扯到太多人的利益，自己只是一个小小的棋子，既然是棋子，就难免被推出来挡灾。自己怎么样不要紧，但田家不能有事。孩子还小，看来，只能把富贵逼出来主事了。想到这儿，田荣华找人把田富贵叫了过来。

田富贵虽然单纯，但其实人并不笨，这段时间的事他都看在眼里，但是大哥是不会听自己劝的，所以只能是背地里干着急。

到了书房，田荣华让他坐下，还倒了茶给他，这让田富贵受宠若惊，因为平时大哥对自己都是比较严厉的，更像是一个严父。

"大哥，我自己来就好。"说着，就要去抢茶壶。田荣华却拨开了他的手，坚持给他斟茶。

"最近，你书读得怎么样？"

田荣华这样一问，倒让田富贵觉得熟悉的感觉又回来了。于是小心翼翼地说："先生说我还有很大的提升空间。"说完，看着大哥的脸色。

"努力就好，也不要太过勉强。"

"啊，大哥，你今天好像不太对，你不是应该骂我吗？"

"我以前骂你，是为了你好，今天不骂你，也是为了你好。"田荣华笑笑，然后说，"爹死得早，我比你大这么多岁，所以对你要求会比较严厉，也是希望你有天可以光耀门楣。万般皆下品，唯有读书高。大哥这辈子做不了读书人，就希望你可以。现在想来，确实是把我的意志强加给了你，我以为是对你好，其实你未必喜欢。"

"不，不，我喜欢，我就是笨。"今天的大哥太反常了，田富贵莫名地有些害怕。以前的害怕是假的，无非是被揍，今天却是从心里地恐惧。

"你不笨，你很聪明的。我和各个掌柜还有码头上的人都说好了，最近一段时间，你来替我处理田家的事。"田荣华话一出口，田富贵整个人都惊住了。

"大哥，为什么啊，那你去做什么？"

"我？我病了。"田荣华气定神闲地说。

看着虽然气色不太好，但明明身体比自己都强壮的大哥，田富贵有些无语，"大哥，你明明好好的。"

"内伤。就这么定了。这些是账本，你好好熟悉，有不会的就问我，三天内看完。"田荣华指着书桌上厚厚的一摞账本说。

"大哥……"

田富贵一脸的无奈，抱着厚厚的账本走出书房，田荣华的目光一直在他身上，直到看不见。

马父今天精神出奇的好，还自己喝了一小碗参汤，这让马夫人和马天恩都非常高兴。本来马天恩是想去几个店铺看看，却被马朝生拉住了，说想和她多聊几句，马天恩自然高兴地答应下来。

"爹，我觉得没几日你就好了，等你好了，我们去吃烤鸭。"马天恩撒娇地说。

"好。听你的。"马朝生一脸宠溺。虽然女子的身份已经暴露，但马天恩还是一袭男子衣服。

"老爷，要不要到院子坐坐？"马夫人看他脸色好，于是建议说。

马朝生欣然同意。于是马天恩和马夫人一左一右扶着他，到了院子里的一丛月季花前。月季花开得正娇艳，有着不让牡丹的明媚。马朝生突然就想起来第一次见到马夫人时的情景，那也是这样一个阳光灿烂的日子，他看到有个小姑娘被两个小流氓调戏，就上去想打抱不平，没想到却被打倒在地，当他坚持着想要爬起来的时候，却看到那小姑娘身手利索地把两个流氓打得哭爹喊娘，然后转过头朝自己眨眼一笑，明媚了整个夏天。

想到这儿，马朝生伸手想去折一朵月季别在夫人头上，谁知手刚伸到月季枝前，还没把月季花掐下来，眼前就觉得一晕，整个世界，都黑了，只听到马夫人和女儿的哭喊声。

大夫再次赶来时，马朝生已经再次昏迷。大夫检查了一下，摇了摇头："夫人，老爷他已经油尽灯枯，还是尽早准备后事吧。"

"不，你骗我，老爷他不会有事的。"马夫人不相信大夫的话，跪倒在床上，喊着马朝生的名字。

"马朝生，你给我醒过来，我还没准你走，你不准走。"

"马朝生，你信不信，如果你走了，我追你到另一个世界也要打醒你，你说过要照顾我一辈子的，这不是一辈子，不是……你还没看到天恩嫁人呢，你怎么能这么自私！"马夫人一边哭一边说，马天恩也跪在了父亲床前，泣不成声。

突然，马朝生的手动了一下。马天恩和马夫人赶紧看过去，马朝生艰难地睁开了眼睛，看着她们，想说什么又说不出。

"老爷，你想要什么，你和我说。"马夫人激动地抓着丈夫的手。

马天恩却好像是读懂了父亲的眼神，轻轻地说："爹，你有一个儿子。"马天恩话音一落，马朝生的眼睛瞬间有了神采，激动地看着她。

"对，他就是郭琪。他很能干，只是对我们马家有误解，他是赵姨娘的儿子，爹，你有儿子，你无愧于马家列祖列宗。"马天恩一字一字地说着，心却在滴血，父亲，如此疼爱自己的父亲，其实在他的心中，最想要的，还是一个儿子吧。

"你说什么，天恩，你说什么？"马夫人自然知道郭琪是如何针对马家，没想到他居然就是赵姨娘的儿子，更没想到，马天恩早就知道，却没有告诉自己。

　　"对不起……"马朝生拉着女儿的手，说出了最后三个字，却再也说不出话，却紧紧盯着女儿的脸。

　　"我会让郭琪认祖归宗，爹，我答应你。"马朝生听到女儿的话，脸上露出满足的表情，闭上了眼睛。

第六节　兄妹

　　等在一旁的管家将纩呈上。"属纩以俟绝气"，纩是很轻的丝绵新絮，把它安放在临终者的口鼻上察验是否还有呼吸为属纩。可是，还有一个规矩，就是"男子不绝于妇人之手，妇人不绝于男子之手"，马朝生是男人，只能由子侄或者兄弟等男性来验。而马天恩是女子，如果这时去请马家其他男性族人来，只怕是会多加刁难，未必会及时来。而马夫人已经哭得快要晕倒过去。

　　这时，突然有一只手接过了纩，然后伸到马朝生的口鼻处，纩毫无飘动，吴仲转身对大家说："马老爷已逝。节哀。"众人皆跪拜痛哭，管家已经安排人去通知族人消息。

　　吴仲则为马朝生做最后的招魂，一手执领，一手执腰，面向北方，长呼马朝生的姓名，《礼记·檀弓下》道："复、尽爱之道也。有祷祠之心焉，望反诸幽，求诸鬼神之道也。"也算是尽了最后一份心。仪式做完，吴仲将马朝生交到管家手里，管家等人开始负责给马朝生换衣服。

　　大家将马朝生的身体安放在正寝南窗下的床上，用角柶插入他上下齿之间，把口撑开，以便日后含饭，叫作楔齿。用燕几固定死者双足，以便日后着履，叫作缀足。然后在他尸体东侧设酒食，供鬼魂饮用，俗称倒头饭。在堂上设帷帐，把他和生人隔开。马天恩等人脱掉平时的衣服，除去了装饰品，易服布素，开始居丧。到了发讣告这个环节却出了问题，因为要以丧主的名义发出，而女人不能主丧。

　　得到消息匆匆赶来的马朝生的两个弟弟却吵了起来，因为马朝生死前并没有定下过继之事，而现在谁来做丧主，主持丧事，就意味着谁来继承马朝生的家业。马朝荣和马朝阳自然是各不相让，马朝荣仗着自己是老二，想以兄长的身份来压马朝阳，没想到这个平时没什么主意，天天跟在自己身后的马朝阳居然一点不退让。因为马朝阳有两个儿子，而马朝荣只有一个，马朝荣的打算是让儿子一肩挑两房，马朝阳自然不干。两个人在灵前就吵了起来，一群下人也不知道怎么拦，马夫人已经哭得背过气去，连郭琪怎么就成了赵姨娘的儿子都没有心思问，别说这两人吵架的事了。

　　马天恩现在终于明白父亲为什么宁肯把自己当成儿子来养，都不愿意在两个叔叔家挑个侄子过继了。平时仗着有马朝生护佑，这两人就只知道吃喝玩乐，现在马朝生刚死，就为家产打了起来。而且丝毫没把自己和母亲放在眼里，可能在他们看来，父亲一死，自己以后就可以任他们揉捏了。

想到这儿，马天恩也理解了父亲为什么临死前一定要自己把郭琪认回来，是因为他就早料到了会有这样的局面，知道自己一个人很难跟家族抗衡，所以宁可希望郭琪可以幡然醒悟。

这完全是马家的家事，吴仲有心无力，一点都插不上手，而且他一个外人，一直留在灵堂也不合适，所以回了自己的院子。吴仲强拿了一册书，可是一眼都看不下去。如果自己可以高中，娶了马天恩，是不是就可以护她一世无忧了呢？一个念头涌了上来，万千相思之意就再也掩饰不住，原来，自己对她早已情根深种了啊。马天恩，等我明年高中，必许你一生一世一双人。

田家一个酒楼的包间里，郭琪一个人自斟自饮。一直盯着马家的他自然第一时间就知道马朝生死了。可是心情却没有想象中的那么愉悦，一闭眼就好像是看到了马朝生倒在地上的样子。当年的事，难道真是马朝生始乱终弃吗？如果不是，自己一直以来的报复又算是什么？马朝生在狱里的话那么肯定，难道他真的和母亲没有关系？那自己为什么会长得像他？这些问题想得郭琪头都疼了，只好继续喝酒。

这时，门突然被人一脚踢开，就见一个人影闯了进来，朝他方向扑过来抬腿就是一脚。郭琪也不是文弱书生，向后一撤，就看到马天恩像只愤怒的小豹子，很快又追了过来一拳打过来，郭琪干脆不退了，直接用拳头迎上，郭琪的拳头要硬多了，谁知道马天恩就跟不知道疼一样，继续跟他厮打。房间本来就不大，郭琪看发了疯的马天恩又很快扑了过来，只好闪身，然后趁扑空的马天恩没反应过来时，用手臂想去环住马天恩的脖子，谁知道马天恩张嘴就咬，郭琪一吃痛，马天恩一手肘击中他的胸部，转过来还想打，郭琪哪里还肯让她打，干脆想拿手劈她脖子，打晕算了。没想马天恩突然放声大哭，还抱住了他。郭琪抬起的手不知道要放哪儿，尴尬地停在了半空。

"喂，你可不可以坐下说话。"郭琪这会儿有些手足无措，如果马天恩来硬的，他不怕，死过的人怎么会怕打架。可是马天恩一哭，他反而慌乱起来。

马天恩这才松开他，然后委屈地说："我没爹了。"

郭琪木然地说："我早没了，我连娘都没了，你是来跟我比谁更惨的吗？"

马天恩突然又跪倒在地，就要给郭琪行大礼，吓得郭琪一把将她拉起来。

"你今天是不是疯了，一会儿要杀我，一会儿又抱着我哭，这会儿又要跪我。

你要是脑子不好就去找大夫，你们马家不至于这么穷了吧，大夫都请不起。"这会儿郭琪是彻底被马天恩搞蒙了，完全不知道要怎么应对。

"刚才，有句话你说错了。"马天恩抬起头，看着郭琪。

"啊，什么话？"郭琪一向自诩聪明，这会儿觉得跟不上马天恩的脑回路了。

"你说你娘早没了，那句是错的，你娘，还活着。"

马天恩的话一说完，郭琪脸色大变。

"你说什么胡话，我娘早就死了，我看着她被埋的，连个棺材都没有，这些都是因为马朝生……"

"不，你错了，死的不是你娘，你亲生的娘是我爹的赵姨娘，你见过的，就是你前段时间教唆差点撞死的那个赵姨娘。"马天恩本来还想再指责几句，可是看到郭琪整个人傻掉的样子，又把话咽了回去。说到底，郭琪之所以变成今天这样，其实是跟自己母亲有直接关系的。

"赵姨娘是我娘？怎么会这样！"郭琪坐在了椅子上，有些不可置信地说，"你是说，我先是逼亲娘自杀，现在又气死亲爹？"

"也不能这么说了。你也是不知道真相才这样的。"马天恩有些心虚，不敢看郭琪。

"那你就把真相告诉我吧。"郭琪的声音冷静了下来，不过，也透着寒意，让马天恩有些不敢开口。

第七节　说服

看马天恩欲言又止的神情，郭琪拿着酒，给她倒了一杯，然后推到她面前。虽然已经知道马天恩是女子，可是他总觉得更像是兄弟，所以也没有觉得给她酒有什么不对。马天恩果然很男人地端着酒一饮而尽，然后用一种悲壮的表情看着郭琪，这才缓缓开口。

"刚才我打你，是替爹打你，如果不是你，爹不会这么早就离开。我跪你，是因为我娘对不起你。子不言母过，我只能把我知道的告诉你，如果你还有恨意朝我来，我都接着。"马天恩说完，又喝了一杯酒。然后把自己知道的事情，当年马夫人如何调换了两个孩子，让赵姨娘以为孩子死了，而郭琪却被丫鬟和小厮带走。马夫人的一念之差，造成了今天不可挽回的局面。

"爹临死前已经说不出话，还在看着我，我知道他是想让你回来，我跟他说，你是他的儿子，我会请你回马家，他才闭上眼。你能不能回去，主持爹的丧事？其他的事我们以后再说。至少，去看看姨娘吧。"马天恩试探地问。

"她怎么样了？"郭琪知道赵姨娘当众以死相逼马夫人的事，因为就是他怂恿的，当时，他还感慨了一下，赵姨娘为了一个刚出生就死去的孩子，居然舍得自己的性命。只是万万没想到，自己居然就是那个孩子，还教唆自己的亲娘去自尽。

"不太好。她好像没有了求生的欲望。你去看看她吧。"

"你想过没有，如果我回了马家，有可能会对你或者你母亲不利，报当年之仇？"

"想过了，我答应爹了，要带你回去，我敢让你回去，就敢接受一切后果。要是你敢对我娘不好，我就带我娘离开马家，如果你再追着不放，我就杀了你。我娘是对不起你，但赵姨娘也给她下了毒，而且我爹一死，我娘活着也是在痛苦之中，放手吧，一切到此为止。而且，你能不能接手马家，还得通过我的考核呢。你要做得好，我才会把生意给你，如果做得不好，我就招赘。"马天恩来的路上，就已经都想过了，既然自己答应了爹要把郭琪找回去，就要做到，大不了把娘带出马家，也省得娘触景伤情。对钱财，马天恩其实一直都看得不重，只是这是爹娘的心血，所以才要坚持守住。

"招赘……你一个大姑娘，把这话挂嘴边也不觉得害羞吗？我对马家的钱没兴趣，而且马家现在也没多少家业了吧，烂摊子一个。"

"我呸，你还好意思说烂摊子，现在的局面是谁造成的？"提到这个，马天恩火又上来了。

"可是，我变成这样又是谁造成的？马天恩，如果不是你娘把我换掉，我会变成这样？"郭琪毫不留情地说。

"好，这些事我们以后再谈，现在你可以跟我回马家了吗？"丧事是不能等的，所以不管怎么样，马天恩都想先把郭琪带回家。

看郭琪不语，马天恩又给自己倒了一杯酒，刚想喝，却被郭琪把酒杯抢了过去。

"你看你，哪有一点女人样子，还想招赘，谁会要你！"然后自己把马天恩杯子里的酒给喝了。

马家现在已经乱成了一团，最终也没能决定由谁来做丧主。马天恩出去不归，马夫人又已经哭晕了几次。管家这些下人也不敢说什么，所以丧事就暂时停下了。

马天恩并没有带郭琪直接去父亲那儿，而是带他先到了赵姨娘的房间。跟在马天恩身后，郭琪心情复杂而且忐忑，这不是第一次和赵姨娘见面了，但是这次却是以母子身份相见。听马天恩的意思，赵姨娘还不知道自己是她儿子，如果她知道了，也不知道是开心还是失望。

刚走到赵姨娘房间门口，就看到有个丫鬟端着食盘出来，上面一碗白粥一个素菜。因为赵姨娘伤势较重，所以也没有让她去跪拜。看到马天恩过来，丫鬟赶紧施礼。

"少……"刚想喊少爷，又想起马天恩是女的，可是叫小姐又不习惯，丫鬟干脆避过了称呼，"姨娘她已经不肯吃饭，我劝了，可是她不听。"

郭琪突然走上前，从食盘上把粥端了下来，然后推门进去，马天恩却没有跟进去，只是站在门口。

赵姨娘本就存了死意，虽然被抢救了回来，却觉得活着也没有了盼望，特别是听到马朝生去世的消息，觉得自己是活不到看马夫人倒霉那天了，还不如随着马朝生去了，然后在阴曹地府跟他好好谈谈。

听到有人推门进来，赵姨娘并没有动，连眼睛都没有睁开。这时，就听到有人坐在了自己的床边，然后开口说："喝口粥吧。"

这个声音？赵姨娘睁开眼，就看到了眼中含泪的郭琪，不由心中一惊。

"你怎么来了？"说着，就想挣扎着坐起来。郭琪伸手扶了她一下，然后什么也不说，就势把枕头放在她腰后面，然后继续给她喂粥。

赵姨娘看勺子到了嘴边，犹豫了一下，还是喝了下去。然后郭琪就继续喂，两个人一直没有交谈，就这么一个喂一个吃，等半碗粥进去了，赵姨娘突然摇摇头，表示不吃了。

郭琪把碗放到桌子上，然后又走到床边，突然跪了下去。赵姨娘像是感觉到了什么，双手捧着郭琪的脸，细细地打量，然后轻轻地擦掉他脸上的泪，却不知道自己早已经泪流满面。然后小心翼翼地说："你，是我的孩子吧？"生怕声音大了，会吓到郭琪，或者，是打碎这个梦。

郭琪再也忍不住，喊了一声："娘，对不起。"然后紧紧地抱住赵姨娘，痛哭起来。一直以来，他都以为娘已经死了，马朝生是害死娘的凶手。怎么也没想到，娘居然还活着，自己还差点害死她。

赵姨娘觉得就像在做梦一样，自己以为死去了二十年的孩子，居然就这么出现在自己面前，她甚至不想去问原因，只要这是真的，就比什么都重要。刚才郭琪喂她吃饭时，她看着郭琪和马老爷相似的脸，又看他的神情，突然就闪出了这个念头，这是自己的儿子，自己心心念念了二十多年的孩子。居然，就这么出现了。

"孩子，你一定吃了很多苦啊，是娘对不起你，是娘没用，娘以为你死了，不然一定会去找你的。"赵姨娘轻轻地拍着郭琪的后背，好像是想把这二十多年的母爱都给他。

"娘，是我不好，是我把你害成这样的，我不知道你是我娘……"郭琪抬起头，愧疚地看着赵姨娘苍白的脸，好像随时会倒下一样。

"不，不，不是你的错，是娘太笨了，没有认出你。你不要怪娘啊！"

马天恩在门口，听着屋子里面的动静，知道他们已经相认了。可惜，这代价，太大了。他们母子一定有很多话要讲，不过，自己好像应该进去找郭琪了。

马天恩推开门，郭琪和赵姨娘还都沉浸在母子相认的喜悦中，没注意到她走进来。

"那个，姨娘，我和郭……大哥还有些事要商量，要不等会儿再让他和你解释？"马天恩有些为难地说，因为刚才顺哥跑来说，那边已经要打起来了。爹活着不松心，不能让他死了还被吵。

郭琪平复了一下情绪，然后扶赵姨娘躺下，说："你先好好休息，我一会儿再来看你，我会告诉你事情经过的，你要好好吃饭，尽快好起来。"

赵姨娘重重地点了点头。等马天恩和郭琪出去，赵姨娘从床上艰难地爬起来，然后跌跌撞撞地走到桌子前，端起桌上剩下的半碗粥，大口地喝了起来。

第八节　归宗

"你说什么，他是我大哥的儿子？你这是疯了吧，你别以为我不认识，他是田府的大管家，处处针对我们马家，怎么会是大哥的儿子？"马朝荣一听马天恩说郭琪是马朝生的儿子，立刻跳了起来。

"对，你不要以为他长得像大哥就说是大哥的儿子，这天底下长得像的人多了。"马朝阳跟着说。

"原来三叔也觉得我长得像爹啊。"郭琪立刻接了过来，马朝阳脸色一白，知道自己说错了话。

"我来解释。"马天恩刚才在路上，已经和郭琪商量好了说辞，因为她不想让大家知道母亲当年做的错事，所以就临时编了一套。

"我爹当年听了算命先生的话，说他命中应当无子，如果生了儿子，一定不能养在身边，不然就活不成。所以我大哥生下之后，就被我爹找人养在了其他地方。因为涉及天机，我爹就没告诉其他人，没想到收养大哥之人起了贪念，居然贪了爹给的银子，还把大哥卖到了郭府。大哥不知道真相，只是从收养他的人嘴里听说自己娘亲是被我爹所害，所以才恨马家。我也是最近才把事情查清楚，我爹临死前还嘱咐我一定要把大哥找回马家。既然我爹有儿子，就不劳烦两位叔叔了。"马天恩话音一落，她两个叔叔马上又跳了起来。

"凭你一面之词，就想冒认我们马家骨血，门都没有。我们要的是证据！"马朝荣一发难，马朝阳赶紧附和，完全忘记了刚才他们两人还在争打。

"我有证据。"突然，马夫人从帷帐内走了出来。

"大嫂，你可要想清楚啊。要是过继了我和三弟的孩子，肯定会好好孝敬你，这个郭琪居心叵测，你可别引狼入室。"看到马夫人出来，马朝荣觉得有些不好。

而郭琪和马天恩也没想到马夫人会出面做证，一向强硬的马夫人，现在依然站得挺直，只是眼睛都已经哭肿，面容憔悴不堪。

"他当年出生时，是我用死婴换了他，然后让丫鬟素心将他抱走。素心以为是她自己的孩子，其实她生的是那个死婴。当年的稳婆也是我让我父亲带去了其他地方，怕她说出真相。赵姨娘当时身边的丫鬟后来也被我打发到了父亲的庄子上，人都在，随时可以找回来做证。所有事情都是我做的，是我不愿意让妾生的儿子做我的儿子，来抢走我孩子的财产。你们想怎么处置我，随便。"说完，继续走进帷帐，在马朝生死的那一瞬间，她已经无惧生死。

马朝荣和马朝阳都愣在了那里，他们明白，不管如何处置马夫人，都改变不了郭琪是马朝生儿子的事实了。

郭琪和马天恩不同，他吃过太多苦，经历过太多事，所以也更成熟。郭琪立刻朝帷帐跪倒在地，"郭琪不孝，现在归宗，一定会振兴马家，不让父亲失望。"然后深深叩首。

随后起身，开始叫来管家，商量丧礼之事，完全不再理会两位叔叔的反应。

有了郭琪出面，一切就都顺理成章地推动了起来。发讣告、答谢吊唁的宾客、布置铭旌灵堂、设燎重都顺利完成。然后郭琪又以孝子的身份，给马朝生举行了小殓、入棺大殓。下葬之日，柩车启行，前往墓地之时，整个五闸都轰动了。一方面是马家素有威望，另一方面，大家也想看一下马家这个突然出现的儿子。马家最近发生的事情，在五闸都传遍了，先是少爷变成了姑娘，现在又冒出来一个真的少爷。马夫人那天所说的话尽管马天恩下令不准外传，但还是流传了出去，一向乐善好施的马夫人变成了一个恶毒妇人，把马老爷的亲生子送走不说，还让自己的女儿冒充男人，导致马夫人刚在送葬队伍出现，就有人一边骂一边扔东西。马天恩紧紧地护住母亲，也被砸中了不少。不过马夫人却浑不在意的样子，只是走自己的。

灵车到了墓地，早已经有人掘好了墓圹，还铺垫上了石灰、木炭。众人抬下灵柩，又开始祭奠。当要把灵柩用绳索放入圹中之时，马夫人突然挣脱了马天恩的搀扶，挤上前去纵身跳下墓圹。

还是郭琪反应最快，也跳了下去，马夫人一心求死，手中握了匕首，朝自己咽喉就刺去，郭琪拿手臂一挡，匕首正好刺在他小臂上，鲜血立刻冒了出来。这时马天恩也跳了下来，紧紧抱住母亲。

"你若敢死，我就将马天恩随便嫁给一个下人。你还没赎罪，就想一死了之，天下哪有这么好的事！"郭琪捂住伤口威胁道。

"你敢……"马夫人没想到，他居然拿女儿来威胁自己。不过听了他的话，脑子好像清醒了一些，是啊，朝生不在了，可是他们的女儿还在啊，他们有四个女儿，那三个已经结婚为人妻，可是天恩呢，她像男人一样长大，现在却要成为女人生活，如果自己也走了，无父无母的姑娘，又怎么能嫁个好人家，再加上郭琪……

"娘，我已经没有爹了，我不能再没有你，你要死了，我也不活了，我们一家三口在地下团聚吧。"说着，马天恩就去夺母亲手里的匕首，马夫人哪里肯给她，连忙将匕首扔到地上。

郭琪和马天恩趁机合力将马夫人从墓圹弄了出去。刚才起哄拿烂菜叶砸人的，现在也不好再说什么了，没想到马夫人是存了死念的，将人逼死就真的罪过了。

马朝生这才入土为安。

马府内一片哀声。马夫人回去后就病倒了，马天恩也瘦了一圈。郭琪虽然主持了丧事，但还没有正式记入族谱，要记到马夫人的名下，才能成为嫡子，名正言顺地继承马家的家业。

马天恩还是一袭男装，忙前忙后地照顾马夫人。看着女儿，马夫人又是心疼又是愧疚，不知道自己还能为女儿做些什么。

"天恩，以后，就不要穿男子衣服了，我让李妈妈叫了裁缝，给你做了几件女装，还是换上吧。"马夫人慈爱地看着女儿。

"还是不要了，我觉得现在这样挺好的，我也习惯了。"马天恩一口回绝。

"傻丫头，你现在已经恢复了女子身份，总不能还每天跑来跑去的。你年龄也不小了，你几个姐姐像你一样大时都已经成亲了。趁娘还在，一定会给你寻一门好亲事，这样万一娘不在了，也好有脸下去见你爹。"为人父母的，在这个世上最放不下的，就是孩子啊。

"嫁人？不要。我要跟娘过一辈子。"马天恩坐在床上，俯身抱着母亲撒娇地说。

"你觉得，吴先生怎么样？"马夫人突然问。

"啊，挺好的啊！娘，你不会是让我嫁给先生吧！"马天恩跳了起来，这，这多不好意思啊！

"娘有这个意思，吴先生他人品好，又有学问，趁他现在还没高中，可以把婚事先订下来。不然等他金榜题名做了官，就怕想招他为婿的就太多了。娘的嫁妆都是你的，我再挑几个赚钱的铺子也添给你，想必那郭琪也不会说什么。"说到这儿，马夫人停顿了一下，才接着说，"剩下的产业，就给郭琪吧。等你成了亲，娘就长住佛堂，给你爹念经祈福。"

"娘，你别这么说，就算我成了亲，还是要和娘在一起，我养娘。"马天恩拉着母亲的手说。

马夫人用另一只手帮女儿把几根凌乱的头发别到耳后，笑笑说："哪有姑娘嫁人还带着娘的，只要你过得好，娘就安心了。"

"要不，我让他入赘吧。"马天恩突然想起来之前自己开玩笑说要吴仲入赘，他说好的事。

　　不想马夫人笑了，"真是个傻丫头，那吴先生可是人中龙凤，将来是要做状元的，你见过入赘的状元吗？这么说，你是愿意了？"

　　"我哪有……"马天恩突然觉得脸上发热，心口狂跳，肯定是病了，一会儿得找个大夫瞧瞧。

椅子上拉起来。

　　就见马朝生脸色一变，剧烈地咳嗽起来，马夫人赶紧蹲下身子递上手帕，马朝生一低头，一口鲜血吐了出来。

第四节 除夕

关于除夕的来历，有很多种说法，有种在百姓间流行的说法，年即是夕，是一种怪兽，会在腊月之日来为害人间，人们自然要反抗那，但又打不过怪兽，知道这种怪兽怕火，怕声响，到腊月一天晚上：大家身着红衣，燃放鞭炮，没有鞭炮之前，则是烧竹子，为的是利用竹子燃发出的爆裂声，年兽来了一看人间到处是人，还有雷鸣之声，就会跑掉，所以这一天也叫除夕。

区别于民间的这种说法，还有一种书中记载的，据说除夕来自"大傩"风俗。人们面对疾病时往往无能为力，只好将家疫病由鬼怪造成，寄希望于迷信仪式来保佑平安。在傩祭祀中，人们会戴上奇怪的面具，跳着特定的舞蹈，奋力驱赶想象中的疫神。"正腊日，门前被涂入、挑神、纹阵、烧松柏，杀鸟名门户，逐疫。"腊日早晨要做的放烟火、做桃神等都是来自大傩的仪式，目的就是为了"逐疫"。当然后来慢慢演变为，做桃人，就变成了直接挂桃枝，其实不管哪种方式，目的都是祈福家邦。

转眼间，就到了除夕，马家一家人围坐在一起，正所谓除夕夜，围炉而坐，达旦不眠，谓之守岁，吃过了扁食，聊起了家常，今年与往年不同，马朝生的身体还没好，自然是无法守岁，坚持了一会儿，也就去休息了。

吴仲因为没能回江南，又不能跟马家人一起守岁，所以自己依旧在小隔房间里读书。

外面鞭炮声不绝于耳，烟花将天空照得通明，越是热闹，越是孤寂，想起来京求学这段时间，居然发生了这么多事。吴仲想起在江南的时候，如果是往年，一家人也是会围坐一起，吃着年夜饭，家里的春联，一直都是自己写，自己不在，又来又得弄自动笔了，想着想着，不觉放下了书，看来，自己还是无法做到心如止水啊。

"先生，我进来了啊，"随着清脆的声音，马天恩笑嘻嘻地抱着食盒推门而进。

"天恩，你怎么来了？"吴仲既是欣喜又有些意外。

"我当然是来给先生了，快看我给先生带了什么？"打开食盒，居然配是南方的家式，还有了两小瓶汤圆，马天恩得意地看着吴仲，把饭菜摆上，当然，也少不了酒。

一向地喜欢的吴仲居然不知道说什么了，跟着还有一些湿润，稳定了一下

第一节　做戏

下葬之后，还有一些后续的祭祀之事，如虞祭，将死者正式设置神主，也就是用桑木制作，写上逝者的名讳，代替死者受祭。虞祭之后还有卒哭，一般在丧后一百天举行，在家门外向死者魂灵献酒，让死者的神灵从此离开家宅。不过民间受佛家的影响，还有"做七"的习俗，也就是人死后每隔七天做一次佛事，设斋祭拜。因为佛家认为人生四十九天后魄生，人死四十九天后魄散。做七又以五七最为隆重，七七断七，断七相当于卒哭。正统的士大夫认为做七是愚夫愚妇所为，但民间却颇为普遍，甚至在一定程度上取代了三虞卒哭之礼。

而马家，则选择了虞祭跟"做七"，这也是一些民间大户通常的做法。只是头七刚过，郭琪就找到了马天恩，告诉他自己要搬出去住。因为要给马朝生主持丧事，加上他马家少爷的身份，自然不能还住田家，所以这段时间，他都是在马家居住的。

"啊，我娘不是已经答应把你认在名下，然后等爹七七之后就正式开祠堂把你名字加入族谱吗？你怎么还要搬出去？"马天恩不解地问。刚刚相认就要搬出去住，就算是自己不说什么，其他人也少不了闲话啊。

"我不但要出去住，而且还要跟你打一架再出去，就是不知道你方便不方便打架。"郭琪看了一眼马天恩，毕竟她现在身份是女子，名声不好容易嫁不掉，当然，她的名声也已经好不到哪儿去了。

"打架？方便啊，不过，我们为什么要打？"马天恩觉得自己脑子有些不够用了。

"你知道，我现在是武定侯郭家的人。虽然我因为早些年救了主子的命，他把卖身契还给了我，但我还是一直在为郭家做事。这次来田府，其实私心上是为了报复马家……我当初确实是不知情。"郭琪略微解释了一下，然后接着说，"但确是受郭家所派，为的就是找到一家适合的傀儡，统一各闸，方便郭家背地里把持漕运。这些日子我回马家认祖归宗之事郭家早已经知晓，我跟他们说我之前确实是不知情，而且如果我成了马家的家主，那对郭家只有好处，所以他们才乐见其成。现在朝中形势微妙，刘瑾被抓下狱，他的党羽也陆续被查。这次私盐之事，是郭家、田家和胡家联手所为。而且除了放在马家的那些私盐之外，其他都是通过田家所运，胡家的人在京城贩卖私盐，而我代表郭家出面负责江南盐帮的一些关系，还有运输路上的一些关卡疏通。现在胡家出了事，我怕私盐之事最终会把田府跟郭家也牵扯进来。而郭家是开国元勋，涉及不到刘瑾案，一个私盐案奈何不了他们，但是出面的我，极有可能作为田府的大管家，推出来和田府一起入罪。所以马家还要跟我划清界限。我们找机会打一架，然后我趁机搬出府去，码头和粮仓就由我来管吧，这些以后出什么事我一人承担即可。其他的生意还是你来管，应该问题也不大。还有，替我照顾好我娘。"

"你，不会有事吧？"马天恩有些担心地问。

"有事，不过死不了。因为郭家应该不会看着我死，我现在可是马家的大公子，如果田家倒了，马家就是他们最好的选择。所以，妹妹，你还是招赘吧。如果让我管了马家，马家就会变成郭家的棋子，没准哪天就会变成今天的田家。还是依我所言，我们打一架，然后我把码头这些拿到，等我入了狱，你再把码头和粮仓收回去。"

"呸，呸，入什么狱。哎，你说你这算不算是自作自受，挖坑把自己埋了！"

"这是天意。其实我挖的坑是准备埋你的，只是我运气不好。"郭琪认真地说。

"我觉得不是报应，也不是天意，是人心。"马天恩反驳说，"出事归到老天，这是不对的。刘瑾做了太多坏事，人人都恨，恨的人多了，总会有人能收拾他。你以前做错了事，自然也要受到惩罚，但如果你以后不做坏事了，那大家都喜欢你，自然就会对你好。"

"那到底是做了多少坏事，现在才会这么惨？"郭琪忍不住出口反驳。

"你……"

"你不是一样被人扔菜叶子吗？你看，人心不一定就是公正的，有时候人心都是朝自己认为对的那一面偏的。"

"你刚才跟我说什么来着，找机会打一架？"马天恩认真地看着郭琪。

"是啊。"

郭琪语音刚落，马天恩跳起一拳打过去，正好打到他脸上，郭琪被打得重重后退了几步，还没反应过来，马天恩跑到门口把门一脚踢开，放声大喊："郭琪打我！"

"这个狡猾的丫头！"郭琪心中暗念，然后就看马天恩转过身朝他做个鬼脸，说："来啊，打架，小爷我奉陪到底。"

"什么小爷！改改你这称呼，小心嫁不掉。"

"切，你还打不打？下人们都等着看呢！"

　　郭琪冲上来，马天恩早跑到了院子里，郭琪也冲进院子，两个人打了起来。一群下人被两个打架的主子吓得不知道要怎么拉，当然还是顺哥忠心，找了个机会抱着郭琪大腿就在那儿哭："少爷，不要打死小姐啊。"郭琪又不是真的想打架，甩了几下都没甩开他，反而被马天恩趁机多打了几拳。

　　"住手！"马夫人听到马天恩跟郭琪打架的消息，不顾身体虚弱，在李妈妈的搀扶下就赶了过来。

　　"你爹刚死，你们就打起来，成何体统？马天恩，你给我过来！"马夫人一看闺女没怎么吃亏，反而郭琪像是被打了，才有些放下心来。

　　郭琪看了一眼马夫人，按理他是应该下跪给母亲请安的，只是他现在对马夫人还是有心结的，是这个女人让他吃了这么多苦。他可以接受马天恩，却很难立刻接受马夫人，这也是他提出来要搬出去的原因之一。如果不是赵姨娘守规矩，死活不肯，他原本是想把赵姨娘一起接出去的，只是赵姨娘担心会因此影响他的名声，毕竟没有一个正经少爷会放着嫡母不养，接姨娘住的。当然，他也担心自己万一出事会牵连到她，赵姨娘在马府，至少马天恩不会为难她。不过如果自己真的出了事，也不知道她还能不能扛住。之前郭琪什么都不怕，孑然一身，现在突然就多了很多牵挂，发现自己做事开始瞻前顾后了。

　　马天恩大声地说："娘，他欺负我！我不要看到他！郭琪，你从我们马家滚出去！"

　　"我是马家的少爷，是你大哥，今天我就要教训一下你这个不知礼节的丫头，省得你出去丢脸。"郭琪说着，毫不避让地瞪着马天恩。

　　"娘，他要打我，轰他走！"

　　马夫人有些蒙，不过看到郭琪都不跟自己打招呼，自然知道他心中怨气难平，这也难怪，不过如果他要欺负自己的女儿就不行了，就算自己拼上老命，也不能容他。

　　"天恩有我这个做娘的在，轮不到你管。如果你看不习惯她，你走。"马夫人不客气地说。

　　"我凭什么走？这马家是我的，要走也是她走吧。"郭琪不客气地说。

　　"你这个畜生，不敬嫡母，欺负幼妹，你别忘了，你还没记上族谱呢？"马夫人有些愤怒了，马天恩一看不好，再把娘真的气病了就不值得了，赶紧凑到马夫人耳边，小声地说："我跟他演戏呢，娘你别真生气。"

　　马夫人看了一眼女儿，又看了一眼盛气凌人的郭琪，不知道这两人葫芦里卖的什么药。

　　"既然您不容我，我可以走，不过，我要马家的码头和粮仓。其他铺子，就让这个丫头替我代管吧。这两样是我们马家的根本所在，不能让女人来管，放在外姓人之手。何况就算是我同意，我们马家族人也不会同意的。"

郭琪话说完，马天恩就朝着母亲示意，轻轻地点了点头。

马夫人不知道他们在搞什么鬼，不过她看明白女儿是让自己答应下来，所以也就顺着应了下来。

"好，你去管家那儿拿钥匙和对牌。我不想再看到你，我累了。"马夫人说着，由马天恩搀扶着朝外面走去。

"放心，我今天就搬出去。"

第二节　吉凶各半

　　郭琪跟马天恩大闹一场搬出马府之事，很快就传得沸沸扬扬，大部分人对马夫人跟马天恩都很不满，认为郭琪是马朝生唯一的儿子，怎么能搬出马府。特别是马家的那些族人，都纷纷向郭琪示好。马夫人虽然占了嫡母的名分，但她亲口承认当年换掉郭琪之事，已经失了理，如果马朝生在世，都可以休了她，现在虽然马朝生不在了，但也没理由任由她这么折腾马家的子孙。

　　郭琪在外面临时买了一个宅子，码头及粮仓的管事们也都来见了他。不过不管别人说什么，郭琪都是不急不怒，也不去迎合，给人的感觉倒真有些像马朝生，所以没几日，就传出了郭琪君子之风的名声。

　　按理说现在就应该开祠堂拜祖宗，将郭琪改名马琪，归到马朝生和马夫人名下。可是马夫人不提，郭琪也不急，无论族人怎么催，两边都不动，新的族长暂时就成了马天恩的二叔，马朝荣。他做了代族长，就更不急了。所以就出现了一个很尴尬的局面，郭琪住在外面，却拿走了码头和粮仓的管理权，马天恩依旧住在马家，管着马家的其他生意。

　　马天恩和郭琪从分开后一直没有再见，一方面毕竟这么多年没有在一起，能聊的话题不多；另一方面，也是郭琪担心自己出事，没有来往就牵扯不到马天恩，只要保住她，起码赵姨娘还能有个人照顾。

　　私盐一事，因为马朝生的死，加上朝中局势不明，处世圆滑的刘知事暂时也就停止了继续调查，只是把马连德关在狱中待审。

　　"先生，你怎么来了？"看着面带喜色的吴仲，马天恩问道。因为吴仲担心影响她名声，所以很少来府里找她，就算是找，也会先找下人通知，然后在正堂见。像这样跑到书房推门而入的情况，还是第一次。

　　马夫人虽然有意将女儿嫁给吴仲，但吴仲父母远在江南，无法替他上门求亲。而自己家是女方，自然也要矜持。就想着找个合适的机会，托人去试探吴仲一下，如果他有意，就让他回江南先告知父母，再来正式提亲。但马父刚入土，现在就议亲肯定是不合适的，所以也就把这事先搁置了。所以下人们还是认为吴仲是马天恩的先生，对他来找马天恩，自然不会阻拦。

"好消息。我刚从老师那儿回来，刘瑾一案有了新进展，他家里被搜出了伪玺、玉带。皇上大怒，下令严查同党。涉及谋反大罪，刘瑾必死。而且胡家本就是刘瑾之党，这次也被查出很多罪证，其中一项就是贩运私盐，牟取暴利。我们之前查到的证据，也通过老师提交了上去。估计田家很快就会被查，马家可以昭雪了。"

"太好了！可是，我爹他……"马天恩本来很高兴，但一想到不管结果如何，爹都没了，就变得有些失落。

"不要这样想，马老爷一生光明磊落，现在真相大白，相信他在九泉之下也会欣慰的。人生在世，活着时的生活跟死后的名声，都是一样的重要。要不就不会有'留取丹心照汗青'这句诗了。我们本来就是向死而生，死是必然的，我们不畏死，重要的是我们问心无愧，死后不致让后辈蒙羞。"吴仲安慰着马天恩，然后又有一些欲言又止。

马天恩看吴仲想说什么又没说，猜可能是和郭琪有关，于是追问："先生可还是有事瞒着我，你说就好，我这么多事都经历了，还有什么不能承受的。"

"胡家贩运私盐是通过田家的船，而主事之人却是郭琪，在江南联系盐帮之人也是他。虽然郭家也从中牟利，但没有直接的证据，怕是到时候会把郭琪推出来顶罪。"吴仲没有说，涉及私盐，必是重罪，只怕郭琪性命难保。

马天恩因为之前和郭琪就谈过这个话题，已经有了思想上的准备，点了点头："确实。不过我听说可以用交罚银赎罪，如果真到了那天，还请先生帮我，不管我以前跟他有多少争斗，他毕竟是我爹的儿子，我不想他死。"

吴仲也点了点头，"你也先别太担心，事情也未必会到那一步，而且，还有一种可能，就是郭家出面，让田家担起所有的罪责。"

"这个……那田荣华不是死定了。先生，我觉得我们好没用啊，就像是棋子，刘瑾不倒，我们有证据官府也不理我们。现在刘瑾倒了，他们就愿意把我们的证据加进去，然后胡府和田家就跟着倒了。那我们的努力有什么用？"马天恩突然觉得很沮丧，因为总觉得有一双无形的手在控制着这一切，而相对那双手来说，自己是那么的渺小，毫无反抗之力。

"很多事，确实不是我们能控制的，在这个世界上，本来就有很多无可奈何。但我们有一点还是能做到的，就是凭着我们的本心去做事，光明磊落，问心无愧。"吴仲安慰着她，也安慰着自己。

而郭琪，早已经知道了结果。这会儿，不知道是不是要庆幸自己是马朝生儿子这个身份，就如他所预料的，田家必倒，而马家会成为郭府的下一个目标，自己这枚棋子还有价值，所以，郭家不想让他死。而他，却不想再做郭家的棋子。

"郭府可以保证，如果我认下罪名，把事情都揽到我的身上，我们田家其他人不受牵连吗？"田荣华淡定地问道。其实这一天他早就知道会来，所以，既来之则安之。

"可以。不过，这是郭府的意思，我本人还有另外一个建议，你要不要听听。"郭琪跟田荣华相对而坐，自斟自饮。

"愿闻其详。"

"我们之间肯定是要死一个人的，不如，我来死。我承担下所有罪名，虽然即使这样，田家肯定也是要被罚没银两，但你性命是可以保住的。只要活着，又何愁不会东山再起。"郭琪的话极具诱惑力。

"可是，你为什么要这么做？"田荣华不解地问。

"这你就不用管了。我明天会去官府自首。此事皆因我一人而起，马家也是被我陷害的，我死，事了。"郭琪端起酒杯，一饮而尽。

第三节　争死

郭琪走后，田荣华却没有起身。在刘瑾被抓的那天，他就知道，事情从大到小，就像一条线，最终一定会扯出来田家。只是为什么会走到这一步呢？他想了很久，自己最初只是想让田家更加兴盛，可以统领五闸，压下马家，这样自己以后死了，也可以安心地去见列祖列宗。可人只要贪心一起，就会慢慢地控制不住。有些事，无法回头。庆幸的是，这些日子弟弟成熟了很多，等自己走后，他应该可以支撑起田家吧。而且他和马天恩一向交好，马家应该也不会为难他。

田荣华本来想把弟弟叫来，可是又怕被弟弟看出端倪。想去看一下两个孩子，又怕自己看了孩子会舍不得死。所以想来想去，还是坐在书房，一个人静静地发呆。

郭琪的建议，他想了一下，就明白过来，郭琪这是要用自己的性命来换马家不成为郭府的棋子。郭琪如果承郭府之恩活下来，再变成马琪，那就得为郭家效力，马家就会成为下一个田家。可如果他死了，郭府是断不可能去找已经结仇的马天恩合作的，这个郭琪，对别人狠，对自己更狠。这个棋子，居然要用性命和执棋人相搏啊。没关系，他能做到的，自己也能。

田荣华起身，走到书柜处，把一排书拿开，出现一个暗格，打开，是几个账本，还有一些书信。这些，都是胡家通过他贩运私盐的证据，把这些交给官府，再加上自己这条命，应该可以保住田家了吧。

"管家，我对不住你，你一个人在下面也很寂寞吧，别急，我这就去跟你赔罪了。"田荣华把东西整齐地放在桌子上，然后拿起纸笔，又写了两封信。这些都做完，然后从暗格里又拿出一个小瓶，从里面倒出药粉，放在酒里，端着看了片刻，然后不再犹豫，喝了下去。

好痛啊！原来，管家就是这样痛死的，报应啊。

第二天，小厮打不开田荣华的房门，又见他久久不出来，只好去找田富贵，由他出面来强行开门。

田富贵想起大哥最近一些不正常的举动，立刻有一种不好的预感，跑到书房前直接朝门踢去，门里一点动静没有，赶紧又叫来几个家丁，强行将门给打开了。

打开门，就看到田荣华坐在椅子上，头低垂着，桌子上整齐地摆着几个账本，账本最上面还放着封信。

田富贵眼泪忍不住夺眶而出，一步一步走过去，明明可以一下跑到的，可是他不想，总觉得走慢一些，也许结果就会改变。大哥，他一定还活着吧。

没有几步路，再不愿，也要面对。田富贵带着像灌了铅的腿，移到了大哥面前。可以清楚地看到，田荣华嘴角有血流了出来。田富贵伸出手，想去帮大哥把血擦掉，刚接触到田荣华的脸，就觉得冰冷无比。田富贵发现，大哥死去的样子，和管家一模一样，大哥，这算是在向管家谢罪吧，其实大哥的心里，应该一直都是很愧疚痛苦的吧。田富贵紧紧地把大哥抱在了怀里。

"大哥……"，田富贵忍不住哭了起来。旁边的小厮不敢打扰，只是站在他身边。过了一会儿，田富贵目光落在账本和信上，知道这是大哥留给自己的，事关重大。收起悲痛欲绝的心情，把信拿了起来，让众人先退出去，自己细细看了起来。

信有两封，一封是写给官府的。信中把胡府通过田家的船贩运私盐之事交代得清清楚楚，账本票据等都有留存，足以证明是胡家从中获利。他也是受胡家所迫，不得已为之。自己只是一个普通百姓，不敢和胡家相斗，只好用性命相搏，以死来举报胡家之罪。田荣华没有提郭府，因为他知道，郭府这次不会因刘瑾之事受牵连，势在，不是自己一个小民能抗衡的。不提郭府，扛下所有罪，田家才有一线生机。

而另一封是写给田富贵的，看到这封信，田富贵就好像看到大哥坐在椅子上，面带微笑地对自己说："富贵，为兄平时待你严苛，实则是因为对你寄予厚望。希望你可以成为一个读书人，如果侥幸取得功名，就可以光耀我田家门楣。不想到了最后，还是要累你放弃读书，来接手田家。大哥不怕死，只是许多责任还没有完成，我去之后，你要好生安慰母亲，不可再惹她生气，你的两个侄子，也只能拜托你来照料，从严管教。你拿着账本和另一封信去找马天恩，她为人重情，定会帮你。朝廷还未查到田家之时，由田家和马家一起去官府举报，这样才能戴罪立功。加上我的以死谢罪，田家应该能保住一二。在马天恩身边的吴仲不是池中物，总有一日会飞黄腾达，你需和他们保持好关系。大哥不能再照顾于你，反而要你替大哥尽未尽之责，大哥有愧。"一封信读下来，田富贵已经泪流满面。大哥，是用他的死来保住了田家，大哥，你无愧于我，更无愧于田家，是我们让你承受了太多。

郭琪本想今天就去衙门认罪，然后再自裁谢罪，没想到，刚把刀子放里袖中，就收到了田荣华死去的消息。心中一惊，转念又是敬佩。这田荣华，果然够狠，居然抢着死在了自己的前面。他用自尽来给胡家插上一刀，这样即使田家贩运私盐有罪，他也算检举之功，而且人又已经因此自尽，人死事了，官府也不会再来追究田府其他人，就算是罚一些银两，也不会动摇了田府的根本，在这一点上，他的想法和自己还真是像啊，可惜，被他抢在了前面。

自己倒不是说对马家有多深的感情，只是不想再做郭家的棋子，而且活了这么多年，他真是累了。没想到，想好好休息一下都不成，好，你不惧死，我自不惧生。

而马天恩从田富贵手里接受信和账本时，忍不住一阵唏嘘，这田荣华，死得真是干脆。而且他居然把这么重要的东西让田富贵交到自己手里，不得不说，他看人的眼光真是毒啊！而田富贵，虽然眼睛还肿着，神情却无比坚定，好像一瞬间就长大了。

"你也别太难过了，你大哥已经不在了，田家还需要你来支撑。说起来我们还真是同病相怜啊。"马天恩不由地感慨，父亲的丧事刚完，田荣华又死了，真是不太平。

"我知道，你放心，我会把田家守住的。如果有天我们成了竞争对手，我不会输给你的。"田富贵说完，就被马天恩打了一拳。

"还是先想想怎么把你大哥留下的这堆东西交到府衙吧。你也知道的，我现在是个女人，不方便跟你一起去衙门，我那个大哥，以前又是你们家的管家，也不适合。"想到这儿，马天恩有些为难。

"无妨，交给我就好。之前的证据我交给了钱大儒，他帮我们给了查刘瑾之案的官员，这个，也给我吧。"吴仲开口说道。

"我估计，你大哥让你来找我，就是这么想的吧。"马天恩发现这田荣华还真是聪明啊。临死都能把每个人的心都算到，知道自己肯定会帮田富贵，而且这也是在帮马家。这样田家马家就等于暂时联手了，自然也不会趁着田家出事去抢田家的生意。只是可惜，这一辈子，小聪明太多了，大的聪明就不够了。

第四节　自败名声

很快，私盐之事尘埃落定。胡家是主谋，与其他罪名合并交由大理寺审理。田家同罪，但检举有功，加上田荣华已死，所以只是按罚银处理，让田家把贩运私盐之利又退了出来，也算是大事化小了。而郭琪却因为田荣华把一切罪名揽了过去，而被免除处罚。

田家之事，因为田荣华两个孩子尚小，所以都由田富贵全权管理。他与马天恩关系本来就好，两闸反而变得和谐起来。

只是郭琪一直住在外面，马家族人很多都提出不满，觉得是马夫人不能容人，而郭府自然也是希望他尽快把马家的生意都接手过来，好方便控制。

"主子说了，让您不要自作聪明，这次私盐之事，是主子帮你解脱了罪名。你要尽快回马家，马天恩是女子，早点让她出嫁，你把马家全部控制在手，有需要的话主子自然会帮你。不过，主子也说了，如果你想过河拆桥，怕是会掉到河里淹死。"郭府派来的人不客气地说，因为郭琪一直不肯回马家，自然也就无法正式认祖归宗，不能名正言顺地管理马家。

"主子多虑了，我不回马家，是因为我不想叫那个女人为母亲。我现在在外面，一样可以为主子办事。"郭琪知道，现在还不是和郭府撕破脸的时候，而且私盐案刚结束，郭府这会儿也不会让自己做非分之事，所以还是可以虚与委蛇的。

"主子也想到了，不过，主子让你以大事为重，不要因小失大，等你掌控了马家，想报复那个女人还不是易如反掌？"显然，郭府的人早把他的种种想法都考虑到了。

"好，你回去告诉主子，我这就搬回马家。"听到郭琪肯定的答应，来人才满意地离开。

郭琪叹了口气，有些事，看来是避不过的。

六月二十八，吉，宜祭祀、祈福、入宅。马家祠堂大门开，族人们已经聚在了祠堂之前。吉时到，鸣鞭炮，请出族谱。马朝荣作为族长，主持了郭琪的认祖归宗仪式。当然，这是郭琪答应把一部分生意交给他之后换来的结果。当郭琪的名字续写在族谱之上时，郭琪这个名字，就成为过去式。礼毕之后，马氏族人留下来参加郭琪的认祖归宗宴。

因为还在马朝生的丧期，所以酒宴办得很简单。本来，大家吃完酒宴回去，这个事就算是落定了。没想到，就在酒宴之上，出事了。像这种场合，女人是不被允许出席的，但是，马天恩来了，而且还是一身男装，醉醺醺的。

"你怎么来了？这种场合，你不知道女人是不能来的吗？"郭琪脸色不虞地问道。

"女人怎么了？你还叫郭琪的时候，难道马家不是我在管？没有女人，你是谁生的？"马天恩毫不示弱地说。

旁边赶紧有人上来圆场，"天恩这也是看到大哥认祖归宗高兴，一时忘了规矩。天恩，你是不是喝酒了？早点回去，省得你母亲担心。"说话的是马朝生的一个堂兄弟，马天恩要叫堂叔的，跟他们家关系一直不错。

"我来给大哥庆贺一下，一点力气不费，马家的家产就都归你了，恭喜啊。不过你之前不是说不在乎是不是姓马吗？怎么这么快就在乎了？马琪，骑马，哈哈哈。"马天恩显然喝得不少，开始胡言乱语起来。

郭琪脸色一变，"我是爹的儿子，自然要认祖归宗。你是鸠占鹊巢，如果二十前不是你娘……"

"呸，我娘，难道不是你母亲？你记住了，以后你只有一个母亲，就是我的娘，你的嫡母！"

"滚回去，别在这儿丢人现眼。"郭琪被她一说，怒火中烧地说。

"我偏不。"马天恩说着，还大大咧咧地往桌子上一坐，拿起酒壶，一边喝还一边继续念叨："有些人，真是脸皮厚啊，不是不贪图我们马家的家产吗？那就走啊，走得远远的。把我爹气死，还想抢我爹的钱，你是讨债鬼转世吗？"

马天恩越说越不像话，郭琪忍不住伸手一拉，把她把从桌子上拽下来，谁知道马天恩可能是喝了太多酒，居然一下子摔到了地上。

"郭琪，你敢欺负我的女儿！"马夫人怒气冲冲走了进来。马天恩看到娘来了，从地上爬起来就朝马夫人跑去。

"娘，他打我。"

"你这个白眼狼，我答应了把你认在名下，你居然转眼就来欺负天恩，你是不是想把我们娘俩轰出去，你跟那个姨娘霸占我们马家？"马夫人的话太重了，周围的人都是一惊。

"我本来就是爹的儿子，而且是唯一的儿子。何来霸占之说？倒是你，善妒、说谎，将爹的骨血用死婴换掉，又以女充男，不贤不德，有什么资格教训我！"

"你混账，竟敢先是欺打幼妹，现在又辱骂嫡母，你一个妾生之子，当我们马家非你不成吗？我自然可以再过继一个嫡子，你什么都得不到。"马夫人话一出口，有些人的眼睛就亮了。说完，马夫人怒气冲冲地带着马天恩离开了宴会。闹成这样，大家自然也就没有心思再吃，很快就散了。

　　马家本来就是大户，最近出的事又偏多，天天都有好事之人盯着。这次的事很快又传遍了大通河，大家都说马家从此再难太平了。果然，郭琪管的码头被马天恩派去的人天天盯着，动不动就上来开箱查货，理由是怕又有人藏进私盐。而马天恩的店铺，也时不时地就被郭琪的人跑去查货查账。这两冤家一打，受损的自然是马家的生意。要知道这马家族人都是靠马家的生意活着的，这么打下去，都要喝西北风了。偏偏马夫人和马天恩毫不退让，一会儿说要招赘，一会儿又说要过继，反正就是不承认郭琪。而郭琪又已经正式认祖归宗了，自然也不肯退让。

　　就算再不情愿，马朝荣作为族长，还是在众人的催促下出面调解此事。大家这段时间可能也是吵累了，在马朝荣把他们叫来先是语重心长讲了半天要把马家利益为重之后，又命令他们今天必须把事情谈开解决掉。而最终调解的结果就是在马天恩未出嫁之前，马家生意上的事，由马天恩和郭琪共同派人完成，可以互相检查，账目还要送族里备存一份，当然这个要求是马朝荣提出的。

　　郭琪跟郭府来的人保证，一定会尽快把马天恩嫁出去，不会影响替郭府做事。虽然郭府的人对这个结果极不满意，但现在朝中正乱，而他的主子也不过是武定侯郭勋的侄子，万一出什么事，也是会被推出来牺牲的，自然也就不愿意冒险。

　　马家的大院被分成了两块，东边住着马夫人和马天恩，西边住着郭琪和赵姨娘，喜欢看热闹的恨不得天天蹲在马家大门口，就盼着哪一天这两边打起来，好有个第一手的消息。

　　"大哥，好演技，佩服。"马天恩拿着棋子，正在跟郭琪下棋，一边下一边说，当然，说得更多的是："这步臭棋，这棋怎么这么烂。"对她这种低级的语言攻击，郭琪已经完全免疫。

　　"吴先生棋艺那么好，是怎么把你教成这样的？真是，下次你给我银子我都不跟你玩。"下棋烂就算了，又爱悔棋，真是棋艺棋品齐差。

　　"可是你上次也是这么说的啊，是不是，大哥……哥……"马天恩故意拉长声音说着，郭琪就觉得身上一寒，这妹妹，怕是要砸在家里了。

第五节　去年今夕

转眼，又是七月十五了。想想去年七月十五的事，马天恩竟然有种恍若隔世的感觉。就是那天从河里救起了吴仲，这一年，居然发生了这么多事。

七月十五，又称中元节，放河灯、焚纸锭、祭祀先人。白天祭祀过后，晚上，马天恩和吴仲带着河灯，来到二闸河边。河灯是马天恩和吴仲亲手制作的莲花灯。

"正月十五日为上元日，对应天官；七月十五日为中元日，对应地官；十月十五日为下元日，对应水官。天官赐福、地官赦罪、水官解厄。"据说，七月十五这天，鬼门关开，众鬼出，中元大帝会在这天普度众亡魂，为人间赦罪。

"你说，我爹今天会回来吗？"马天恩将莲花灯放入水中，轻声地问吴仲。

"会。他一定会放心不下你。所以你要过得好好的，你快乐你爹才会安心。"吴仲看着马天恩已经瘦成巴掌大的一张小脸，有些心疼。这段时间，他已经很清楚自己的感情，马天恩的执着与努力、明媚与灵动、单纯与热情都在不经意间感染了他。这一年，因她的喜而喜，因她的悲而悲，如果可以，只愿以后的日子，可以护她无忧。现在马父刚去，自然不好提婚事，等自己明年金榜题名，就回江南禀明父母，然后跟她正式求娶，待三年孝期一过，就与她完婚。当然，这一切的前提是她喜欢，心悦于他。

因为还在孝期，所以马天恩也无心游玩，放完莲花灯，两个人就朝马家的方向走去。一边走着，一边闲聊。

"先生，等你明年高中，做了官，我还能见到你吗？"马天恩突然问。

"当然。为什么会这么问？"吴仲有些不解。

"你做了官自然就去你的府里住了啊。而且如果你不在京城当官，去了其他地方，有个三年五载，没准就把我忘了。你不回来看我，我自然就看不到你了。"

"那你可以去看我啊，你不是要行走江湖嘛，正好我去哪儿做官，你就去哪儿看我。"吴仲故意逗马天恩。

"那可不成，我是女子，怎么能随便出门？"马天恩理直气壮地说。

"呃，原来你还知道自己是女子。难得啊！"

"我当然知道啊，没准到时候我已经嫁人了，我嫁的人不准我去找你呢。"马天恩一脸傲娇的表情。

吴仲一听她说要嫁给别人，整个人都觉得不好了，情急之下，居然抓住了她的手："不会有那一天的！"

"啊！我随便说说，但你也不用这么咒我嫁不掉吧？"马天恩一脸愕然，想把手抽出来，又觉得吴仲的手暖暖的，不知为何，自己心里也暖暖的。

吴仲却发觉了自己的失态，放开了她的手，有些慌乱地说："我是说，女子嫁人是非常重要的事，你不要乱嫁。一定要找一个视你为珍宝之人。"

"你脸红了呢。先生，你不会是喜欢我吧？"马天恩看吴仲惊慌的样子，脱口而出。

"是啊，我心悦于你。"吴仲突然正经地说。然后，再次拉起马天恩的手："只是不知，我有意，你可有情？"

"我……我不知道。我只是一想到有天会看不到你，心里就觉得像是被挖空了一块，很不舒服。我有高兴的事，就想第一个告诉你；有伤心的事，想到至少还有你陪着我，就会觉得踏实很多。我也不知道这是不是喜欢。"马天恩低下了头，轻轻地说。

"傻丫头。"吴仲说着，顺手将她拉入怀中，两颗心都剧烈地跳动着，像是要燃烧起来。

"我带你去个地方。"马天恩拉着吴仲的手，吴仲跟着她跑了起来。马天恩路很熟，从一片小树林进去，然后没多久就绕到了闸口不远处。就见草丛里有一块大青石，马天恩拉着吴仲爬上了石头，然后自己坐在石头上，吴仲在她身边坐下。

马天恩指着不远处的石桥上熙熙攘攘的人群说："你知道那个桥上为什么这么多人吗？"

吴仲读书认真，很少出来闲逛，平时出来也一定是有事情要做，反而对当地的一些传说或者风俗并不熟悉，所以摇了摇头。

"因为那个桥叫避蚊桥，上面的石头有一块是可以避蚊的，夏天时大家就可以去桥上纳凉，然后猜哪块石头才是可以驱蚊的那一块。"说到这儿，马天恩得意地指了指坐着的这块青石，说，"桥上哪块是我不知道，但我知道这块是。你看这是在草丛里，可是只要你坐在这块石头上，就不会有蚊子过来。我以前经常和富贵他们带着酒和菜过来，在这块石头上吃吃喝喝。然后被我爹知道了就会骂我，因为他怕我偷跑出来会有危险。"突然，提到父亲时，马天恩的情绪又变得低落起来。

"听说，闸上有高人，可以看一眼就知道何时下雨，雨会有多大，这是真的吗？"吴仲想转移她的情绪，所以指着天空问。

"对啊，不仅如此，还能知道洪水来时，需要吊起几块闸板。"马天恩一提到这些，情绪马上又兴奋起来。

"难道闸板不是要全部吊起来的吗？"

"当然不是了，我们二闸有十三块启动闸板呢，要根据水来的大小判断，是启吊几块还是全部的闸板。这通惠河边不太平，差不多每两年都会爆发一次水灾，如果不能及时启动闸板，或者提错了闸板，你看这繁华的京城，就会被浇得狼狈不堪。城里还好，我们这东边低，水一来，人跑得慢了都会被冲走。你看我们马家也好，田家也好，为什么能控制码头，是因为我们懂水，而且水来了，我们是要冲上去以命相搏的。提闸前要先把钢钩挂在闸板的铁环上，水急浪大，一个不小心，人就会被卷到浪里，我爷爷就是被水冲走的。田富贵的爹也是被水冲走的，还有我的四叔、七叔。"吴仲发现马天恩说着这些人的时候，情绪并不是低落下去，而是带着崇敬，还有一些郑重。

"你不怕死吗？"

"我爹说，这就是我们守闸家族的宿命，我们是靠这河生活的，所以死在河里，是我们的荣耀。我是我们这几闸里水性最好的，这几闸，没有一个人比我游得更好。我还会看天，听风的声音，还有闻风里的味道，我就知道水会来多大。可惜，我是女子，不能再去码头了，真是太不公平了。"马天恩愤愤不平地说。

"如果把这大通河彻底修好，就不会有这么多人牺牲了。"吴仲感慨地说。

"是啊，年年修，钱都被修河的官员拿走了，河还是这样。"马天恩觉得河虽然危险，但还是有规律的，而且也会反哺河边的人。贪官就不一样了，不知足，无底线，人心比河水要深多了。

"如果我能做官，我一定会把这河修通，让河边的人不再受水患之苦，让这繁华的景色一直保持下去。"吴仲看着远处的灯光和人流说。

"好啊，一言为定。"马天恩说着，伸出了手，吴仲也伸出手，跟她击掌为誓。

马天恩和吴仲又聊了一会儿，见天色不早，就分开回府。不料，刚一进家，就有下人慌张地回报，郭琪不见了。

第六节　田富贵立功

马天恩突然有种不好的感觉，赶紧派人去找。走到郭琪的房间，就见钥匙跟对牌等摆在桌子上，屋内收拾得很干净。

"有谁来找过哥哥吗？"马天恩问郭琪身边的小厮，这是他到了马家之后自己在马家下人里找的。

"今天没有，倒是前天有人来找过大少爷，而且在房间聊了很长时间。"下人仔细回想了一下说。

马天恩隐隐觉得，这人一定是武定侯府的。虽然郭琪装作跟自己打架，然后变成双方共同管理码头，但未必能骗过武定侯，他们拿马家暂时没办法，但还是可以为难郭琪的。

怎么办，不能让他出事。自己是肯定进不去郭府的。突然，马天恩想到一个人，田富贵，只有他能进郭府。

"你说，让我去郭府，就说要跟他们合作？然后趁机救出郭琪？"田富贵没想到都已经是大半夜了，马天恩跑来砸自己的门，还交代给自己这么一个任务。

"对，这事只有你能做，因为你可以说是你大哥交代你的，毕竟你大哥并没有供出郭府，也算是对他们有恩了。就算他们不合作，起码不会把你打出来。"

"这倒是，不过如果我做了，有什么好处？"田富贵摆出一副要讨价还价的样子，马天恩抬腿就踢："反了你了，还敢跟我谈条件，什么你家我家，那是我大哥，是你大大哥，赶紧给我收拾一下，明天一早就去郭府。"

田富贵跳了起来："可你现在是女的啊。"

"女的我也是你大哥，是不是我揍你，你才听话？"马天恩说着，就开始要卷袖子，田富贵连连求饶，她这才作罢。

第二天一大早，田富贵就去了郭府，还带了几个大箱子，一群人浩浩荡荡就去了。

这个郭府，并不是武定侯府，而是郭郾侄子郭禄家，离武定府不远，都在一条街上。当年，郭琪就是救了他的独子，才被慢慢重用。

到了郭府门口，田富贵恭恭敬敬地递上了名帖，还带了一堆礼物。郭禄看单子礼不薄，又是田家来的人，就让人把他们叫了过去，然后让下人把礼品送到了库房。

"你兄长的事我听说了，田兄英年早逝，实在是可惜啊。不过，也不知道你今天来所为何事？"郭禄避口不谈和田荣华有生意往来之事。

"不瞒郭老爷，我大哥之前多次跟我提过很是仰慕您，说希望能跟您结交，可惜他心愿未了就去了，我这做弟弟的就想着可以替他来拜会您，以后如果码头上有什么事需要我们田家，我必尽心尽力，不过我们田家最近情况不太好，还希望郭老爷可以帮扶一二。"田富贵有些拘谨地说。

郭禄心道，真是个傻子，我就算想用你们田家，现在也不敢扯上关系啊。打发了就是了。

"好，不过我官轻人微的，怕是也帮不了什么，不过只要有机会，我定会想着你们田家的。"

"太好了，那就多谢郭老爷了。"田富贵露出一脸欣喜的表情，心里暗骂，收了礼不给办事还想让我领情，真是贪官的好苗子。

两个人又客套了一会儿，郭禄这才端茶送客。田富贵一出郭府，忍不住拍了拍胸口，跟着大哥混，不容易啊。

郭禄压根没把这事放在心上，只想这田富贵就是为了讨好自己。送走田富贵，又去柴房看郭琪。

郭琪被绑在柴房的柱子上，已经被打得遍体鳞伤，头低垂着。听到人进来，也没有任何反应。

郭禄身边的小厮拿冷水一泼，郭琪一个激灵，抬起头，看到郭禄站在自己面前。

"郭琪，你就是我养的一条狗，我让你咬谁，你就得咬谁。怎么，觉得自己现在是马家的少爷了，就想翻天？我告诉你，我想捏死你，就像捏死一只蚂蚁一样简单。"说着，拿起旁边的鞭子又抽了一鞭。

"还学会演戏给我看了啊，你怎么不去当戏子？你当老爷我傻吗？放心，我不会打死你，我还要你回马家帮我做事呢，你什么时候想清楚了，我就什么时候放你回去。"看郭琪还是不说话，郭禄扔下鞭子，走出了柴房。

郭琪只觉得头是晕的，但脑子还是清楚的，其实他回郭家时就想到会有这一步，不过如果不回，只怕会让郭家更为恼怒，反正早晚都要面对的，不知道天恩和姨娘怎么样，一定很着急吧。

昏昏沉沉，不分昼夜。转眼，就到了晚上。郭府的人也渐渐平静下来，除了打更的和护卫，大部人都开始入睡了。

突然，就听到有人大喊："库房起火了！"然后哭声喊声在宁静的夜空中格外响亮，浓烟从库房中传出，被惊醒的人们纷纷朝库房跑去。护卫们更是到处找水，然后拿着水桶跑过去。

郭琪迷迷糊糊就觉得有人进了柴房，然后架着他就走。于是瞬间明白了过来，这是马天恩来找人救自己了，这个妹妹，胆子太大了，郭府也敢闯。

来的是两个大通帮高手，架着他朝后门走去。院子里的人都被吸引去了库房的方向，这时看到一个人跑过来，却正是那会口技的贾先生。

"后门出不去，有护卫。"贾先生焦急地说，原来刚才是他先在库房烧松香制造起火假象，又用口技吸引众人前往，本想趁乱从后门溜走，没想到后门的护卫根本没去救火。

"算了，你们先藏起来，不要管我了。找机会你们再溜出去。"郭琪知道他们如果带着自己，是很难跑出去的。

"不行，少……大小姐说了，必须带你回去。"大通帮的人跟马天恩叫习惯了少爷，一时还不好改口。

"跟我来。"这时，一个少爷模样的人突然出现，郭琪看过去，正是郭禄之子，郭庭。也就是郭琪当年救过的小主子。

郭庭没有多说，转头就走，他们几个急忙跟上，发现原来从花园过去，后墙的一个地方，居然有一个暗门，看着和墙无异，只见郭庭在墙上摸索了一下，用力一推，小门就开了。

他们几个连忙从小门钻出去，就听郭庭在后面说："郭琪，这是我还你当年之情，以后，你自己小心吧。"然后，暗门再次关上。

郭府众人虚惊一场，发现库房根本没事，只有一堆燃尽的松灰。这才意识到是有人故意引他们过来，郭禄赶紧让人去看郭琪，发现人果然不见了。

"混账，谁敢进我郭府偷人！"郭禄想了一会儿，突然想到一个人，"田富贵，一定是他，今天就他来过，我饶不了他。"

"爹，我觉得还是缓一下，您想，如果真是田富贵所为，那就说明他和马家已经联手，如果我们现在出手，就等于要同时面对马家和田家。现在是多事之秋，我觉得还是谨慎为好，等风平浪静了再慢慢收拾他们。"郭庭在一旁劝着父亲。

"你不会是为了那个郭琪才这么说吧？我和你说，下人就是狗，他们为你死都是应该的，你不要觉得欠他的。"

"怎么会呢，孩儿真是为了咱们郭家着想。"

"那就好，你说的也有些道理，就让他们再多活几天。"郭禄一甩袖，继续去卧室搂着小妾补觉了。

郭琪回到马家之时，都已经是凌晨了，赵姨娘和马天恩他们都是一夜没睡，就在房间等着。看到郭琪回来，都紧张地冲了过来。

郭琪全身上下满是伤口，一放到床上，人就想倒下，不过还是看着赵姨娘和马天恩，挣扎着说了一句："你们别担心，我没事。"然后，就重重地摔倒在了床上。

第七节　洪水

赵姨娘看着儿子浑身是血，大哭起来："是谁这么狠心把你打成这样，还有没有天理王法！"

马天恩却早有先见之明地请来了大夫，大夫上前帮郭琪检查伤口，上药，马天恩退到外室，留赵姨娘和丫鬟们照顾。

过了好一会儿，大夫才出来，没等马天恩开口，就主动说："大少爷伤势很重，不过好在都是外伤，现在有些发热，我给他上了药，还有几味药是需要煎服，让人煎好喂下，连服三天，就可以退热。要小心照顾，最好短期不要让他下床走动。"马天恩赶紧吩咐人给大夫赏钱，然后好生送出门。

马天恩这才来到卧室，看到郭琪伤口已经被包好，不过有些地方还是有血流出来，看来在郭家是受了不少罪。

"这个郭府，真是无法无天！"马天恩怒火中烧，这个世道就真的没有王法了吗？

"我没事，他们……出口气就好了，对了，你要记得，去码头……"郭琪断断续续地说着，生怕马天恩一时冲动。

"我知道了，放心吧。"马天恩安抚着他。

留下赵姨娘照顾郭琪，自然是不用担心。马天恩确实很久没去码头了，好在有些开明的人已经接受了她是女子这个事实，只要她不上船，还是可以友好地跟她聊聊天。

马天恩和顺哥一起来到码头，跟五叔聊着最近码头的一些事，五叔对郭琪还是很赞赏的，也不管马天恩是不是会妒忌，不停地夸着郭琪处事有条理，而且恩威并济，有当年马老爷的风范。

说着说着，天慢慢阴了下来。不过还是透着亮，五叔看了一眼，笑笑说："看来一会儿有雨。不过看样子下不大，天恩你早点回去吧。"

马天恩笑笑，答应着就想跟顺哥往回走。又抬头看了一眼天，忽然觉得，这云不太对，而且，这天地间的气味也不对，这不像是小雨。

想到这儿，马天恩又跑去河边，拿手舀了水放在嘴里尝了一口，"这水也不对！"

然后这才跑回五叔身边，说："五叔，我觉得不对，可能会下大雨，没准会有洪水，我们要早点预防。"

五叔看了看她，有些不以为意地说："应该没事吧，这种天气，不像是要有大雨，到时候提闸放水就行了。"

"不行，五叔，你相信我，一定会有大雨的，早点提闸。"

"大小姐，这闸可不是轻易就能提的。我得找几个有经验的老人商量一下。"五叔这会儿用了大小姐的称呼，摆明了是不相信她。

马天恩更急了，赶紧催五叔找人。五叔看她急了起来，觉得她有些大惊小怪，不过还是马上找了几个人过来，都是有经验的船工管带们。

这几个人看了看天，又找人去查看了一下附近有没有可能山洪暴发的迹象，然后不知不觉两个时辰过去了，天下起小雨来，而且远处的天空，还有些微微亮。

"大小姐，不会有事的，你放心吧，我们都查看过了，这小雨很快就会停。"一个老船工说。

"我觉得会是大雨，你们要相信我，一定要提闸。"马天恩肯定地说。

这几个人无奈地看了看，说："大小姐，这事我们真不能依你。要不这样，咱们看着，如果一会儿雨大了，我们就提闸？"

不管马天恩怎么说，这几个人就不同意提闸，毕竟这是大事，他们不觉得马天恩会比他们更有经验。

马天恩见说服不了他们，心中更加焦急，语气就开始不善了："我命令你们现在去把钢钩挂上，准备提闸。"

"大小姐，这事您可做不了主，水里的事，是男人的事。"

"你们不去，我去。"马天恩说着，就要朝河边走，结果被一堆人死死拦住。

"大小姐不行啊，女人碰闸板是要招来灾祸的，我们死都不能让你过去。"

"你们让开！"马天恩大怒，可是人越围越多，一听她要下水，都冲上来阻拦。

顺哥一看再不走，很容易就打起来了，赶紧劝马天恩先回去，看看有什么办法没有。

回到马府，马天恩气冲冲地就想去找郭琪，可是冲进去后，发现郭琪刚睡着，赵姨娘正在守着，看到她过来，赵姨娘迎了上来。马天恩看郭琪的样子，哎，就算告诉他，也没法让他去码头帮自己出面啊。

想到这儿，马天恩郁闷地跑回了自己房间。看着天果然有变晴的趋势，马天恩也有点怀疑是不是自己猜错了。可是，要发洪水的感觉反而更加强烈了。

马天恩在房间怎么都坐不住，忍不住跑到佛堂去找母亲。从马朝生过世之后，马夫人基本都在小佛堂度过。

"娘，你以前见没见过洪水要来的天象，我总觉得会是大雨，可是他们都不相信我。"马天恩委屈地说。

"见过啊，几年就会有一次，哪能没见过。不过，这天确实不像要下大雨的样子，会不会是你感觉错了？"马夫人看女儿委屈的样子，想了想又说："要不，我们再看看？"

马天恩一看连母亲也说不服，生气地喊顺哥："你去告诉田富贵，要下大雨，让他做好提闸的准备。"顺哥答应了一声跑了出去，马夫人只当女儿在使小性子，想那田富贵也不会当真的，也就没有阻止。

雨过了午后，果然慢慢停了下来。码头上一阵议论，这女人啊，就是做不成事，大惊小怪。

"呃，天恩说要提前准备，好，我这就安排人先把钢钩挂上，让提闸用的人都在闸板那儿守着，吃住都在那儿，不准动地方，回去谢谢天恩啊。"

"啊！"顺哥愣住了，这样就相信了，这田富贵果然是个少爷的铁粉啊。

"啊什么，天恩说的，自然是对的。"田富贵毫不怀疑地说。

到了晚上，虽然天还是有些阴，但也只是飘了些小雨下来。马天恩在屋里转来转去，她觉得这天地之间的湿气更重了，风里的感觉也不对，一定会有大雨，这种感觉更强烈了。

可是，没有人肯相信自己啊，爹爹，要是你还在，你一定会相信我吧，马天恩在心里默默念着。

躺在床上，一直到后半夜，马天恩都无法入睡，有一种恐惧涌上心头。突然天空一道惊雷，马天恩冲向窗边，就看到电闪雷鸣，狂风四起，暴雨倾注，草木摇晃，天地失色。

"不好，暴雨，肯定是要发洪水了！"马天恩喊了一声，就要往外面跑。这时马府的人也都被惊醒了，马夫人更是不顾风雨，跑到了女儿房间。

"娘，你怎么来了？"马天恩看到马夫人被雨打湿的衣服淌着水，头发早被风雨弄得凌乱无比，一些散出的长发贴在脸上。

第八节　选择

"天恩，你是不是想去闸口？"马夫人看着已经穿好外衣的马天恩焦急地问道。"是啊，我要去看看。"

"不行，天恩，你听我说，你是女人，就算你去了，他们也不会让你靠近闸口，而且如果出了什么事，一定会有人把责任推到你的身上，听娘的话，不要出去。"马夫人一听雷雨声，就知道马天恩肯定会往闸口跑，所以不顾风雨就跑了过来。这种时候，如果马天恩去了闸口，别人一定会认为是不吉祥的，到时候就怕是出什么事，马天恩会变成众矢之的。

"娘，怎么能这么看呢，万一他们提不了闸怎么办啊。"

"不会的，我们马家水性好的人多得是，不需要多你一个女人。而且，如果连他们都做不到，你去了又有什么用，还不如早点走。"

"娘你说什么呢，我们怎么能走，就算是全城的百姓都走了，我们也不能走啊，我们是马家，我爹是马朝生。"马天恩毫不退让地大喊着。

"来人，把她关起来，把门锁上。"马夫人索性不肯再和她理论，转身就走，让人把马天恩锁在房间里。

"娘，你开门啊。"马天恩在里面用力拍着房门，马夫人却理都不理，反而让人把窗子也钉死，然后拿着钥匙就去了小佛堂。

"老爷，你这一辈子都是为了马家。天恩她是我们的女儿，从生下来就背负了太多责任，她本来可以像我们其他女儿一样嫁人，相夫教子，过平静安乐的日子，是因为我，她才要像男人一样生活，承受这么多本不该承受的。我知道我不让她去码头她会恨我，可是没关系，我只要她活着。"马夫人在小佛堂喃喃自语。

不知道过了多久，突然下人焦急来报，闸口传来消息，洪水倾泻，风大浪急，无法提闸，已经去找郭琪定夺。

马夫人让下人继续去盯着闸口，然后又叫来李妈妈，嘱咐道："你随时派人留意闸口的事，如果闸口出事，无法提闸，你就带着小姐走吧。"

"那您呢？"李妈妈看着马夫人，担心地问。

"老爷在这儿，马家在这儿，我哪儿也不去。只要天恩好好的，我就没什么好牵挂的了。对了，你去帮我把吴先生请来。"马夫人语气平静地说，李妈妈自然知道劝不住她，也不再多说，转身朝外走去。

吴仲的小院子已经进了不少水，他站在窗边，看着外面的狂风暴雨，不由得担心起马天恩来，不知道她那儿怎么样，但自己现在也不好直接过去。正在吴仲发愁要找什么理由过去马家看看时，就听见外面有人焦急地砸门。吴仲心中觉得不好，赶紧跑了出去，就看见李妈妈站在门口。

本以为会是马天恩来找自己，没想到却是马夫人派来的。来不及多问，吴仲跟着李妈妈快速地跑到马家，到了小佛堂。

马夫人这会儿已经换了身干净的衣服，坐在小佛堂佛像侧下首的椅子上，吴仲施礼后站在她面前，有些不解。

"不知夫人唤在下前来有何吩咐？"

"吴先生，事情紧急，我也就直说了。我想把天恩托付于你。我知道这不合规矩，我不瞒你，怕是洪水要来了，如果我让天恩走，她肯定是不同意的。我知道，天恩她心悦于你，也最听你的话，你带她走吧，等洪水过了，回来也好，去江南也好，都随你们。"马夫人深知女儿的脾气，如果她知道无法提闸，是肯定不会离开的，可是，这是自己的心头肉，怎么能看她去送死。想来想去，唯一能劝动她的，也就只有吴先生了。

吴仲快速地把马夫人的话消化了一遍，这才回味过来，"夫人，可是闸口出了问题？"

"是，刚才闸口来报，已经无法提闸，百姓们也已经开始撤离了，只是我们马家的人不能走，誓要和这闸共存亡。但天恩她是女子，所以我希望你能带她走。"

吴仲看着自己无惧生死却一心要女儿活着的马夫人，深施一礼，"吴仲感激夫人所托，不过，我却不能答应夫人。因为我知道天恩怎么样才会幸福，如果我带走了她，而马家不在了，百姓流离，她一辈子都会生活在痛苦之中。而且，天恩她有自己的想法，就算是我，也未必能说服她。我去和天恩谈，如果她愿意和我走，我愿意对佛祖发誓，必待她如珍宝，拼尽我所有也会护她一世无忧。如果她不愿意走，我也会成全她。"

马夫人听了吴仲的话，沉默了一会儿，这才说："你走吧。"说完，跪在佛像下，闭上眼睛开始念经。

吴仲转身，看到有钥匙在椅子上，想了一下，拿了钥匙，朝马夫人又施一礼，这才离去。

郭琪在听到闸口出事的消息时，立即从床上坐了起来，就要赶往闸口，却被连夜不睡照顾他的赵姨娘紧紧拉住。

"你不能去。你的伤太重了，就算去了，又有什么用？我们还是在这里等消息好不好，就算是娘求你了！"赵姨娘已经哭了起来，郭琪伤成这样，再冒雨前去，就算不下水，也容易丢掉性命。

郭琪跪倒在地，给赵姨娘重重地磕了个头："娘，孩儿不孝，又要惹您伤心了。您在这儿等着，我一定会回来的。"说完，站起身来，在小厮的搀扶下朝风雨里走去。

赵姨娘痛哭起来，却没有再阻止，这就是马家人的宿命，也是马家人的责任与荣耀。

田家却是异常顺利，因为田富贵提前做了准备，所以洪水来时，一闸就已经提闸，这让田家人对田富贵的预测敬佩不已。田富贵本以为二闸也早做好了准备，没想到，他派去的人却回报说，二闸没有提前准备，现在无法提闸，洪水从一闸直奔二闸，已经快要冲上岸边了。

吴仲站在马天恩的门前，听到马天恩还在屋里拍着门大喊。刚才明明已经想好了，要随她所愿，人如果负疚地活着，还不如磊落地去死，可到了门前，他发现自己根本没有勇气打开这扇门。

"天恩，你先别急，我是吴仲。"吴仲拍着门，对里面的马天恩喊道。

"先生！"马天恩的声音变得激动起来。

"你快放我出去啊，来不及了！我要去闸口。"

"天恩，你去了也不一定能帮忙的，要不，我们走吧。"吴仲不知怎么，话到了嘴边，就成了劝马天恩离开，有时候，明白是一回事，做到却是另外一回事。自己不怕死容易，看着所爱的人去死却是不容易啊。

"我一定可以的，你相信我啊，就算我做不到，我死也要死在水里！"马天恩坚定地喊着。

"为什么！"

"我姓马啊，先生，我姓马，我爹说过，我们马家的一切都是大通河给的，所以我们的命也是大通河的。如果洪水来了，大家就都没有家了！你相信我，我水性是五闸里最好的，我去了就可以提闸，然后回来找你，你再罚我抄字好不好，我再不会偷懒了，我求你了！"马天恩语无伦次地喊着。一字似一箭，箭箭穿心！

郭琪在小厮的搀扶下朝闸口方向跑去，身上的蓑衣毫无作用，斗笠也早已经被风吹走了。郭琪索性扯掉蓑衣，好跑得更快一些。

闸口处已经围了很多人，马朝荣、马朝阳等族人也都赶了过来。不管平时大家的关系如何，但守护二闸，却是每个马家人的使命。只是这风雨来得太急，也太凶猛。

几个有经验的老船工刚跳下水，就被浪头卷着朝下游拍去，其他人赶紧跳进水救人。雨没有一点要停的样子，看着洪水好像就要从闸里冲出去，卷走岸上的一切。

第九节　天为谁春

"你真的要去吗？"吴仲声音有些颤抖。打开了这把锁，也许自己就再也见不到她了。

"是的，先生，你放我出去，不然就真的来不及了。"吴仲发现开锁是这么难，手抖得厉害，好容易才伸进锁孔，却像是坠了千斤的重量。自己这是要亲手送她离开吗，怎么可以！

马天恩在里面却疯狂地拍着门，"放我出去，放我出去！求你了，我不能眼睁睁看着闸口出事啊，这是我爹的命，是我们马家的命啊。"吴仲终于不再犹豫，将锁一下打开。

马天恩冲了出来，突然将他紧紧抱住，然后抬起头来，在吴仲唇边轻轻一吻，"我会回来的，我是最厉害的，相信我。"

说完，朝着闸口方向跑去。吴仲来不及思考什么，跟在她身后一起跑过去。

洪水来了！

带着咆哮万里触龙门的气势从天而降。

比人们预想的要狂暴百倍。洪水来得如此之凶猛，比刚才还要剧烈，水手跳下去就会被卷走，根本无法靠近闸板。

谁都不想死啊。如果说开始站在这里，是因为还心存希望，这会儿，大家就只剩下害怕了。如果现在逃走，应该还来得及吧。

马朝荣、马朝阳都抖了腿，相互对视了一下，转身就想跑。他们一带头，人群立刻慌乱起来，都跟着要跑。

"谁敢跑！"就听一声怒喝，郭琪穿着一身孝衣，却被透出来的鲜血染得如同血衣。虽然步履艰难却是无比坚定，身上散发出来的是一种霸气，好像刚从地狱里爬出来的厉鬼。

"我们是什么人，我们是守闸人，我们可以在这块土地上享受富贵，就要随时准备为这片土地去死。这是我们的光荣，马家从来没有在洪水前逃走的人，你们今天走了，就算侥幸活下来，真就可以心安理得地活着吗？如果是马家的子孙，就不要逃，就算死，我们也要死在这儿。"说着，郭琪站在河边，看着洪水，本想自己下水，结果身体不支，险些跌倒。

"我们不能走！"五叔喊了一声，坚定地站到郭琪旁边。

"我们也不走。"声音陆续响起，已经要走的人都陆续转身回来。马朝荣和马朝阳互相看了看，也转身走了回来。

远处，马天恩和吴仲朝这边跑过来，马天恩跑到前面，吴仲在她后面不远处紧跟着。

"谁还愿意下水挂上钢钩？"郭琪问道。

"我。"马大成喊道。

"我帮你。"居然是田富贵。原来，他知道二闸没有能成功提闸之后，居然第一时间就跑了过来。

"田少爷，这是我们马家的事，你还是不要下去了。"郭琪知道他是天恩的好朋友，又是一闸田家现在的主事之人，而且也没听说他水性多好，如果他出什么事，怕是得不偿失了。

"什么田家马家，我们都是守闸人！我们五闸，哪一闸出事，倒霉的都是河边的人啊。"

说完，田富贵毫不犹豫地跳进了水里，马大成紧随其后跳了进去，一个浪头拍过来，砸得他们差点失去力气，离闸板的路明明那么近，此时游起来却是那么远。田富贵拼尽力气，却一直被浪头推着往后走，突然，腿抽筋了，一条腿开始痉挛起来。田富贵心里想着，"对不起啊，天恩，我尽力了。"身子就被水卷着向下流冲去，马大成想要去拉他，结果自己也被水浪拍打着险些沉入水底。然后转身又朝闸口方向游去。这时，突然，有一只手拉住了田富贵，田富贵的视线透过密集的雨水跟浪头，就看到马天恩正推着自己朝岸边去。

有两个水性好的船工也跳了下来，马天恩把田富贵推给他们，大喊一声"傻子"，然后转身朝闸板游去。马大成也抵抗不住，被水流冲了下来，然后被人救回岸边。

所有人的目光都集中在了马天恩那小小的身影上，吴仲站在岸边，随时都要被浪头冲走的样子，却是一动不动，只是那么看着，好像这个世界，就只剩下了水中那个不停和洪水搏击的身影。

马天恩脑子里只有一个念头，一定要把钢钩挂在闸板的铁环上，再多游一点就可以了。浪头打在她身上，她已经浑身不觉得疼。终于，她游到了闸板旁，一只手支撑在闸板上，另一只手伸了出去，够到钢环了，挂上了！

人群中一阵欢呼，只等马天恩游回，就要开闸泄洪！

马天恩转身，朝岸上挥手，表示已经成功，可以开启全部闸板。这时，一个巨浪出来，为了挂上钢钩，马天恩力气已经消失殆尽，被浪头卷到了水中。这时，洪水更加凶猛，马上就要冲上岸，席卷村庄。已经没有人再能去救她，拖延下去，万一洪水冲上来，所有人都会被冲走。有几个船工想要下水，却被旁边人拦住，太迟了。

"先生，你要好好的，娶妻生子，白头到老。"马天恩默念着，索性不再和洪水对抗，如鱼一般，向水下潜去。

郭琪果断地一抬手，十几个船工合力将闸板绞起，洪水滔天，如从银河倾泻，无边无际，拍打着，怒吼着，从提起的闸后奔涌而出。瞬间，那个身影再也看不到了。

吴仲站在岸边，就那么看着，笑着，哭着，泪流满面。我知你所思，故放你前行，纵明知此别，生死两茫茫。今生有幸执子之手，却无缘与君偕老。若有来世，你可还愿再相见。

那个骄傲的、明媚的、灿烂的人，再也回不来了。

郭琪也早已泪水肆意，不能自已。这个妹妹，自己从来没有疼过、照顾过的妹妹，就这么走了。她是那么纯粹，那么干净，却被洪水冲得尸骨无存，而如此阴暗、懦弱的自己，却在这里活着，还要继续活下去，享受本应该属于她的一切。

"马家，我会守住的，妹妹。"

赵姨娘在小佛堂念着经，仿佛外面的风雨声都不存在，她为儿子祈福，为马天恩祈福，为马家祈福。

马夫人站在门口，身着孝衣，不施铅华，头发也只是简单地绾了一下。身体瘦弱得好像随时都要倒下，暴雨砸在她的头上，电闪雷鸣，她就是那样站着，一动不动。

不知道过了多久，远处一群人走了过来，为首的是两个年轻的，渐渐地，走近了。

吴仲和郭琪走到马夫人面前，马夫人看着他们，又看他们身后，"我的天恩呢。"马夫人喃喃地说。

吴仲和郭琪同时跪倒在地，行大礼叩首。身后的人都跟着跪了下去，雨水浇下来，他们却似浑然不觉，只是不停地叩首。

"夫人，天恩她被洪水冲走了，我会找到她的。我愿意替天恩照顾夫人。"吴仲站起身来，想要去扶马夫人。

这时，郭琪也站了起来，毫不犹豫地喊了一声："母亲，郭琪以前不孝，今后，一定会好好孝敬母亲。"

"还有我们……我们都愿意……"

马夫人看着大家，想要说什么，手刚一抬起，人就晕了过去。

洪水退去，京城太平，马家之女马天恩，以女子之身，跳入水中，启动闸板，换众生安然，朝廷重修龙王庙，其中海龙王五公主之貌，以马天恩为原型所塑，受世代香火。

明嘉靖七年，巡仓御史吴仲力排众议，主持修治通惠河，把码头从张家湾移到通州城北，在通惠河上只保留使用"五闸二坝"，其余闸坝尽行废弃。吴仲采取"舟车并进"的措施，粮船不再过闸，漕粮由人工搬运到上游停泊的船中，运至上闸，依次办理。另外对闸坝管理也做了改进。这次浚治后，使通惠河"数年以来，漕运通行，国计久赖"。耗时仅六个月，花费白银仅三千两。

已经身为御史的吴仲站在大通桥上，远远望去，堤上好像有一个白衣女子骑着马朝自己的方向奔来，明明那么远，却好像可以看到她脸上的笑容，那么明媚，那么灿烂。吴仲想要伸出手，却又不敢，生怕那么一伸手，影子就碎掉了。

"天恩，真的是你吗？"

（终）